새미비평신서 ⑯

시의 형식과 의미의 유희

송기한

새미

머리말

 1980년대의 우리 문단의 큰 흐름을, 리얼리즘적 경향과 포스트모더니즘적 경향으로 나누는데 대해서 이의를 제기할 사람은 아무도 없다고 본다. 그만큼 이 두 조류는 문인들 뿐만 아니라 독자들의 의식에 깊이 각인되어 왔다. 그런데 이 두 문학적 흐름들이 자본주의적 현실이라는 동일한 문화 토양을 배경으로 자라난 것이긴 해도 그 지향하는 방향이나 목표는 판이하게 다르다고 할 수 있다. 하나가 주체에 대한 강조와 견고한 의미의 생산이라면 다른 하나는 주체에 대한 해체와 의미의 파괴이다. 특히 후자의 경우, 기표는 기의와 적절하게 만나지 못한 채 숨겨진 기의로부터 벗어나 유희를 멈추지 않는다는 믿음에 그 뿌리를 두고 있다. 따라서 이성적 언어행위를 통해 자아의 정체성을 담보받아야 하는 주체는 기호의 놀이 속에서 더 이상 자아를 세우지 못하고 해체되기 마련이라는 회의적인 의식 속에 사로잡히게 된다. 결국 포스트모더니즘으로 대표되는 이 사유는 현재 횡횡하는 문화적 상황 속에서 맹목적인 실험을 거듭 거듭할 뿐 어떤 뚜렷한 방향성으로 귀결되지 못한다.

포스트모더니즘의 전 단계라 할 수 있는 모더니즘이 근대인의 파괴된 내면을 바탕으로 산업사회의 부조리와 모순을 반대로 회고케 함으로써 도구적 이성을 부정하는 유의미한 역할을 한 것은 의미있는 부분이다. 하지만, 제어되지 않은 해체, 균형감각을 방기한 주체는 어떠한 효율적 힘도 지니지 않은 채 무질서와 혼돈 속에서 함몰되는 부정적인 결과를 낳을 것이다. 우리 시단에서 난만히 전개된 포스트모더니즘의 운명이 이런 경우라면 새로운 시대를 열어가야 할 현재에 이르러서 우리 시의 주체들은 우선적으로 새로운 질서를 위한 건강한 자아의 회복이 무엇보다도 필요하다고 하겠다.

우리 시의 한축을 형성했던 리얼리즘의 영역에도 비슷한 논리가 가능하지 않을까 한다. 물론 현재의 시점에서 리얼리즘이 어쩌고 운위하는 것 자체가 웃음거리일지도 모른다. 그만큼 이 영역은 자아 해체를 주도한 모더니즘의 영역보다 더 낯설어 보인다. 그럼에도 이 이야기를 굳이 꺼내는 것은 우리 시의 현 문제점과 함께 나아갈 방향에 대한 문제의식 때문에 그러하다. 그 한 사례로 이 책에서 들어 놓은 것이 북한 시의 경우이다. 북한의 사회처럼 집단의 경험이나 통일적 자아가 필요한 공간에서도 나의 경험이나 내적 체험에 관한 영역들이 북한의 문예 영역에 중요한 한 부분으로 자리를 잡아가고 있는 것이 작금의 현실이다.

북한 시에서 서정성은 매우 조심스러우면서도 꾸준히 확장되어 진행되어 왔다. 당성이나 인민성과 같은 보편체험의 영향을 받으면서도 개성이라든가 내적 체험 등이 새로운 소재의 영역으로 점차 확대되어 오고 있는 것이다. 북한 시에서 이러한 변화들은 사회적 변화의 흐름, 곧 이데올로기의 약화 현상과 밀접한 관련을 맺고 있다. 북한시의 전반적인 흐름이나 자료의 전체적인 조망이 있은 연후에 판단을 해야 할 일이긴 하지만, 북한시에서 서정성이 보다 강화되어 나타나는 시기는 대략 전쟁 직후와 1980년대 중반이 아닌가 한다. 공교롭게도 이 두 시기는 북한의 사회가 대단히 안정화되어 있던 때이다. 그러한 체제의 안정성이 여러 개성적인 목소리를 담보해주게 하는 하나의 계기가 아니었나 생각되는 것이다.

이상의 사례에서 알 수 있는 것처럼, 서정시가 그 주체와 시적 의장을 회복했을 때, 그 결과로써 시적 발화가 힘을 지니게 되었을 때, 비로소 살아있는 담론이 형성될 것이다. 그것이 곧 오늘 우리가 추구하는 서정시의 방향이다. 하나의 말이 의미가 되어 타자에게 스미고 대화를 유도하는 담론이 곧 살아있는 담론이다. 그것은 집단의 음성도 아니고 의미가 제거된 감성의 상태도 아니다. 서정적 주체들이 그들의 내면의 정황에 따른 건강한 담론들을 형성해낼 때 우리는 담론들의 생산적인 장을 만날 수 있을 것이다.

게다가 동일성을 회복한 자아, 세계와의 조화로운 화해 속에 놓인 자아, 원형적인 우주의 한가운데 존재하며 우주의 원리와 교감하는 자아는 보다 완전한 세계를 꿈꾸게 될 것이다. 서정적 자아는 세계와의 더욱 행복한 상태를 지향하기 때문이다. 그 꿈이 곧 서정시가 바라는 유토피아 의식이라 해도 지나친 비약은 아닐 것이다. 요컨대 우리는 오늘의 서정시를 통해 새로운 사상의 시대를 맞이해야 한다. 그때 각각의 서정주체들의 사상적 내용은 매우 다양한 형태로 나타날 것으로 보인다. 그러나 서정적 꿈꾸기를 하는 주체는 적어도 세계에 의해 지배당하지도, 또한 타자를 지배하려고도 하지 않는 자아일 것임은 분명할 것이다. 내면이 분열되고 타자에 대한 파괴의 힘을 지닌 주체는 결코 세계를 향한 서정적 동일성을 획득할 수 없을 것이다. 이러한 주체들의 건강하고 다양한 담론들이야말로 우리 시의 장(場) 속에서 서로 스미고 조율하면서 생산적인 대화의 장을 이끌어내어 우리 서정시의 영역을 풍부하게 할 것이다.

출판계의 어려운 사정에도 불구하고 부끄러운 이 책의 출판을 흔쾌히 승낙해준 출판사 여러분들에게 고마운 마음을 표한다. 또한 지난한 학문의 여정을 아무 말 없이 묵묵히 이끌어주신 은사님께도 머리를 숙인다.

2006년 여름

송 기 한

차 례

제 1 부 현대시의 방향

- 새로운 세기와 시의 정신
- 북한 시의 서정성과 이데올로기의 함수관계
- 문장파 전통주의의 현대적 성격 연구

새로운 세기와 시의 정신

1.

어느 시대이건 간에 시는 사상의 견인차 역할을 해 왔다. 새로운 세기가 시작되고 새로운 이념이 등장할 때 마다 당시의 정황을 가장 신속하게 담론화하는 장르가 시이다. 따라서 예술 혹은 문학에 있어서 새로운 경향은 시를 제외시키고 논할 수 없다. 다시 말해 시는 그 시대의 양상과 정신을 가장 직접적으로 반영한다.

그러나 오늘날 시의 정체성은 명확하지 않다. 시는 몇몇 써클의 자족적인 문화 행태로 한정되어 있기 때문이다. 그것은 더 이상 시대의 이념을 주도하고 구성원 사이의 사상을 조율하는 생산적인 담론의 장이 되지 못하고 있는 것이다.

시 장르가 시 본연의 기능을 다하지 못하는 이유로 우리는 변화된 문화 풍토를 지적할 수 있다. 특히 1980년대 말부터 90년대에 걸쳐서 일어났던 문화에 있어서의 포스트모더니즘은 시의 지형을 크게 바꾸어 놓았던 것이다.

포스트모더니즘은 이성의 합리적 역할과 사회의 건전한 발전을 회의하는 것으로 언어에 있어서는 의미의 논리화를, 자아에 있어서는 주체의 동일성을 부정한 사상적 경향이었다. 후기 산업사회의 문화전반에서 일어났던 이러한 경향을 거치면서 우리의 시는 어떠한 통일된 정서와 새로운 사상을 전개할 수 없는 상황을 맞이하였다.

가령 언어철학 자체에도 커다란 변화가 있어, 기표는 기의와 적절하게 조응하지 못한 채 숨겨진 기의로부터 무한히 벗어나 유희를 멈추지 않는다는 부정적인 믿음이 확산되었다. 따라서 이성적 언어행위를 통해 자아의 정체성을 담보받아야 하는 주체는 기호의 놀음 속에서 더 이상 자아를 찾지 못하고 교란되기 일쑤라는 회의적인 의식 속에 우리 시는 사로잡히게 되었다. 결국 포스트모더니즘이 지배하는 문화적 상황 속에서 시는 맹목적인 실험을 거듭할 뿐이었다.

10여년 간의 혼란을 거친 후 대두된 시의 서정성 논의는 포스트모더니즘과 같은 현실 추수적인 문화의 흐름이 지속될 경우 당대 주체들의 생산적인 정신활동이 고갈될 것이라는 위기감을 반영한다. 시적 자아가 세계를 주관적으로 전유하면서 대상과 자아 간의 동일함을 나타내는 서정성은 기표 너머에 상정되는 기의를 긍정하며 의미화의 논리에 따라 주체를 회복할 수 있다는 믿음을 전제한다. 따라서 이는 포스트모더니즘의 문화적 조류에 대항할 수 있는 사상적 논거를 지니고 있다. 따라서 소위 서정시가 고루한 보수주의라는 오명을 벗기 위해서는 약간의 해명이 필요하다.

2.

우리 문단에서 본격적 의미의 서정시의 흐름이 그 역사가 깊고 오래됨은 주지의 사실이다. '본격적 서정시'라고 했는데 이때의 서정시란 다분히 포괄적인 것으로 개인의 주관적 정서를 다룬 시를 일컫는다. 이는 계몽이나 교훈을 목적으로 하는 교술시나 객관적인 사물을 묘사한 서경시, 사건의 전개를 담은 서사시 등의 대타적인 개념이다.

이러한 서정시는 우리 역사에서 운문이라는 장르가 생겨난 이래 우리의 정서와 밀착된 채 면면히 계승되었던 것이다. 군이 아리스토텔레스의 장르의 삼분법을 들어 서정양식이 시로 계승되었으므로 시는 곧 서정시라고 환원시키지 않더라도 우리 문학사에서 서정시는 가장 중요한 갈래 중 하나이다.

그러한 서정시가 문제시 된 것은 우리 근대문학에서 새로운 서구의 문예사조, 특히 계급주의 시와 모더니즘이 등장하고서이다. 이 두가지 시적 경향은 공히 전통적 서정시의 성격을 '지나친 감상주의'라 비판하며 자신들의 시론들을 정립시켜 나갔다. 그리고 이들에 의해서 비로소 김소월을 비롯한 전대의 시단이 '낭만주의'라 규정되었다. 소위 본격적인 서정시가 하나의 사조로 제한된 것이다. 시에서 새로운 방법론의 도입이 주요 과제가 되었던 것도 이와 때를 같이한다. 그 후 시문학파에 의해 '순수서정시' 운동이 일고 그 중 김영랑의 시를 예찬한 서정주가 정통적 전통 서정시를 구축하였으며, 그리고 조지훈의 시론을 비롯하여 청록파들의 시세계가 펼쳐졌는데 이러한 전개 과정은 우리 시단의 역동적 전개 속에서 서정시가 차지하는 중요성과 위상을 증명해 주는 것이 아닐 수 없다.

오늘날 우리가 거론하고 있는 '서정시 운동'의 성격도 이러한 맥락으로부터 벗어나지 않는다. 또한 이것이 전대의 횡행했던 문예운동에 대한 반성에서 비롯됨 또한 과거의 문예사를 떠올리게 한다. 그러나 1980년대 말, 90년대에 본격화 되었던 오늘의 서정시 운동은 과거 전통적 서정시의 본질적 속성을 지양하여 그것을 통해 현대의 파괴된 시적 풍토를 복구한다는 점에서 당대적 의미가 있다.

예컨대 모더니즘에서 출발하여 포스트모더니즘에서 절정에 달한 현대시의 해체주의는 시를 더이상 시라는 외연 속에 머물지 못하게 하였으며, 그 결과 독자로 하여금 시를 일회용품쯤으로 간주케 하여 결국엔 시를 시의 소비자들로부터 이반시키는 불행을 초래하였다.

오늘 우리가 일컫는 서정시가 다름아닌 '서정주의'이며 그 내포를 '동일성 미학의 회복'으로 설정하고 있는 것도 이러한 문화적 세태에 근거를 두고 있다. '서정성'을 캐치프레이즈로 설정하는 오늘의 서정시는 단순히 시의 '시적 정서화'에서 그치는 것이 아니고 분리되고 파괴된 현대인의 내면을 가능한 여러 루트를 통해 치유하고 되찾는 것을 목표로 하고 있다. 이전의 문화 풍토란 산업사회의 파괴성을 그대로 반영하는 문화 형태로서 분열된 자의식과 파괴된 의미 논리를 내포로 하기 때문이다. 여러 논자들이 서정시를 논함에 있어 생명의 시학, 생태주의, 은유의 미학, 리리시즘을 제시하는 것도 이러한 이유에 기인한다.

생태주의 혹은 생명의 시학은 산업화, 기계화, 도시화라는 인간 중심주의적 개발주의에 의해 자연 및 생명이 훼손되었다는 인식을 전제로 한다. 이에 대한 반성이 자연시를 대두시킨 것이다. 이는 자연은 결코 인간에 의해 대상화되어 무차별적으로 이용되는 존재가 아니라 인간과의 유사한 생명성을 바탕으로 우주의 원형적 질서를 이루고 있으므로 그것과 대화하고 조우할지언정 함부로 지배할 수 없다는 인식을 전개한다.

이와 같은 자아 및 대상에 대한 접근은 은유의 수사학을 발전시킨다. 기본적으로 은유는 동일성의 원리에 의해 성립되기 때문이다. 그것은 A=B라는 논리를 기반으로 자아의 내면을 여타의 대상에 의해 명명할 수 있고 명명해야 한다는 믿음을 제시한다. 인간과 자연과의 우주적 질서를 형상화하는 자연시도 이러한 원리에서 비롯된다. A=B가 아니므로, 즉 A는 규명될 수 없고 B는 A의 본질이 아닌 이미지만을 제시할 수 있을 뿐이라는 회의적인 생각으로는 은유의 수사학을 전개시킬 수 없다. 언어에 대한 그와 같은 입장은 기표를 무수하게 양산하는 기호의 유희 속에 빠져들게 마련이다.

은유에 대한 부정적 인식이 인접성의 원리, 즉 환유의 수사학으로 나아가 의미의 통일성을 해체하고 계속적인 기호 놀이로 빠져드는 상황을 우리는 많은 포스트모더니즘 시에서 경험한 바 있다. 즉 은유와 환유라는 수사학의 갈래는 기본적으로 언어에 대한 철학을 달리하는 데에서 중점적으로 사용되며 서정주의와 포스트모더니즘이라는 대립적인 문화적 경향과 관련된다.

은유적 사유를 중점적으로 하는 경우 언어는 기표의 미끄러짐을 부정하고 기표와 기의가 대응한다는 논리를 지니고 있기 때문에 의미를 규정할 수 있다는 믿음으로 나아간다. 또한 이것은 곧 자아의 동일성을 할 수 있다는 믿음과 같다. 서정성을 획득한 자아는 더 이상 분열의 길을 걷지 않는다. 자아와 세계의 화해로운 만남 속에서 자아의 내면은 우주를 향해있지 혼란과 어둠 속에서 헤매지 않게 된다. 따라서 서정성이라는 방법론은 자아와 세계의 행복한 동일시를 이루어 내어 건강한 주체를 세워내는 역할을 한다는 것을 알 수 있다.

포스트모더니즘의 전신인 모더니즘이 근대인의 파괴된 내면을 제시하여 산업사회의 부조리와 모순을 역으로 반성케 함으로써 도구적 이성을 경계하는 유의미한 역할을 의도한 것은 충분히 인정될 수 있다. 하지만, 제어되지 않은 해체, 균형감각을 방기한 주체는 어떠한 효율적 힘도 지니지 않은 채 무질서와 혼돈 속에서 자멸하게 될 것이다. 우리 시단에서 목도한 포스트모 더니즘의 운명이 바로 그러하다면 새로운 시대를 열어가야 할 오늘 우리 시의 주체들은 우선적으로 새로운 질서를 위한 건강한 자아의 회복을 필요로 한다.

3.

오늘날 서정시를 쓰는 시인들은 많다. 그들 가운데에는 이전부터 꾸준히 서정시를 고집했던 문단의 기성세대들도 있고 서정시를 통해 등단한 신세대들도 있다. 그러나 단순히 자연을 소재로 한다거나 혹은 내밀한 정서를 농후하게 다룬다고 하여 그것이 오늘 우리가 말하는 '서정주의'를 내포로 한다고 말할 수는 없을 것이다. '서정주의'는 보다 적극적인 정신적 의지를 요구한다. 현실에 의해 소외되고 분열된 자아를 회복하겠다는, 그리하여 나와 대상 간의 우주적 화해를 이루겠다는 포용과 사랑의 정신이 없이는 시를 통해 얻을 수 있는 일체적 감각은 구하기 힘들 것이기 때문이다. 자아와 세계의 행복한 만남은 어떠한 편향적인 추수로 이루어질 수 없다. 그것은 자아와 세계의 정밀한 균형감각에 의해 이루어진다.

우리 시단에는 초기의 분열된 자아상으로부터 출발하였지만 그것을 극복하고 우주적 서정성을 획득한 선굵은 시인이 있다. 오세영 시인이 바로 그이다. 오세영이 초기시 『반란하는 빛』에서 초현실주의적 세계를 보였음은 주지의 사실이다. 1960년대 산업화를 배경으로 하여 창작된 초기 시편들에서 시인은 모더니스트로서의 면모를 유감없이 보인다. 자아의 분열된 내면 세계, 무의식적 충동에 의한 언어의 환유적 표현, 논리적 의미화의 해체, 이성에 대한 회의 등 근대의 소외된 인물상을 가감없이 드러내고 있는 것이다.

불빛을 보면서 우리들은
달려나갔다.
전라도의 불빛이 보이고, 황폐한 과거가
몇 개로 구획되었다.
먼 황인종의 마을에서 개가 짖고
칸델라의 불빛이 경험으로 풀려나가고
지나온 십구세기가 토막토막 잘려
자막(字幕)에 걸리고 있다.
렌즈를 열고 흰옷의 그가 나온다.
전라도 사투리로 판소리를 부르고,
돌아가신 어머니의 이름을 부르고, 끝끝내 심청이를 불렀다.
도무지 갈채를 모르는 사람들의 눈에서
불이 꺼지고, 헛간에 켜둔 램프가
의식을 태운다.
낡아가는 한 시대의 필름.
어리석은 사내에게 몸을 맡긴 계집은
밤새워 지나가는 트럭 소리를 듣고 졸린 눈의
수학(數學)을 보았다, 결국
벗을 것인가 이 흰옷, 정지된 자막에
걸린 채 나는 벌거숭이 몸을 하고
손에 박힌 못들을 하나씩 뽑았다.
흔들리는 전라도의 논둑길
그 불빛 속을 뛰었다.
— 「불3」 전문, 『반란하는 빛』

위의 시에서 화자는 통일된 의식의 자아가 아니다. 화자가 말하는 것은 혼돈의 소용돌이 속으로 밀려가는 내면의 풍경이다. 화자의 내면은 자극과 내적 충동에 의해 직조되며 세계와 대화할 수 없는 불완전한 자아의 모습을 하고 있다. 그러한 불구적 자아의 상상적 정신작용을 묘사하는 동안 시의 내용은 비논리로 이루어진다. 또한 이미지의 자유 연상에 의한 내용 구성으로 인해 의미의 맥락을 잡을 수 없는 상황이 전개된다. 이와 같은 시적 자아의 비통일적 의식 상태는 곧 세계와의 불협화음을 드러내는 것이다.

초기 시의 오세영은 60년대 산업화에 따른 부작용들을 예민하게 감지하면서 그 속에서 소외되어 가고 있는 근대인의 내면 양상을 잘 보여주고 있다. 근대화의 톱니바퀴 아래서 많은 주체들은 세계와의 긴장관계를 상실하고 유폐된 내면 속으로 잠겨들어 가곤 하였기 때문이다. 그리고 이것은 피할 수 없는 근대의 한 양상이었다.

그런데 문제는 이러한 부정적 상황에 근대의 주체들이 대자적으로 접근해 가지 못하였다는 데에 있다. 그 속에 매몰된 채 파편화된 자아상에 안주하고 탐닉해갔던 것이다. 그 결과 모더니즘 시는 근대성 비판이라는 초기의 진보성을 상실하고 기법의 매너리즘에 빠지고 말았다. 그리고 그러한 맥락에서 우리의 시단에 포스트모더니즘으로 대변되는 해체적 실험주의가 발생하게 되었다. 그리고 포스트모더니즘이라는 문화는 시를 기호의 유희적 집합으로 전락시켜 버려 시가 이루어야 할 세계 속의 자아라는 관계, 대상과 자아 간의 건강한 긴장관계를 요원한 문제로 남겨 놓았다.

한편 오세영은 초기 모더니즘 시집 이후에 이미 안정된 서정 시인으로서의 면모를 드러낸다. 첫 시집으로부터 무려 16년 여의 간격을 두고 발행된 제 2시집 『가장 어두운 날 저녁에』에서 그는 평생의 주제인 삶에 관한 존재론적 성찰을 전개하고 있었던 것이다. 그의 성찰은 긴 시간을 두고 시와 함께 이루어져 오늘날 그 깊이를 드러내고 있다. 이제 그를 두고 모더니스트의 이미지를 떠올리는 경우는 극히 드물다. 그는 자타가 공인하는 서정시인인 것이다.

그가 서정시인이 된 계기를 일종의 방향 전환 혹은 10여년 간의 시적 모색으로 보는 것은 피상적인 시각이다. 왜냐하면 그의 제 1시집을 면밀하게 살펴보면 그에게 세계는 언제나 자아와의 함수관계 속에 놓여있어 자아를 긴장시키고 성찰하게 하고 정립하게 하는 코드로 작용함을 알 수 있기 때문이다. 그는 일반적인 초현실주의자처럼 무의식적 내면의 충돌들을 다루고 있지만 그와 동시에 자아 속에 유폐되는 것을 끊임없이 경계하고 있다. 제 1시집 속에 반복적으로 드러나는 불의 이미지와 탈주의 동기들이 그러한 그의 욕망을 보여준다.

그의 시에서 생명을 상징하는 '불'과 '탈주'의 이미지는 제2시집에 이후 '그릇'의 이미지로 빚어지면서 비로소 시인은 우주적인 존재론 탐구의 국면으로 넘어가게 된다. 그에게 '그릇'은 내면의 충동을 다스리는 이성적 힘이자 세계와의 화해적 질서를 구축하는 계기에 해당된다. 1시집에서 보여주었던 것처럼 충동의 동기들이 다스리기 힘든 에너지에 속한다면 그러한 존재성에 들려있는 자아는 실존적 고독 한가운데에 놓이기 마련이다. 이러한 조건에 대해 시인이 찾은 길이 '그릇'이었던 셈인데, 요컨대 '그릇'은 스스로의 내면의 혼란에 경계를 설정함으로써 세계 속의 '나'를 규정하려는 의지의 형상화이다. 이때부터 시인은 존재론적의 의미를 구하는 데에 주력하게 된다.

> 그릇에 담길 때,
> 물은 비로소 물이 된다. 존재가 된다.

잘잘 끓는
한 주발의 물,
고독과 불별의 울안에서
정밀히 다지는 질서,

그것은 이름이다.
하나의 아픔이 되기 위하여
인간은 스스로를 속박하고
지어미는 지아비 앞에서
빈 잔에
차를 따른다.

엎지르지 마라, 엎질러진 물은 불이다.
이름없는 욕망이다.

욕망을 다스리는 영혼의
형식(形式)이여, 그릇이여.
— 「들끓는 물—그릇6」, 『모순의 흙』

시인에게 '그릇'은 세계관과 시적 기법의 관점에서 볼 때 상당한 의미를 지닌다. '그릇' 자체가 그의 존재론을 관통하는 전략적인 상징이면서 의미 탐구의 출발점이 되기 때문이다. 이때부터 그의 시는 생략과 암시로 이루어진 은유적 잠언의 형태가 주를 이루게 된다.

시가 은유를 중심으로 이루어질 때 그 시는 의미를 구축하는 도정에 놓이게 된다. 이는 기호 유희로 인해 의미를 해체하는 소위 무의미의 시들과 대척점에 위치하는 것이다. 오세영 시인은 은유적 시를 기점으로 폭넓고 깊은 존재론적 세계를 펼쳐보이는 바, 연시(戀詩) 형태의 것들과 불교적 상상력의 시, 자연 서정시 등이 그러한 세계를 나타낸다.

시인의 시적 변화의 편력을 살펴본 것은 시적 자아의 동일성 여부가 서정시 형성의 근거가 됨을 확인하고자 했기 때문이다. 시적 자아의 통일된 의식체는 세계 속 자아를 규정하고 자아의 세계를 구성하고자 하기 마련이다. 그것이 곧 시적 자아의 우주적 화해, 세계와의 동일성 구현을 의미한다. 그러한 점에서 볼 때 오세영 시인의 시적 편력은 모더니즘에서 서정시로의 변모의 계기를 우리에게 보여주는 좋은 예에 해당된다. 또한 폭깊은 그의 시세계는 서정시의 외연을 유려하게 증명하고 있다.

4.

오늘날 우리가 시에서의 서정성을 지향하는 이유는 비단 서정시의 전통의 맥을 잇는다거나 시의 시다움을 찾는 것에서 그치는 것이 아니다. 문제는 시적 자아의 동일성 회복, 곧 주체의 정립에 있다. 후기 산업사회 속에서 시의 건전한 주체성들이 상실되었기 때문이다. 이는 곧 자아의 해체이자 언어의 파괴이며 사상의 빈곤을 의미하는 것이다.

그러나 시라는 장르가 존재하는 한 그것은 언어를 도구로 하지 않을 수 없다. 이러한 자각을 지니고 있다면 훼손된 언어를 치유해야 하는 의무 또한 시인에게 있을 터이다. 그리고 언어의 위상을 지키려면 우선 언어가 대상의 본질을 담아낼 수 있다는 믿음을 회복해야 할 것이다. 기표가 기의와 대응하여 서로 미끄러짐 없이 안정된 만남을 이루는 일, 그로써 대상의 의미가 공감의 자장 안에서 살아나는 일이 필요하다. 해체적 시가 언어의 기능을 부정하고 회의하였다면 오늘의 서정시는 언어야말로 자아가 세계와 조우하는 매개가 된다는 사실을 입증해야 할 것이다.

언어의 회복은 곧 자아의 복구로 귀결된다. 대상을 본질적으로 명명하고자 하는 자아는 나와 세계가 일체가 되기를 소망하는 자아이다. 그러한 '나'는 세계로부터 소외된 채 유폐되기를 거부한다. 충동에 들려 분열되고 파괴되기를 거부한다. '나'의 내면을 대상 속에서 확인하고 세계의 한가운데 나의 내면이 존재하기를 바라는 그러한 자아이다. 그러한 자아는 언어를 남용하지 않는다. 내면을 떠난 언어는 미끄러지는 언어요 거짓이기 때문이다. 거짓된 언어는 무게를 상실하여 한없이 떠돌아다닌다. 반면 내면과 대상을 매개해 줄 때 그 언어는 본래의 생명을 획득할 것이다.

시가 그 주체와 도구를 회복했을 때, 그 결과 시적 발화가 힘을 지니게 되었을 때 비로소 살아있는 담론이 형성될 터 그것이 곧 오늘 우리가 추구하는 서정시의 방향이다. 하나의 말이 의미가 되어 타자에게 스미고 대화를 유도하는 담론이 곧 살아있는 담론일 터, 서정적 주체들이 그들의 내면의 정황에 따른 건강한 담론들을 형성해낼 때 우리는 담론들의 생산적인 장을 만날 수 있을 것이다.

또한 동일성을 회복한 자아, 세계와의 조화로운 화해 속에 놓인 자아, 원형적인 우주의 한가운데 존재하며 우주의 원리와 교감하는 자아는 보다 완전한 세계를 꿈꾸게 된다. 서정적 자아는 세계와의 더욱 행복한 상태를 지향하기 때문이다. 그 꿈이 곧 서정시가 바라는 유토피아 의식이라 하면 비약일까? 요컨대 우리는 오늘의 서정시를 통해 새로운 사상의 시대를 맞이하고자 한다. 그때 각각의 서정주체들의 사상적 내용은 매우 다양할 것이다. 그러나 서정적 꿈꾸기를 하는 주체는 적어도 세계에 의해 지배당하지도,

또한 타자를 지배하려고도 하지 않는 자일 것이다. 내면이 분열되고 타자에 대한 파괴의 힘을 지닌 자는 결코 세계를 향한 서정적 동일성을 획득할 수 없기 때문이다. 이러한 주체들의 건강하고 다양한 담론들은 우리 시의 장(場) 속에서 서로 스미고 조율하며 생산적인 대화를 이루어갈 것이다.

(『시와정신』, 2002년 가을)

북한 시의 서정성과 이데올로기의 함수관계

오늘날 북한의 시를 비롯한 북한 문학에 대해 평가하고 연구하는 일은 그리 낯선 풍경이 아니다. 남과 북을 경계지우고, 서로의 체제를 공고히 하도록 만든 이데올로기의 경직도가 그만큼 약화되었다는 증거가 아닐 수 없다. 실상 해방이후 오랜 세월을 거치는 동안 그 연륜의 깊이와 폭만큼이나 남과 북 사이에는 많은 일이 있었고 변화가 있었다. 그러한 일들과 변화의 정점에 역사적인 남북 정상회담이 우뚝 자리하고 있다. 어디 이뿐인가. 남과 북이라는 구획된 경계를 만들고 이를 유지시켜왔던 국가보안법 폐지 여부에 대한 논란이 현재진행형으로 우리 앞에 전개되고 있는 실정이기도 하다.

이렇듯 남과 북 사이에는 이데올로기의 경직도나 한 핏줄이라는 피의 동일성에 대한 인식 여부에 따라 그 거리가 멀어지기도 했고 가까워지기도 했다. 그런데 이러한 이데올로기의 강화와 완화는 비단 남북 사이의 친밀도뿐만 아니라 각 체제 내의 문화부분에까지 똑같은 함량으로 기능적 역할을 해왔다는 사실이다. 시대가 변하고 사회가 변하니까 그 반응적 생산물인 문화가 바뀌는 것은 당연하다고 할 수 있을 것이다. 그러나 우리가 관심을 갖는 것은 단순히 자연발생적인 변화와 이에 따른 생산의 문제가 아니다.

그러한 변화의 이면에는 체제의 안정이나 정치적 목적에 의해 이루어지는 경우가 대부분이라는 점이고, 특히 당의 지도와 정책에 의해 규정되는 북한의 문학은 더더욱 그러하다는 점이다.

해방이후 북한의 문학은 당의 정책에 따라 혹은 이데올로기의 경직에 따라 많은 변화를 거쳤다. 북한의 시에서 예외적 경우로 인식되는 시의 서정성 강화문제도 이러한 영향으로부터 자유롭지 못하다. 북한의 시에서 개인의 내적 체험에 바탕을 둔 서정성의 표현은 실상 거의 불가능해 보였기 때문이다. 사회주의 건설기인 한국전쟁이전의 시기나 전후복구기, 그리고 천리마 대고조기에서는 더욱 그러했다. 그러나 북한의 서정시에서 비록 개인의 내적 체험에 바탕을 둔 서정이 표현된다고 하더라도 남한을 비롯한 자본주의권에서 규정되고 인식되는 서정시와는 분명 다르다. 이러한 질적, 양식적 차이가 전제되지 않고서는 남한의 서정시와 비교한다든가, 혹은 그러한 비교를 통한 상대편의 시가들에 대한 가치평가는 거의 무의미한 것이라 할 수 있다.

잘 알려진 것처럼 북한의 서정시는 남한의 그것과는 많은 차이를 보인다. 북한의 서정시는 "시인이 생활체험을 통하여 느낀 사상, 감정을 정서적으로 펼쳐 운문적 문장으로 전달하는 짧은 시"[1]로 정의된다. 이러한 정의 내용은 얼핏 보면 우리가 흔히 쓰는 서정시 일반의 정의와 별반 차이가 없는 것처럼 판단되지만, 좀더 세밀한 관찰을 해보면 아주 중요한 차이점이 발견된다. 그것은 시인의 개인적 체험, 현실과 분리된 추체험, 사회적 요인이 거세된 생리적 체험 등은 완전히 배제하고, 오직 근로인민들의 공통의 경험인 전형적 체험이나 전형적 감정[2]만을 시의 고유한 정서로 인정하고 있기 때문이다.

---

1) 장용남, 『주체적 문예리론연구(9)』, 문예출판사, 1990.10.
2) 리정구, 「서정시의 특성」, 『사실주의 서정시 강좌』(박기훈엮음), 이웃, 1992, p.98.

요컨대 북한의 서정시와 남한의 서정시는 비록 용어상으로는 동일하다고 하더라도 내용적으로는 이렇게 다른 양상을 보인다.

전형적 체험이나 전형적 감정에 바탕을 둔 북한의 서정시는 해방 이후 당의 정책이나 사회적 흐름에 따라 많은 변화를 거쳐 왔다. 그러한 변화 가운데 근래 들어 가장 눈에 띄는 것은 아마도 개인의 체험에 바탕을 둔, 어쩌면 남한에서 흔히 규정되는 서정시에 근접한 시들의 활발한 생산일 것이다.

차마 손을 잠그지 못하겠네
물이 흐려질가봐

티끌 하나 못버리겠네
산이 하두 깨끗해

물은 돌을 다듬어 옥같이 희고
옥돌에 담아 물은 구슬이런가

떠나기 아쉬워 떠나면 놓칠같아
걸음도 옮기지 못하겠네

아, 이 돌, 이 물, 이 나무
정없는 산천이라더니 이다지도 유정한가

예 아니 보고 아름다움을 말할가
세상을 다 준대도 내 아니 바꿀 너!
         ─ 김석주, 「상원동을 오르며」 전문

비교적 근래에 씌어진 이 작품의 주제는 국토애 혹은 조국애 정도로 이해된다. 북한 시에서 흔히 볼 수 있는 주체 과업의 완성이나 특정 대상에 대한 찬양, 예찬의 시들과는 어느 정도 거리를 두고 있는 경우이다. '흙의 사상', '땅에 대한 애착'과 같은 북한 인민들의 보편적 경험을 예외로 둔다면, 체제의 귀속 여부를 굳이 거론할 필요가 없는 작품이다.

이런 류의 시는 내적 감정에 바탕을 둔 개인적 체험의 결과이다. 북한의 시에서 나의 경험을 앞세운 시의 등장은 언제나 그리고 항상 동일한 시기와 질을 가지고 등장한 것은 아니었다. 필자가 보기에 이들 시의 등장은 그들 체제의 안정과 밀접한 상관관계를 갖고 있는 것처럼 보인다. 북한 시문학사에서 시의 미학적 특성이 심도 있게 논의된 것은 1950년대 중반이후가 아닌가 한다. 이때는 전후복구기가 어느 정도 끝나는 시점이고, 또한 정치부면에서도 항일혁명 세력 중심으로 권력이 재편되어 북한 사회가 안정을 찾아가는 시점이다. 비당파적 요인들과의 투쟁이 시급했던 사회주의 건설기나 전후복구기가 지나감으로써 시의 계급적 특성들을 굳이 강화할 필요가 없어진 시기들이다.

실상 사회주의 건설기를 비롯한 사회적 격변기의 북한 시에서 계급적, 당파적 요소의 강화는 도식주의라는 미학상의 한계를 필연적으로 내재시키고 있었다. 1950년대 중반에 치열하게 전개된 도식주의나 공식주의에 대한 비판들이 그러한 미학상의 오류를 증거해준다. 이정구는 1954년에 발표한 글에서 당대의 조선시가 첫째 개성이 없다, 둘째 서정이 적다, 셋째 주제가 다채롭지 못하다고 하면서 그러한 미망에 빠진 당대 북한 시의 문제점을 예리하게 지적해내고 있다[3]. 그는 당시에 발표된 인민 경제 복구 건설을

3) 이정구, 「최근 우리 시문학 상에 제기되는 몇가지 문제」, 『현대문학비평자료집』(이선영외편), 태학사, 1993.

취급한 작품들의 목록을 열거하면서, 이 모든 작품들이 거의 다 기계이름이나 노동의 종목만을 바꾸어 놓으면 거의 유사하거나 또는 전연 동일한 제목이 되는, 기계적 동일성에 빠져있다고 진단한다. 그러면서 서정시에서 전형적 체험이나 경험이 중요시된다고 하더라도, 전형적인 것이 일상적인 것이 아니며 가장 자주 반복되는 평범한 것이 아님을 강조하고 있다. 그의 언급처럼 개성이 배제된 전형성의 구현은 도식주의라는 오류를 피할 수가 없는 것이 사실이다. 사회주의 현실주의 미학에서 보편자 속에서의 개별자, 일반성 속에서의 특수성의 구현의 문제가 전형의 중요한 원칙이 되는 것도 이러한 이유 때문이다. 리정구 이외에도 많은 이론가들이 그러한 문제점을 지적한 바 있지만, 도식주의 문제를 전형의 개념과 결부시켜 한 단계 나아간 견해를 보여준 것은 김명수이다. 그는 서정적 '나'가 일반적인 '나'가 되어야 한다는 것은 사실주의적 서정시의 고유한 법칙이라고 전제하면서, "일반적인 '나'는 결코 개성적인 '나'를 배제하는 것이 아니며 도리어 그것을 예상한다. 다시말하면 개성적인 '나'를 통하여서만 일반적인 '나'로 천명된다"[4]고 본다. 이러한 그의 견해는 사회주의 현실주의 문학에서 강조는 전형의 문제에 본질적인 접근을 한 것으로 판단된다.

서정시에서 '나' 혹은 '개인적 체험'의 발현 등 도식주의에 관한 문제는 주체사상기에 접어든 60년대 이후 더욱 진전된 논의를 보여준다. 이 가운데 특히 주목되는 글은 김순석의 「서정시와 체험」(「청년문학」, 1965, 2.)[5]이다. 그는 자신이 쓴 시 "물결은 안개속에 어린 기슭을 씻으며/철없이 못 다 익힌 이야기를 들려준다./하늘엔 무수한 별이 반짝여도/너는 새별을 품에 안고 흐르며/네 오늘 기슭에서 다짐하노라"를 평하면서, 이 작품은 우선 '나'가

---

4) 김명수, 「서정시에 있어서의 전형성·성격·스쩰」, 위의 책, p.449.
5) 박기훈 엮음, 앞의 책.

체험한 '나'의 생활을 노래하고 있기 때문에, 가슴 속으로부터의 정직한 '나'의 목소리가 울려나오고 있다고 한다. 즉 허황하고 개념적인 빈 소리가 들어앉을 틈을 주지 않는다는 것이다. 김순석의 이러한 언급은 다음 두 가지 점에서 주목할 가치가 있다고 본다. 우선 '나'의 목소리가 울려 나온다는 것이 그 하나이다. '나'의 목소리란 '우리'의 목소리가 아니다. 그만큼 어떤 보편성이나 계몽적 울림의 집합적 음성과는 거리가 있다. 이 경험은 집단의 경험이 아니라 나의 경험일 뿐이기 때문에 북한 시에서 흔히 규정되는 전형적 체험과 전형적 정서와는 거리가 멀다. 다음으로 주목할 점이 '개념적인 빈 소리'라는 부분이다. 개념적인 소리란 문학성과는 상대되는 개념을 지칭할 때 흔히 쓰이는 용어이다. 개념 위주의 문학, 그것은 부르주아 문학권에서 현실주의 문학을 비판할 때 쓰는 주무기였다. 곧 예술성이 없고, 언어의 함축미라든가 정서미가 없다는 것이 그것이다. 그러니까 김순석이 '개념적인 빈 소리'가 없다고 한 것은 어떤 특정 전언을 전달하기 위해 기능적으로 씌어졌다는 것과는 거리가 멀다고 판단된다.6)

북한 시문학사에서 도식주의와 공식주의에 대한 논의와 그 이론적 전개는 계속 제기되어 왔다. 비록 그것이 창작방법상의 뚜렷한 변화를 가져왔다고 쉽게 단정할 수 있는 것은 아니지만, 대략 다음 세가지 방향으로 그 영향을 주었던 것으로 판단된다. 먼저 그러한 경향을 보이는 다음 세가지 문학 경향의 작품을 살펴보도록 하자.

---

6) 물론 김순석이 이렇게 '나'의 체험이나 경험을 강조했다고 해서 그것이 곧바로 자본주의권에서 말하는 경험이 배제된 순수한 것이라고 말하기는 어렵다. 북한 사회의 특수성을 고려하지 않더라도 이미 그는 이 글의 다른 곳에서 "훌륭한 시의 창작은 결코 그 어떤 천재 때문이나 좋은 조건의 덕이 아니다. 시대의 고동을 가슴에 걸어 안고 나가는 고매한 시 정신에 있다. 높은 시 정신은 높은 세계관과 풍부한 생활체험을 떼여놓고 생각할 수 없다"고 밝혀 놓고 있기 때문이다. 다만 여기서 강조되어야 할 것은 북한 사회의 특수성 속에서 구현되는 발전의 싹, 혹은 개념들의 발전일 것이다.

① 두봉화 두봉화
　　향산에 피는 꽃
　　송이송이 천만송이
　　산이 좋아 여기 폈나

　　봄내 기다려
　　그리움에 타던 꽃
　　좋은 철 좋은 날에
　　만발한 두봉화

　　오시는 걸음걸음
　　아꼈던 향기 날리고
　　가시는 걸음걸음
　　더욱 붉어 바래던 꽃

　　향산이라 온갖 꽃 피여웃고
　　봉이마다 고운 꽃 향기 뿜어도
　　너만이 안았던가
　　사랑 넘친 당의 해빛
　　　　　　　－ 구희철,「묘향산의 두봉화」부분

② 시의 구절은
　　밤새워 고치고 다시 쓸수 있어도
　　내디딘 삶의 자욱
　　흘러간 인생의 시절은 고칠수도 다시 쓸수도 없다네
　　내 만약
　　짧은 한순간이라도
　　안일과 유혹에 빠지면

인생은 천년을 잃고
삶의 목표는 만리로 아득하리
　　　　　　　　　－ 안창만, 「시와 인생」 전문

③ 긴 치맛자락 스치던 길가에,
소소리바람 옷깃 날리고
들새 머리 위에 우짖으니
반가워라 내 처음 찾은 나그네 아니로다,

이끼 앉은 성터에 세월은 서리어
옛길에 남긴 발자국 찾을 길 없으나
그 고운 얼굴 마음속에 오고가니
그 고운 노래 오락가락 가슴에 차네.
　　　　　　　　　－ 김순석, 「황진이 앞에」 부분

　첫째, 서정성의 강화를 위한 자연의 도입으로 ①의 경우 같은 작품이다.
그러나 자연을 서정화한다고 하더라도 막연한 자연 예찬의 경우는 드물고,
그러한 자연의 서정화를 통하여, 당이나 주체의 이념도 함께 예찬하는 경우
이다. 둘째는 순수한 내적 체험의 서정화이다. 가령 안창만의 「시와 인생」같
은 작품이 그러한데, 이 작품은 "내만약/짧은 한순간이라도/안일과 유혹에
빠지면/인생은 천년을 잃고/삶의 목표는 만리로 아득하리"와 같은 표현에서
알 수 있듯 당성이나 인민성의 세계와는 거리가 먼, 외적 계기와 절연된
비체험적 담론으로 구성되어 있다. 이런 유형의 시들은 북한시에 있어서
상당히 낯선 경우에 해당된다. 그리고 세번째는 전통의 도입으로 김순석의
「황진이 앞에」라는 시이다. 북한 시에서 전통의 도입은 그들 표현대로 낡은
것의 시적 형상화를 의미하는 것은 아니다.[7] 도식주의에 대한 새로운 대안적

모색으로 탐구된 만큼 북한 시에 있어서 전통의 문제는 시적 소재의 외연적 확대와 밀접한 연관을 맺고 있다[8].

북한 시에서 서정성은 매우 조심스러우면서도 꾸준히 확장되어 진행되어 오고 있다. 당성이나 인민성과 같은 보편체험의 영향을 받으면서도 개성이라든가 내적 체험 등이 새로운 소재의 영역으로 점차 확대되어 오고 있는 것이다. 북한 시에서 이러한 변화들은 사회적 변화의 흐름, 곧 이데올로기의 약화 현상과 밀접한 관련을 맺고 있다는 사실에 주목할 필요가 있다. 북한시의 전반적인 흐름이나 자료의 전체적인 조망이 있은 연후에 판단을 해야할 일이긴 하지만, 북한시에서 서정성이 보다 강화되어 나타나는 시기는 대략 1950년대 중반과 1980년대 중반이 아닌가 한다.

공교롭게도 이 두 시기는 북한의 사회가 대단히 안정화되어 있던 때라는 점이다. 잘 알려진 것처럼 1950년대 중반은 전후 복구가 끝나고 새로운 집단주의인 천리마 대운동이 시작되기 직전이고 80년대 중반은 주체사상과 그에 따른 사회적 지배력의 거의 완성되어 가던 때이다. 그러한 체제의 안정성이 여러 개성적인 목소리를 담보해주게 하는 하나의 계기가 아니었나 생각되는 것이다. 이렇게 볼 때 북한 시에서의 서정성은 이데올로기의 경직도 여하에 따라 강화되기도 하고 약화되기도 하는 종속변수로서 북한 시의 한 축으로 자리잡아 가고 있는 것처럼 보인다.

(『시와 상상』, 2004년 겨울)

---

7) 북한 시에서 전통에 관한 도입논의는 혁명전통에 대한 문학적 계승의 차원에서 도입한 것으로 알려져 있다. 물론 북한시에서 혁명전통에 대한 문학적 형상화에서 비롯한 것이라는 점도 어느 정도 사실이다. 하지만 그보다는 북한 시의 폐해인 도식주의에 새로운 대안 모색의 결과물이라는 것도 부인하기 어렵다.

자세한 것은 남기혁, 「북한 전후시의 전통과 모더니티」, 『한국현대문학연구』, 태학사, 2002와 방연승, 「서정시의 민족적 특성」, 『사실주의 서정시 강좌』(박기훈엮음) 참조.

8) 김순석의 「황진이 앞에」와 같은 시가 대표적인 경우이다.

문장파 전통주의의 현대적 성격 연구

1. 머리말

지금까지 '문장파'에 대한 연구는 크게 『문장』誌를 주도했던 개별 작가들에 대한 연구와 '문장파' 집단에 대한 연구 등 두 방향에서 진행되어 왔다. 개별 작가들을 누구로 다뤄야 할 것인가의 경우, 그것은 문장파의 범위를 어떻게 한정할 것인가와 관련되는 문제인데, 대체로 이병기, 정지용, 이태준 등으로 그 경계가 주어질 수 있겠다. 이들은 『문장』의 편집 및 신인작가 추천을 도맡아 했고, 이 그룹의 실질적인 주도세력이 되었을 뿐만 아니라 잡지 『문장』이 나름의 일관된 성격을 지닐 수 있도록 하는 작품세계를 보여주었기 때문이다. 이 외에의 다른 시각도 있는데, 어떤 연구자는 '문장파'의 시적 경향을 '선비문화에서의 지향'으로 규정하고 이태준, 정지용, 이병기 외에 조지훈을 추가시킬 수 있다고 했다.9) 이들은 공통적으로 물적 근거가 소실된 상황에서도 조선조 선비들의 문화를 모방하고 실천하려고 노력한 사람들이기 때문이라는 것이다.

---

9) 최승호, 1930년대 후반기 시의 전통지향적 미의식 연구, 서울대학교 대학원 박사논문, 1994, p.1.

개별작가들에 대한 연구는 '문장'파의 우두머리격이었던 가람 이병기에 대한 연구가 주류를 이루었다. 이병기에 대해서는 김윤식 등에 의해 이루어졌는바, 이들은 가람이 창작한 시조가 난(蘭), 매화, 예도(藝道)로 표상되는 주자학적 미의식을 드러내고 있다고 연구한 바 있다.[10] 정지용에 대해서는 그의 후기시에 주로 주목하면서 동양적 정신주의의 측면에 대한 탐색으로 그 연구가 진행되었다.[11] 그리고 이태준에 대해서는 그의 독특하고 색다른 문장관과 고전지향성에 대한 탐구가 이루어졌고,[12] 조지훈에 대해서는 어느 정도 연구성과가 축적되었음을 볼 수 있는데, 최승호는 조지훈의 자연시를 유가적 형이상학의 관점에서 분석하고 있으며[13], 박호영은 생명사상에 바탕한 유기체론에 입각하여 지훈의 시학을 규명하고 있다. 또한 오세영은 지훈의 시를 총괄하여 그의 문학사적 위치를 정립한 바 있다.

이와 별도로 『문장』誌의 전체적인 성격을 그들의 세계관을 통해 드러내고자 한 시도도 있어 왔고, 그들 집단의 의식을 선비문화로 한정하지 않고 이들이 지향했던 문학적 성격을 근대와 반근대라는 관점에서 고찰한 연구성과도 있다.[14]

선행 연구들을 종합해 보면, 문장파에 대한 연구가 그들을 유가적 세계관

10) 김윤식, 『한국근대문학사상비판』, 일지사, 1978.
『한국근대문학사상사』, 한길사, 1984.
김용직, 『한국근대시사 下』, 학연사, 1986.
11) 김용직, <정지용론>, 『한국현대시해석비판』, 시와시학사, 1993.
이승원, <정지용의 시론>, 『한국현대시론사』, 모음사, 1992.
12) 김윤식, 『한국근대문학사상비판』, 일지사, 1978.
권혁준, <이태준의 『문장강화』에서 살펴본 문학관과 전통성>, 『한국현대문학과 전통』, 신원 문화사, 1993.
13) 최승호, <조지훈의 시학에 있어서의 형이상학적 관점>, 『관악어문연구』 16집, 1991.
14) 김윤식, <'문장'지의 세계관>, 『한국근대문학사상비판』, 일지사, 1978.
황종연, <문장파 문학의 정신사적 성격>, 『동악어문논집』 제21집, 1986.

에 바탕한 상고주의적 미의식을 보이고 있는 것으로 그 방향을 잡아가고 있음을 알 수 있다. 이러한 줄기를 큰 흐름으로 가람의 시조 창작이나 상허의 서화(書畵) 취미, 지용의 한시적 발상 등이 그 각론으로 더 추가되어 왔다고 할 수 있을 것이다.

이 글은 1930년대 중반, 전통을 둘러싼 논의들이 어떠한 배경 하에 대두되어 어떤 과정으로 전개되었는지를 살펴보고 당시 문장파의 창작 양상에 비추어 어떠한 관점이 생산적인 논의가 될 수 있었는지를 살펴볼 것이다. 아울러 선행 연구성과에 힘입어 문장파 개별작가들의 문학적 실천들을 고찰하고 그들 창작이 올바른 개념의 전통성에 어느 정도의 기여와 한계를 보이고 있는지를 평가할 것이다.

2. 1930년대 전통논의의 전개와 그 성격

1) 1935년 전통론의 등장 배경

전통론은 국문학 분야에서 가장 빈도 높게 거론된 논쟁 가운데 하나이다. 우리 근대시사에서 전통의 문제들이 대두되었던 시기들은 근대문학의 시발점에 해당되는 1920년대 초반과 1930년대 중반, 그리고 1950년대 중반이 대표적인 경우이다. 1920년대 초의 전통문제는 프로문학과의 논쟁을 통해 민족주의 진영이 제기한 것으로 시조부흥운동과 관련된다. 당시 논쟁의 최초 논문인 육당의 <조선 국민문학으로서의 시조>(『조선문단』 16호, 1926. 5.)에서는 '先瞽의 주요한 일범주인 시조'를 통해 국민문학의 정신을 집약시킬 수 있다고 보았는데, 그것은 시조가 '조선심'을 형상화시킬 수 있는 양식이기 때문이라는 것이다. 이때의 전통논의는 카프에 대항하는 국민문학파의 대변지 구실을 하는 데 급급하여 시조부흥운동에 국한된 제한적 전통 계승 시도밖에 펼치지 못했다. 또한 그들이 지향점내지 탐구 영역이 '조선적'이라는 데서 논거를 찾은 탓에 논의가 매우 심정적이고 형식적인 데에 그쳤다는 한계가 있다.

그러던 것이 1935년에 접어들어 조선일보, 조선중앙일보, 동아일보 등 주요 3대 신문 학예란이 일제히 고전문학의 특집을 마련한 것을 기회로 전통론에 대한 관심이 고조되기에 이른다. 이들의 관심이 어느 정도 인가는 당시 전통론 특집의 취지를 다음과 같이 밝히고 있는 조선일보의 글에서 확인된다.

> 本報 新年號 紙上에 古典文學 紹介의 페이지가 있거니와 일부 論者들의 意見은 새로운 文學이 誕生할 수 없는 불리한 環境 아래 오히려 우리들의 고전으로 올라가 우리들의 文學遺産을 계승함으로써 우리들 문학의 特異性이라도 발휘해 보는 것이 時運에 피할 수 없는 良策이라고 말하며 일부의 論者들은 우리의 新文學 建設을 위하여 그 前日의 攝取될 營養으로서 필요하다고 말한다.15)

여기에 쓰인 글을 액면 그대로 받아들인다면, 당대의 전통논의가 '새로운 문학이 탄생할 수 없는 불리한 환경'에서 대두되었다는 사실이다. 당시 일제의 식민 정책이 극에 달하여 문학이 간신히 그 활로를 마련할 수 있는 방편이 전통논의였을 것이라는 유추가 가능하다. 전체주의적 동원체제를 확립한 일제가 모든 것을 그들의 침략전쟁에 협력이 되도록 하는 상황에서 반일적

---

15) 조선일보, 1935. 1. 22.

인 사상이 허용되지 않자 문학이 나아갈 수 있는 방향이란 현실로부터 벗어나는 길 뿐이었다.

이러한 상황에 대해 백철은 <위기의 세계정세의 신문학의 행방>이라는 논제 하에 "현실 도피와 주조의 상실"의 시대라 진단하고,[16] 위기의 시대에 이제 더 이상 사회체제를 변혁하는 적극적이고 사회적인 기능을 할 수 없게 되었을 때, 문학은 겨우 '문학성의 주변에서 조그만 교두보'를 지켜야 한다고 보았다.

문장파의 등장은 바로 이러한 환경에서 배태되었다.[17] 이렇듯 전통론이 대두된 배경을 들여다보면, 암담한 현실 속에서 미래에 대한 전망이 불투명하거나 수용된 외래의 문예사조가 더 이상 나아가지 못하고 새로운 주조 탐색이 요구될 때[18]마다 전통에로 시선을 돌렸음을 알 수 있다. 따라서 전통론을 단순한 수구적 태도나 막연한 과거로의 도피로만 해석될 수 없는 근거가 바로 여기에 있다고 하겠다.

---

16) 백철,『신문학사조사』, 신구문화사, 1983, p.472.

17) 1930년대 중반의 조선문학 고전에 대한 탐구가 저널리즘의 조명을 받을 수 있었던 것은 한국문화계에서 국학연구의 업적과 한글운동의 결실이 있었기 때문이다. 가령 1933년은 김태준에 의해 『조선소설사』, 『조선한문학사』가 발간되었고 한글맞춤법 통일안이 제정된 해이기도 하다. 이런 토대로 말미암아 고전론은 이전의 조선주의와 달리 학술성과 구체성을 띨 수 있었다. 김윤식, 『한국 근대 문예 비평사 연구』참조.

18) 1920년대의 시조 논의는 한편으로 서구시 수용의 한계에서 오는 새로운 시형에 대한 모색과 새로운 정신의 탐색에 따른 결과로 볼 수 있다. 즉 형식적인 측면에서는 정형성을 기반으로 하는 고전 시가에 대한 의식없이 자유시형을 정착시키려는 신시 운동이 필연적으로 부딪혀야 했던 율격의 진공 상태를 어떻게 극복할 것인가 하는 자각과, 내용적으로는 계몽적이고 서구 편향적인 시적 내용과 그 안티테제로서 '조선심'을 시적 형상화의 주요 대상으로 삼아야 한다는 필연적 자각에 따른 것이다. 송기한, <전통적 서정과 주체 재건의 문제>, 『문학비평의 욕망과 절제』, 새미, 1998, pp.11~12.

2) 전통의 개념 규정

전통으로 눈을 돌릴 경우, 그것을 어떻게 보아야 하는가를 우선 고민하고 검토하는 것은 어쩌면 당연한 현상이라 할 것이다. 전통이 '어떤 세대에서 다음 세대로 전승되어 가는 것'으로 규정할 때, 그 속엔 한 시대 한 사회의 전형으로 기능한 고전이 포함되어 있을 것이기 때문이다. 고전(classic)이란 어원상 '옛날'의 의미와 함께 '모범적 純美함'의 의미가 있다. 따라서 고전은 연대적 간격과 함께 균제한 형식미를 갖추어야 한다. 현재의 양식을 과거에서 찾는 것은 과거의 우수한 것이 모델이 될 수 있을 것이라는 기대 때문이다. 이원조는 <고전 부흥론 시비>(『조광』, 1938. 3.)에서 고전을 탐구하게 되는 경로가 '역사적 심리'에 그 원인이 있음을 지적하고 있다. 이를 다른 말로 하면 현대에 대한 안티테제 혹은 새로운 대안 담론에 대한 희구라고 할 수 있을 것이다.

> 미끼 기요시(三木淸)에 의하여 역사는 써 보태지는 것이 아니라 고쳐 썩여 진다는 것이 중요한 관념인데 …… 이것은 역사의 창조라 할 수 있는 것이다. …… 모든 것이 결정되지 않은 시대, 다시 말하면 그 사회의 모든 질서가 어느 운명적인 최후의 심판을 받지 않은 채 그러한 운명적 심판을 목전에 두고 초조와 불안과 중압을 느낄 때, 역사는 지나간 역사적 사실을 새로 보려 하고 문학은 고전에 돌아가려 하는 것은 당연한 역사적 심리로서 '역사 는 충실한 증언자이다'라는 말도 여기에서 수긍될 수 있는 것이다.[19]

그러나 전통의 계승에서 유의할 점은 전통을 유산과 구별시킬 줄 알아야 한다는 것이다. 유산이란 하나의 틀이 굳어버린 고정불변의 재료이지만,

---

19) 이원조, <고전부흥론 시비>, 『조광』, 1938. 3.

전통은 그 스스로 생성 변모하는 유기적 질서인 까닭이다.[20] 따라서 둘을 구별하는 데에는 역사의식이 전제되어야 한다. 전통이란 단순히 과거로 복귀하거나 막연히 돌아가는 것이 아니라 과거성과 함께 끊임없이 현재성이나 현재의 관점에서 탐구되어야 한다는 점에서 그러하다. 또한 이럴 경우에라야 전통적인 것에 이질적, 외래적인 요소가 융합, 수용되어 새로운 미래를 건설할 수 있는 힘을 획득하게 된다. 당대에 난만히 진행되었던 전통을 둘러싼 논쟁 또한 당시 전통추구가 어떠한 실천적인 함의를 지니는가를 검증하기 위한 과정이었다. 이때 전통을 추구한다는 것을 문화적 후퇴로 인식하는 부정적 견해와 현재적 의미로 부활시켜야 한다고 하는 긍정적 견해가 대립하는 것은 당연한 현상이라 하겠다.

그러나 고전이 복고주의이자 현실 도피로 경계되고 고발되었어도 문장파가 보인 전통추구는 의욕적이었고 당시의 문단을 주도할 수 있을 만큼 창작 과정에도 많은 영향을 끼쳤다. 또한 고전에의 친화 현상이 심정적인 차원에서 이루어지면서 오히려 당대의 역사의 파괴성을 극복할 수 있는 방법론을 제기하기에 이르른다. 문장파가 추구한 고전부흥론은 상고취미의 차원으로 전락할 요소를 안고 있었음에도 불구하고 이를 초월하여 창작 및 일관된 세계관을 구축하게 된다. 이러한 과정은 전통이 그 역사적 접근 방법에 따라 얼마든지 당대적일 수 있음을 보여주는 대표적인 사례라고 할 수 있을 것이다.

서구의 경우 전통이라는 용어를 체계적인 이론으로 제기한 이는 엘리어트(T. S. Eliot)이다. 그의 유명한 논문 <전통과 개인의 재능>(Tradition and Indivisual Talent)(『The Sacred Wood』)에서 다루어진 전통에 대한 논의는 20세기 문학의 중요한 지표가 되었다. 특히 영미계를 대표하는 신고전주의

---

20) 오세영, <전통이란 무엇인가>, 『현대시의 전통과 창조』, 열화당, 1998, p.16.

모더니즘 문학의 주요한 이론적 전거되기도 했다. 신고전주의자가 반전통주의를 부르짖던 19세기 낭만주의나 20세기 실험사조에 대한 안티테제로 등장한 것은 잘 알려진 일이다. 이들이 내세웠던 전통주의는 물질문명과 종교적, 도덕적 몰락 속에서 비극적 결과만을 안게된 현대인들에게 삶을 정착시킬 수 있는 가치관을 제시하고자 했다. 즉 전통주의는 현대와 같은 과학의 시대에 문학이 기계적 합리성으로 환원되는 것을 경계하기 위한 노력으로 등장한 것으로서[21] 그 속엔 예술작품이 기계문명으로부터 벗어나 우주적 합목적성을 지향한다는 의미가 내포되어 있다. 다시 말해 전통의식으로 말미암아 예술작품은 개인의 우연성이 아닌 역사적 혹은 우주적 필연성을 획득한다는 것이다.

문장파의 전통주의가 엘리어트로부터 직접적인 영향을 받았다는 증거는 찾기 어렵다. 그러나 문화를 역사적인 현상으로 파악하여 역사의식을 강조한 점이나, 주조를 상실하고 자기 분열에 빠진 시대의 거점이 전통에 있다고 생각한 것, 그리고 그 전통 속에서 종교적 우주관을 찾으려 했다는 점에서 문장파의 전통논의가 매우 수준있는 것이었고 전통의 본질론에 닿은 것임을 일러준 것 등은 엘리어트의 전통론과 일면 부합되는 국면이 있다고 하겠다.

3. 문장파 전통성의 몇가지 양상

1) 조지훈의 고전탐구와 자연관

조지훈이 표방한 전통주의는 문장파의 신세대답게 활기로 넘쳐 있고 매우

---

21) 전게서, p.15.

역동적인 것이었다. 그는 "『문장』지 중심의 고전 부흥론은 현실도피이자 고전은 역사적 전환기에 문화의 원리를 고구하는 재료로서만 의의가 있다"는 경고가 무색하리만치 의욕적이고 창조적인 고전주의자의 면모를 보여주었다.

조지훈은 고전주의의 지향이, 역사와 전통의 영역에 주거하는 문학에 있어서 지극히 자연스런 행위라 판단하고[22] 문학이 정상의 발달을 달성하기 위해선 오히려 고전을 추구해야 한다는 적극적인 태도를 보이고 있다. 그러면서 고전을 추구하는데 있어서 경계해야 할 것을 골동상과 박물관의 진열창에 비유하여 제시하고 있다. 골동품처럼 옛것에 지나지 않는 것이라거나 박물관 진열창의 것처럼 현실과 유리된 것은 진정한 고전이 아니라는 것이다. 곧 고전적인 것과 현대적인 것은 동전의 양면처럼 서로 분리되어 생각될 수 있는 것이 아니라는 것이다. 이러한 인식은 매우 소중한 것이 아닐 수 없다. 그것은 그의 전통관이 문장지의 같은 동료였던 이태준의 골동취미와 대립할 수 있는 지점이기도 하기 때문이다. 조지훈의 관점에서라면 이태준적인 골동취미는 그 존립근거가 없어지기 때문이다. 그러나 이태준에 관하여서는 후술하겠지만, 그의 고전주의는 산문적, 일상적 세계에 대치할 수 있는 방법론으로서 '골동품'의 세계에 접근하는 것이다. 폐쇄적이고 완결된 시적 세계로 칩거할 수 있는 계기가 바로 골동(骨董), 고동(古董)이 되는데, 이러한 근거를 굳게 지키거나 믿게 되면, 일제 국책문학에 봉사하는 현실적 위험으로부터 어느 정도 피해갈 수 있었다. 그러나 일제 패망 후 진정한 열린 세계가 도래했을 때 그가 보이는 어설픈 작품들[23]은 그의 고전주의가 일제의 근대성에 저항하는 방편이 되었을지는 몰라도 그 이상은 될 수 없었

---

22) 조지훈, 〈현대문학의 고전적 의의〉, 『전집』3, p.186.
23) 『소련기행』 같은 수준미달의 작품들.

음을 알게 된다.

조지훈의 언급처럼, 고전이 진정 살아있는 고전, 생활화된 고전이 될 수 있었던 요건 중 하나는 그가 고전을 자각적으로 선취하려 했다는 점에 있다. 그는 '이지와 정열의 균형'을 강조하는데 이를 통해서만 고전문학의 보편적 주제와 표현이 성공적으로 이루어질 수 있기 때문이다.[24] 그에게 '고전'은 역사의식적으로 다가갈 수 있는 본질적인 것으로 다가온다.

게다가 조지훈의 자연관을 살피는 것 역시 그의 전통주의에 대한 탐구에 있어서 아주 중요하다고 할 수 있다. 그는 <자연과 문학>에서 자연은 '절로 생기는 것'이라 말하고 있다.

> 문화가 인위의 산물로서 자연을 이용하고 지배하여 오늘의 경탄할 업적을 낳기까지에는 자연을 배반하지 않을 수 없었고 자연의 배반은 어느 점으로는 부자연을 낳았다는 것입니다. 만능의 신이 되려다가 동물이 되고 만다는 것은 인간을 기계화하는 경향에서 비롯되는 것이 아니겠습니까. 자연은 인간에게 비정률성(非定律性)이란 창조의 자율성을 주었습니다. 창조의 자율성으로 다른 동물과 구별되는 인간의 특질이 추구 확대된 구극에 제 손으로 제 목을 조르게 되었다는 것도 지나치게 자연을 배반하는 인간에게 주어진 자연한 운명이 아니겠습니까. 자연을 거세한다는 것이 자연에 지배되는 것이라는 말은 하나의 비극이라 하겠습니다. 그러므로 우리는 인간은 기계적이거나 동물적이어서 자연적이 되는 것이 아니라 도리어 인간적이고 자율적이어야 더 자연적이라는 진리를 찾을 수 있는 것입니다. 문학은 문화 산물의 하나로서 인간만이 향유한 것입니다. 그러나 문학을 한다는 것은 인간이 태어나면서부터 절로 발생하지 않을 수 없었던 생명의 욕구였습니다.[25]

---

24) 조지훈, <전통의 입상, 고전주의의 현대적 의의>, 『전집』3, p.176.
25) 조지훈, <자연과 문학>, 『전집』3, pp.312~13.

'절로 생기는 것'으로서의 자연은 조화로우며 영원하고 스스로 끊임없이 움직이는 세계, 질서있고 규칙적인 움직임의 세계이다. 즉 자연은 그 상태로서 조화와 질서를 갖춘 완미한 것이다. 반대로 그것을 이용하고 지배하려 들면 오히려 부작용을 낳는다는 것이다. 조지훈의 이러한 자연관은 근대문명에 대한 부정적 입장을 반영한 것으로 주객일체의 경험을 중히 여기는 동양적 자연관에 속한다. 자연은 살아있는 생명의 전일 상태이므로 '넓은 의미의 시'이며 시는 자연이 나타내지 못하는 아름다움을 창조할 때라야 '참뜻의 시'가 될 수 있다.[26] 그것은 주객일체의 조화적 세계이므로 그의 자연시에서 서정적 자아인 나는 배제되는 경향으로 나타날 수 있다. 가령, <고풍의상>, <봉황수>, <승무> 등의 작품이 이에 속할 것이다.

그러나 조지훈의 시에서 자연과 서정적 자아가 분리되지 않는 경우도 있다. <낙화>가 특히 그러하다.

꽃이 거기로서니
바람을 탓하랴

주렴 밖에 성긴 별이
하나 둘 스러지고
귀촉도 울음 뒤에
머언 산이 닥아서다

촛불을 꺼야 하리
꽃이 지는데

---

26) 조지훈, <시의 원리, 시의 우주>, 『전집』3, p.121.

꽃 지는 그림자
뜰에 어리어

하이얀 미닫이가
우련 붉어라.

묻혀서 사는 이의
고운 마음을

아는 이 있을까
저허 하노니
꽃이 지는 아침은
울고 싶어라

　　　　　　－ ＜落花＞ 부분

　　침잠과 靜觀에 젖어있는 隱者의 세계로서 표현된 ＜낙화＞는 자연과 일체
가 되는 시적 자아의 상태가 절제된 감정의 미학으로 표현되고 있다. 즉
＜고풍의상＞ 등의 경우처럼 서정적 자아는 자연으로부터 배제되어 있는
것이 아니라 합일되어 있음을 보여주고 있는 것이다. 김용직은 이 작품의
서술어에 주목하여 '울고 싶어라'의 표현을, 감정에 대해 그 상태를 말하고
있을 뿐 정작 구체적인 울음과는 관련없다고 함으로써 '중용'의 고전성과
결부시키고 있다.[27]

2) 이태준의 골동취미와 문장관에 드러난 전통주의

　『문장』과 가운데 전통지향성을 주도한 대표적인 작가가 이태준이라는

[27) 김용직, ＜현대시와 전통의 계승-조지훈론＞, 『심상』, 1973. 12, p.79.

사실을 부정할 사람은 없을 것이다. 그는 『문장』의 주간을 맡아 일하면서 편집방향을 고전탐구, 전통적인 것의 계승으로 설정했을 뿐만 아니라, 『文章』의 제자(題字)와 표지화부터 추사(秋史)의 것을 택함으로써 그의 고전 지향의 의지가 어느 정도인가를 주도면밀하게 보여주었다.

그가 고전을 지향하게 된 것은 1930년대 후반부터로 추정된다. 이 시기부터 이병기와 가까워지기 시작했는데, 가람의 영향을 크게 입어 한국어문이나 풍류, 특히 매화와 난초를 중심으로 한 상고취미에 흠뻑 빠져들게 된다. 이러한 호고벽(好古癖) 취향 태도는 나아가 서화(書畵)라든가, 골동(骨董)에의 취미로까지 이어졌고[28], 고전작품에도 관심을 갖게 된다. 김윤식은 이러한 이태준의 성향을 '悟道의 경지에 감히 이르지도 못한', '겉멋만 들린 어중이 떠중이'라고 힐난하고 있는데[29], 이는 선비기질과 판이하게 다른 것이며 개인의 안위에 관심 있을 따름인 딜레탕티즘이라 규정하고 있는 것이다.[30]

그의 대표작 『문장강화』에 집약되어 있는 그의 문장관 역시 귀족적인 골동취미와 그 궤를 같이 한다.

> '말을 문자로 기록한 것'이 문장이라 했다. 물론이다. 그러나 언문일치의 문장일 따름이다. 한 걸음 나아가, '말 그대로를 문자로 기록한 것'은 문장이 아닐 수도 있는 것이다. '말 그대로 문자'가 일반적으로는 '문장'일 수 있으나 '말 그대로 문자'가 문학, 더욱이 문예에선 '문장'일 수 없다는 말이 '현대'에선 성립되는 것이다. 언어미는 사람의 입에서요, 글에서는 문장미가 요구될 것은 자연이다. 말을 뽑으면 아무 것도 남는 것이 없다면 그것은 문장의 허무(虛無)다. 말을 뽑아내어도 문장이기 때문에 맛있는, 아름다운, 매력이

---

28) 그의 골동취미가 어느 정도였느냐 하면 『문장』지 한 권이 2원 정도 할 때 5~600원을 호가하는 백자를 구입하려 열을 올리던 것으로 미루어 짐작할 수 있다.
29) 김윤식, 〈문장지의 세계관〉, 『한국근대문학사상비판』, 일지사, 1978, p.169.
30) 김현, 김윤식, 『한국문학사』, 민음사, 1973, pp.190~200.

있는 무슨 요소가 남아야 文章으로서의 본질, 문장으로서의 생명, 문장으로
서의 발달이 아닐까? 현대, 또는 장래 문장의 이상(理想)은 이곳에 있지
않을까 생각한다[31]

　언문일치 문장은 민중의 문장이다. 개인의 문장, 즉 스타일은 아닌 것이다.
개성의 문장일 수는 없다. 언문일치 그대로는 이 앞으로는 예술가의 문장이
되기 어려울 것이다.[32]

　"册만은 '책'보다 册으로 쓰고 싶다. '책'보다 册이 더 아름답고 册답다"와
같은 것은 수사학과 연관되는 대목이다. 여기서 이태준은 말(민중어)의 차원
과 문장의 차원을 엄격히 구분하고 있고, 민중어의 차원을 넘어서야 비로소
개성적 문장이 가능함을 역설하고 있다. 실상 여기서 그가 말하는 문장이란
작위적으로 글을 만드는 측면을 보이고 있을 뿐인데, 이는 문장의 실용성보
다는 예술성을 높이 평가하는 이태준의 스타일리스트로서의 면모를 볼 수
있는 대목이다. 뿐만 아니라 새롭고 완결된 문장을 만들기 위해서는 외래어
와 신어(新語)는 그것이 영어나 한자어와 상관없이 '자연스럽게' 써야 한
다[33]고 주장하는 데서 고유어나 토속어는 외면하면서도 '새로운 것', '서구
적인 것'을 무비판적으로 수용하는 지식인들의 한계를 엿볼 수 있다. 또한
이것은 자국문화에 대한 열등감일 뿐만 아니라 근대 초기 모더니스트나
지식인들이 보여왔던 엑조티시즘적인 경향과 크게 다르지 않는 것이라고도
할 수 있다.

　『문장강화』를 통해 본 그의 전통성에 대해서 '문화적 암흑기에 민족어를
아름답게 지키기 위한 노력에 값했다'[34]는 평가를 내릴 수도 있을 것이지만,

---

31) 이태준, 『文章講話』, 박문서관, p.336.
32) 상게서, p.296.
33) 전게서, p.27.

그는 文을 대하는 태도에 있어 '어떤' 글을 쓸 것인가 하는 내용, 주제에는 무관심하고 '어떻게 쓸 것인가' 하는 표현기교, 수사에만 관심을 기울임으로써 우리 고전의 의미를 체계있고 폭넓게 계승하는데 실패했음을 확인할 수 있다.

그러나 상허는 그가 보인 세계가 생산성, 번식성을 처음부터 거부하는 것임을 자각하고 있었다.

> 무슨 물품이나 쓰지 못하게 된 것을 흔히 骨董品이라 한다. 이런 弄은 물품에 뿐 아니라 사람에게도 쓴다. 現代와 遠距離의 사람, 그의 古拙한 티를 사람들은 骨董品이라 弄한다. 骨董이란 말은 마치 '無用', '無價値'의 代用語같이 쓰인다.……
> '骨董'이란 中國말인 것은 물론, '古董'이라고도 하는데 實은 '古銅'의 音轉이라 한다.…… '古'는 秋史 같은 이도 얼마나 즐기어 쓴 餘韻 그윽한 글자임에 反해, '骨'字란 얼마나 火葬場에서나 추릴 수 있을 것 같은, 앙상한 죽음의 글자인가! 말이란 大衆의 소유라 임의로 고칠 수는 없겠지만 나는 될 수 있는 대로 '骨董'대신 '古翫品'이라 쓰고 싶다.……
> 비인 접시요, 비인 瓶이다. 담긴 것은 떡이나 물이 아니라 靜寂과 허무다. 그것은 이미 그릇이라기보다 한 천지요 우주다.[35]

그의 상고(尙古) 취미나 문장관, 그리고 고전에의 추구는 그러한 것들이 모두 그에게 완결적인 세계, 폐쇄적인 것으로서 존재하는 것이기에 의미가 있었던 것이다. 그러한 것들은 일제의 탄압이 문학에서의 야합을 요구하는 상황에서 그에 굴복하지 않을 수 있게 해주는 안전판과도 같은 것이었다. 그러하기에 소설가인 그였지만 산문지향적인 성격의 글은 의미가 없고 폐쇄

---

34) 임형택, <새로 내는 문장강화에 부쳐>, 『문장강화』, 창작과비평사, 2005, p.4.
35) 이태준, <古翫品과 生活>, 『無序錄』, 박문서관, p.243.

된 시적 세계가 필요했던 것이다. 생활적인 것이 제거된 자리, '비인 접시요 병'이 지닌 정적(靜寂)과 허무(虛無)의 세계는 그의 표현대로 가장 비실용적인 상태가 아닐 수 없다. 따라서 그가 보인 옛것(古)에의 이러한 지향성은 일제의 파시즘으로 대표되는 근대주의에 대한 반명제일 때에만 역동성을 띨 수 있는 것이라 하겠다.

3) 藝道로서 접근한 가람 시조의 현대화

전통 양식의 계승과 관련하여 시조만큼 그 질문을 직접적으로 요구하는 것은 없을 것이다. 시조는 분량면에서나 질적인 수준에서 압도적인 비중을 차지하고 있을 뿐만 아니라 한국 시가문학의 유산으로는 가장 독특한 양식 가운데 하나이다. 근대문학 속에서 시조가 생존할 수 있느냐 아니면 기능이 이미 정지된 것인데도 불구하고 그냥 습관적으로 제작되고 있을 뿐이냐에 대한 논의가 진작부터 있어 왔지만, 이 문제는 비단 시조에만 국한되는 것이 아니고 '전통 양식의 계승'이라는 일반 논의에로 확산될 성질의 것이므로 그 중요성이 있다고 하겠다.

오늘에 있어서 시조창작의 가능성, 즉 방향성과 현재의 수준을 검토하는 일은 별로 분명한 상태에 놓여있지도 못하고 또 그렇게 중요한 것이라고도 할 수 없다. 어쩌면 그것은 당연한 일이기도 하다. 왜냐하면 시조가 기능이 정지된, 완결상태의 유산이 아니라 아직도 살아있는 유산이라고 보는 처지에 선다면 모든 생명체가 그러하듯 그것의 존재양식은 끊임없는 변화에의 도전에 놓일 것이기 때문이다.

그러나 우리는 가람에게서 이런 질문에 대한 하나의 답을 들을 수 있을 것인데, 그의 답의 옳고 그름을 판단하는 것이 문제가 되는 것은 아닐 것이다. 어디까지나 문장파의 세계관적 지향의 자장 안에서 가람이 어떠한 과정을 보여주었는가를 살펴보고자 하는 것이다.

이병기는 무엇보다 1920년대 중반부터 시조를 창작한 시조시인이다. 그러한 가운데 시조의 현대적 계승을 고민하면서 끊임없이 시조창작을 계속해 나간 사실은 부인하기 어렵다고 할 것이다. 그리하여 『문장』지의 세계에서 보인 기품있고 정신적 차원의 시조를 쓰기까지 그의 시조창작은 지속되어 왔다. 그의 시조 창작 연대는 대략 3단계의 변모를 거치면서 꾸준히 이루어져 왔다.

첫 번째 단계가 20년대 후반까지인데, 이때에는 고시조의 정형성을 그대로 고수하고 있는 경우이다. 1927년 『新民』에 <야시>, <두겸지기>를 발표하면서 시작된 2단계는 형식의 실험으로서 사설시조를 시도하며 내용의 측면에서 이례적일 정도의 현실에 대한 인식을 보여준다. 또한 한편으로 이미지즘계 모더니즘을 방불할 정도로 세련된 말씨와 회화적인 기법을 제시하여 시조의 현대화를 꾀하고자 하기도 한다. 그러나 3단계인 『문장』지의 세계에 이르러서는 난초와 매화가 주된 제재로서 채택되었고, 나아가 그들 소재가 단순한 자연의 일부가 아닌 이념화되고 정신화되는 양상을 보이게 된다. 성급하게 말해 이를 선비정신으로 범주화할 수 있을 것인데, 선비정신이라는 문장파의 전통성으로 말미암아 비로소 시조의 물리적 성격이 생명의 경지로 발돋움할 수 있었던 것이다.

선비정신과 梅, 蘭을 연관시키는 것은 어렵지 않은 일인데 특히 가람에게 蘭은 '깨달음의 도'를 부여하는 매개가 되는 것이다.

暗香浮動쯤으로 어찌 梅花의 眞的한 雅致高節을 알았으리! 과연
그 雅致古節은 '幾生修得到梅花'의 경지에 이르러서야 될 것이 아

넌가 ─ 萬穗가 다 凋落하고 萬籟가 俱寂한 동지날 긴긴 밤에 홀로 그 白花며 淸香을 대할 때 비로소 法悅과 悟道의 순간을 얻을까 한다.[36]

인용문에서 보이는 세계를 悟道로서의 蘭이라 한다면[37], 生理의 차원에 가까운 난초에 대한 이병기의 감각은 고스란히 시조 창작에 전해질 수 있는 것이었다. 평생을 시조 창작 및 그 실험을 행해 온 가람에게 시조에 대한 열정은 蘭을 재배하는 것과 같은 순연한 것이었을 것이다. 따라서 이를 藝道라고 말하는 것이다. 가람에게 시는 유가적 사대부들이 향유했던 향기가 고스란히 담겨야 했던 것이고, 그 매개가 되었던 양식이 시조였던 셈이다.

이와 별도로 가람은 시조가 시와 같이 현대의 문학작품으로 생존하기 위한 방안을 제시하였는 바, 언어에 대한 새로운 관점을 보임으로써 일정 정도의 현실성을 확보할 수 있었다. 그는 우선 시조를 시라 분명히 못박고 그것이 창이 아니고 문자로 표기되는 이상 언어의 탁마가 시조를 위해 가장 필요한 것 중 하나라고 주장한다.

우리는 워낙 우리말 공부가 대단히 부족하다. 남들과 같이 小學校로부터 大學校 때까지 적어도 17.8년 동안을 제말의 교육도 받지 못하고, 또는 家庭에서도 학습을 하지 않고 자연히 알아진 不完全, 不充分한 말만 가지고 쓰고 있다. 이는 말의 性質도 種類도 法則도 美感도 모르고 함부로 쓰는 것이다.[38]

1936년에 쓰여진 이 글에서 가람은 시어 조탁과 우리말 공부를 탁월하게

---

36) 이병기, 『가람문선』, 신구문화사, p.185.
37) 김윤식, 〈『문장』지의 세계관〉, 『한국근대문학사상비판』, 일지사, 1978, p.164.
38) 이병기, 상계서, p.306.

연결시킴으로써 시어와 일상어를 구분한다. 시어는 우리말을 아무렇게나 쓰는 말이 아님을 환기시킨 것이다.

또한<時調를 革新하자>에서는 시조가 새로이 혁신되기 위해서는 실감 감정(實感感情)을 표현해야 하며 시조용어를 바꾸어야 한다고 역설하고 있다. 따라서 그의 시조에는 고시조에서 보이는 상투어들이 거의 보이지 않고 재래의 정형시로 새로운 감정을 표현하는 데 성공하고 있음을 알 수 있다.

이처럼 가람은 시조를 통해 전통적인 것을 현재 속에서 생산적으로 참여시키는 데 큰 성과를 보이고 있으며『문장』지의 궤적을 보다 확고히 하는 데 기여했다.

그러나 문학작품으로서의 그의 시조의 성취 여부는 더욱 면밀한 고찰의 여지를 남기고 있는 바 여기서 또다시 전통의 미완성을 확인하게 된다.

3. 결론

지금까지 문장파를 대표하는 시인들의 구체적인 의식 세계를 조명하고 그에 따른 창작의 양상을 살펴봄으로써 문장파의 세계관이 일정한 지향을 추구하고 있음을 알아 보았다. 그것을 전통주의라고 한다면 당시 취했던 전통지향성이 여타의 이데올로기와 정세에 비추어 어떠한 함의를 갖고 있었는지가 아울러 고찰되었다. 비록 전통성을 표방하는 것이 현실로부터의 이반이자 역사의 후퇴라는 혐의가 있었을지라도 문장파의 작가들은 이를 불식시키고 과거의 것을 새로이 창조하려는 적극적인 의지를 보였음을 알 수 있다.

이러한 노력이 있었기에 후대 사람들은 그들을 문학사에서 매우 큰 흐름으로 기억하고 있다. 그러나 앞으로 문장파에 대한 연구는 입지를 달리하는 이념적 관계망 속에서 보다 섬세한 고찰을 요구하고 있다.

(『인문과학논문집』, 1998.8.)

제 2 부 우리 시대 시의 흐름

- 시간과 자아의 형식
- 좌절된 구원과 작은 희망
- 순환과 반복의 늪에서 벗어나기
- 버림과 비워냄의 존재법
- '포월(包越)'로 나아가는 도시의 꿈
- 일상에서 묻어나오는 상상력의 힘

시간과 자아의 형식

　　새로운 세기가 시작된 후로 우리는 벌써 여러 해를 보내고 있다. '쏜 살'을 실감케 하듯 시간의 흐름은 우리를 휘감고 돌고 있는 것이다. 모름지기 세모(歲暮)의 서정은 시간의 함수 위에 놓이게 마련일 터인데, 1년을 갈무리하는 시점에 조우한 시편들 역시 이같은 정황을 내면 가득히 담고 있었다. 어느한 곳에 정주(定住)할 수 없는 자아의 초상(肖像), 곧 이 곳에 뿌리내리고 사는 것 자체가 허상이라고 하는 인식이 시편들 곳곳에 스며들어 있음을 보게 된다.

　　　　낮잠에서 깨어나면
　　　　나는 꽃을 보내고 남은 나무가 된다.

　　　　魂이 이렇게 하루에도 몇 번
　　　　낯선 곳에 혼자 남겨질 때가 있으니

　　　　오늘도 뒷걸음 뒷걸음치는 겁많은 노루꿈을 꾸었다
　　　　꿈은, 멀어져 가는 낮꿈은
　　　　친정 왔다 돌아가는 눈물 많은 누이 같다

낮잠에서 깨어나 나는 찬물로 입을 한 번 헹구고
주먹을 꼭 쥐어보며 아득히 먼 넝쿨에 산다는 산꿩 우는 소리 듣는다

오후는 속이 빈 나무처럼 서 있다
　　　　　　　　　－ 문태준, 「짧은 낮잠」 (『한국문학』, 2003년 겨울)

　문태준 시인의 인용시는 서정적 자아를 '나무'로 비유하여 시간의 흐름에
무방비로 노출되어 있는 자의 쓸쓸함을 섬세하게 그려내고 있다. 흔히 부동
(不動)하는 가치의 상징이 되듯 그 무엇보다도 깊이 터를 잡고 있기에 이
시에서 '나무'는 더욱 역설적인 의미를 지니게 된다. 그것은 이 시에서의
'나무'가 '꽃을 보내고 남은 나무'이자 '오후'의 '속이 빈 나무'이기 때문이
다. 이는 한 곳에 붙박고 살면서도 세월의 유로(流路)를 온몸으로 감당해야
하는 인간의 조건을 묘사하는 것에 다름 아니다. 한 축에선 일정한 공간이
매김된 반면 시간이라는 다른 축에선 고정된 지점을 지정하지 못하는 이같
은 부조리의 좌표 위에서 자아는 결코 안식할 수 없다. 한 곳에서 아무리
숱한 일상을 겪었다 하더라도, 그리하여 이곳이 아무리 익숙한 곳이라 할지
라도 '魂'은 '하루에도 몇 번 낯선 곳에 혼자 남겨질 때'가 있는 법이다.
따라서 가장 내밀한 자아와 대면하게 되는 '잠'과 '꿈'을 통해, 시인은 '뒷걸
음 뒷걸음치는 겁많은 노루'이자, '친정 왔다 돌아가는 눈물 많은 누이'의
모습을 보게 되는 것이다. '시집간 여자'가 고정된 삶을 살되 실존의 뿌리가
뽑혀버린 존재를 암시한다면 '뒷걸음치는 겁많은 노루'는 부조리한 조건을
감내하는 것이 힘겹기만한 자의 표정을 보여준다. 이러한 자아의 형상은
낮잠을 잘 때마다, 꿈을 꿀 때마다 반복해서 나타나는 이미지로서 부동의
자세로 세월의 흐름을 겪어내는 '나무'의 내면을 드러내는 것들이라 할 수

있다.

　이태수의 「허공의 점 하나」에도 문태준 시인에게서 읽을 수 있던 내면을 똑같이 엿볼 수 있다. 이 시 역시 반복되는 일상에서는 안정감을 얻지만 다른 한편으로 미지의 시간에 대해서는 불안감을 떨쳐 버릴 수 없음을 '꿈'을 매개로 드러내 보이고 있다.

> 작아지고 작아진다.
> 사실은 작아지지만은 않는다.
>
> 지난밤 꿈속에서 물방울 속으로
> 들어갔다. 풀잎에 맺혀 글썽이는
> 이슬방울, 그 조그맣게 둥글어진
> 빈곳에서 눈을 떴다. 빠르지도
> 느리지 않게 아침이 오고
> 풋풋하게 뛰어내리는 햇살들.
>
> 다시 눈을 들면 여기는 여전히
> 먼지바람 흩날리는 세상, 바삐 돌아가는
> 사람들과 어디로 가는지도 알 수 없는
> 수레의 헛바퀴 돌아가는 소리. 그 속으로
> 자꾸만 빨리어 들어가다 보면
> 저 망망한 허공의 점 하나,
>
> 지우고 지워낸다.
> 아무래도 지워지지는 않는다.
> 　　　　　　- 이태수, 「허공의 점 하나」(『시와 시학』, 2003년 겨울)

'빠르지도 느리지도 않게 아침이 오고', '여전히 먼지바람 흩날리는 세상'
이 반복되는 일상성을 말해주고 있다면, '수레의 헛바퀴 돌아가는 소리'는
시간의 흐름에 대한 부정적 인식을 직접적으로 표현하고 있다. 시인에게
끊임없이 흐르는 시간은 인간이 장소와 적절히 접맥하지 못하도록 하는
방해 기제로 여겨진다. 세상은 눈에 보이는 것처럼 분명하지만 사실 내부
사정은 그처럼 확실하지 않다. 이는 흐르는 시간이 내포하는 미지의 속성
탓으로서, 이로 인해 '사람들은 어디로 가는지 알 수 없으'며 '수레는 헛바퀴'
질을 하는 것으로 보인다.

시간이 인간에게 부여하는 이러한 조건은 시적 자아를 '아무래도 지워지
지 않는 망망한 허공의 점' 쯤으로 여기게 만든다. 인간은 항상 똑같은 하루
하루를 살지만 사실은 허공 위에 떠 있는 것이나 다름없는 것이다. 인간이
지닌 형상은 꿈에서 만난 '풀잎에 맺혀 글썽이는, 빈, 이슬방울' 그것이다.

문태준 시인이 자아의 초상을 '속이 빈 나무'로 보는 것과 이태수 시인이
'허공의 점 하나'로 여기는 것 사이에는 어떠한 차이도 없다. 이들은 모두
단 한 순간도 반복하지 않는다고 하는, 시간이 부과한 인간 조건에 대해
말하고 있는 것이다. 이러한 조건 속에서 본연의 자아가 공허함과 아득함을
느끼는 것은 지극히 당연한 일일 것이다.

그러나 그러한 것이 태고 때부터 인간에게 부여된 본질적인 조건이라면,
그 아득함과 막연함에도 불구하고 또한 매일매일을 살아가는 인간의 힘은
어디에서 나오는 것일까? 박무웅 시인은 '허공의 한 점'과도 같은 존재를
'거미'에 비유함으로써 그 답을 암시해 주고 있다.

거미는
허공이 바다다

어부가 바다에 그물을 치듯
거미는 허공에 그물을 친다
건물 모퉁이나 벽과 벽 사이
곡예사처럼 꽁무니에 줄을 매달고
슬픔의 지형도를 그린다
나비 잠자리 매미……
길을 잘 못 든 날것들의 울음이
간간히 등고선처럼 흔들린다
비가 뿌리는 거리 아침
가슴에 보이지 않는 미래를 매달고
도시의 한 켠에서
나의 하루가 흔들거린다
지금
내가 쳐놓은 거미줄은?

발이 땅에 닿지 않는다.

    — 박무웅, 「나도 거미?」 (『현대시』, 2003년 12월)

「나도 거미?」는 인간을 거미에 비유하는 탁월한 상상력을 보이고 있는
작품이다. 그것은 흔히 이야기되듯 얽히고 설킨 인연의 거미줄 속에서 인간
이 타인을 핍박하고 착취한다는 관점에서 유비된 것이 아니라 허공이라는
막막한 바다를 향해 에너지를 '던진다'는 관점에서 유추된 것이다.

그러면 '허공의 한 점'이 인간의 실존이라면 이를 인식할지언정 회피할
수 없는 자아는 어찌해야 하는가? 설령 그것이 부조리할지라도 시간의 그
억측을 감당해야 한다면 인간은 '곡예사처럼 꽁무니에 줄을 매달고 슬픔의
지형도를 그릴' 수밖에 없을 것이다. 즉 단지 흐른다는 사실만 있을 뿐 절대

적으로 형태를 지니고 있지 않는 미래를 향하여 살아가려면 그 막막함 속에 자신을 던져야 하는 것이다. 이를 '거미가 허공에 그물을 치'는 것이나 '어부가 바다에 그물을 치'는 것에 비견할 수 있을 것이다. 이들은 모두 무형의 공간에 자신의 온 힘을 던진다는 공통점을 지닌다. 물론 거미든 어부든 그리고 부조리한 조건 속의 인간이든 이러한 행위를 통해 무에서 유를 창출해내는 것이다. 때로는 아득하고 어찌 보면 아슬아슬한 인간의 기투(企投) 행위가 없다면 유의미한 역사는 물론이고 단지 하루하루도 연속되지 않을 것이다.

시인은 이러한 인간의 투기(投企) 행위마저 인간을 규정하는 또 하나의 조건으로 보고 있거니와 이의 결과로 불명료하게나마 자신을 확인할 수 있다고 생각한다. 가령 '나비 잠자리 매미' 등 '길을 잘 못 든' 또 다른 존재와의 만남과 그들의 '울음'이나 그들로 인한 '흔들림' 같은 것에 의해 '내'가 행한 행위 및 나아가 '나'를 주시할 수가 있다는 것이다.

그러나 그것을 긍정적이고 활기찬 창조적 비전으로 느끼기에는 시인의 서정이 너무도 어둡다. 같은 지면에 발표된 「살아서는 풀잎」에서 자신이 체감하는 암담함을 시인은 "돌아서면 길은 보이지 않고 첩첩 산중이다// 나는 어둠의 길을 밟는다"라고 매우 선명하게 노래하고 있는 것이다.

이기철 시인 역시 인간을 둘러싼 모든 조건을 인식하는데 있어서 앞의 시인들과 크게 다르지 않다. 그러나 살아있는 자라면 그 조건이 결코 탈각되거나 유예되지 않음을 담담히 받아들이고 있다는 점에서 다른 가능성을 열어놓고 있는 경우라 할 수 있다. 그에게 인간 조건의 부조리함은 고발하거나 대결해야 하는 어떤 것이 아니고 그것과 함께 뒹굴고 비벼대어 결국 하나가 되어야 하는 것이다. 가령 시간이 막막함이라면 나도 기꺼이 막막함이 되어야 하고 시간이 흐르는 것이라면 나도 능히 흐르는 그것이 되어야 한다는 인식이 그의 시편을 이루고 있는 것이다.

뻘밭과 진흙길을 걸어 오늘도 너는 내게 왔다
발이여, 네게 묻노니
병은 왜 육신 속에서만 꽃 피는가
세월은 머리카락을 세게 하지만
근심이 피워 올리는 저 극약의 노을
방임처럼 펄럭이는 욕망의 파편들
그런 것들의 깊은 적의를
너는 알면서도 침묵한다
빗방울과 먼지와 진창을 지나
고통과 환락이 뒤섞이는 골목들을 지나
오늘도 너는 내게 왔다
휴식보다 더 절실한 것을 위해
삶의 폭풍을 위해
아예 행복과 편안을 절연한 너를
나는 상처를 누일 집이라고 부를 수밖에 없다
주림과 고행을 마다않는 설산의 고승과 같은
  — 이기철, 「발, 상처의 집」(『愛知』, 2003년 겨울)

이 시의 시적 자아는 시간의 부조리를 알고 있긴 하지만 시간이 부여한
인간의 조건을 더 이상 견딜 수 없는 굴레로 여기지 않는다. 아니 그것이
굴레라 하더라도 견디거나 극복해야 하는 것으로 지정하는 것이 아니라
그저 묵묵히 수용하고 그것의 흐름에 자신을 맡겨야 하는 것으로 간주한다.
설사 무도한 시간이 그에게 '뻘밭'을 내밀거나 '진흙길'을 펼쳐냈다 하더라
도, 또한 미지의 시간이 그의 '육신 속에 병'을 키워냈다 하더라도, '세월이

머리카락을 세게 하고’, ‘근심이 극약’이 되며, ‘욕망’이 파편이 되어 몸을 파고드는, 말하자면 시간이 숨기고 있는 ‘깊은 적의를 알면서도’ 시적 자아는 그것과 싸우고자 하지 않는다. 시인은 그 모든 감춰진 부조리를 알면서도 ‘침묵한다’. 대신 ‘육신’이 있기 때문에, ‘육신 속에서만 병이 꽃 핀다’고 말한다. 즉 시인은 시간이 포회(包懷)하는 이 모든 악을 ‘꽃’이라 하고 있는 것이다.

이러한 인식은 ’발’을 ‘상처의 집’이라 부른 초월적인 상상력 안에서 가능한 것이다. 이기철 시인이 느끼는 본질적인 자아는 오히려 부조리 속에 발을 푹 담그고 살아가는 자이다. 그곳이 ‘먼지와 진창’으로 뒤덮이고 ‘고통과 환락이 뒤섞여’ 있어도 문제될 것은 없다. 아니 그와 같은 조건은 더욱 권장할 만한 것들이다. 왜냐하면 시인에게 더욱 중요하고 더욱 ‘절실한 것’은 ‘휴식’이나 안식이 아니라 ‘삶의 폭풍’이자 그 속에서 겪는 ‘주림과 고행’이기 때문이다. 이 모든 시간의 악(惡)들을 가장 직접적으로 대면하는 것이 ‘육신’이자 나아가 ‘발’이라면 이들을 ‘상처’가 둥지를 트는 ‘집’이라 함은 그의 초월성을 단적으로 보여준다 할 수 있다.

따라서 시인의 시선은 지금 앞을 향하고 있지 않다. 시인은 앞으로 도래할 미지의 시간, 곧 미래를 바라보고 있지 않다. 대신 그는 구도를 하는 ‘설산의 고승’과 같이 하늘을 보고 있다. 그는 시간의 흐름을 견딜 수 없는 두려움과 불안의 조건으로 인식하는 것에서 벗어나 그 흐름을 하늘의 뜻으로 여겨 ‘나’의 내면으로 받아들인다. 곧 ‘나’의 마음이 ‘흐르는’ 물이 되는 것이다.

같은 지면에 실린 시인의 「은하강」은 이처럼 초월적인 인식의 지점에 놓인 시인의 내면을 “비유가 아닌 은하강이 내 안에 출렁인다”라고 묘사하고 있거니와 이러할 때에 극악하고 알 수 없는 시간이 길러놓은 ‘병’조차

'내 몸 속에 오래 머물러 친해진 것'으로, 또한 '보석'으로 여길 수 있게 된다. 이 시에서 이어지는 시어들이 자연의 잠언이자 우주의 노래가 될 수 있던 것도 시간의 흐름에 대한 인식이 아예 시인의 관심 밖으로 벗어나고 있었기 때문에 가능한 것이었다.

인간의 운명을 규정하는 시간이라는 조건은 감당하기에 벅찬 것이면서도 곧잘 의식되지 않는 것이기도 하다. 대부분의 사람들은 하루하루를 살아가는 데 급급하여 이 본원적인 조건을 언제든 사유의 저편으로 밀어두곤 한다. 시인들 또한 그와 다르지 않은 일상을 겪지만 그러나 시인들은 우리를 그렇게 만드는 것조차 음험함을 본질로 하는 시간이라는 것을 알고 있는 사람들이다. 오늘의 시인들은 시간의 이같은 추상성을 형상화하고 있을 뿐만 아니라 그 속에서 자아가 힘을 상실하지 않고 살아갈 수 있는 길을 이렇듯 뚜렷이 제시하고 있는 것이다.

(『현대시』, 2004. 1.)

좌절된 구원과 작은 희망

　시가 그 시대 및 사회와 함께 걸어간다고 하는 것은 바꿀 수 없는 진실이다. 시가 사회 참여를 유도하고 진보나 사상을 부르짖지 않더라도 그것은 사실일 수밖에 없다. 때가 어려울수록 그 시대를 살고 있는 사람들의 내면과 영혼은 곧 황폐해지기 마련이기 때문이다. 바로 이 점에서 새해 벽두의 시들이 고통과 어두움으로 점철되어 있는 이유를 찾을 수 있지 않을까?

　IMF 때보다 더 어렵다고 하는 요즈음 가장들은 거리로 내몰리고 가정은 파괴되고 가족들은 뿔뿔이 흩어지고 있다. 이러한 현상들이 특정 가정들만의 문제일까? 물론 그렇지 않을 것이다. 모든 가정은 어떤 형태, 어느 정도로든 사회적 빈곤과 부조리의 흔적들을 상채기처럼 지니고 있기 마련이다. 정신적인 것보다 물질적인 것에 결핍을 느끼고 구해야 할 때 문화가 고갈되고 정체성이 해체되는 현상은 불가피하다. 또한 사회가 그러할 때 구성원 개개인들 또한 그러한 현실과 닮는 것은 당연하다고 할 수 있을 것이다.

　손택수의 「살가죽구두」는 노숙자의 모습을 통해 부정적인 삶의 극단적인 양상을 드러내고 있는 시이다. 시에서 노숙자는 분명 살아있는 사람임에도 불구하고 생명으로서보다 사물로서 인지되어 삶보다 죽음 가까이에 놓여 있는 것이다.

세상은 그에게 가죽구두 한 켤레를 선물했네
맨발로 세상을 떠돌아다닌 그에게
검은 가죽구두 한 켤레를 선물했네

부산역 광장 앞
낮술에 취해
술병처럼 쓰러져
잠이 든 사내

맨발이 캉가루 구두약을 칠한 듯 반들거리고 있네
세상의 온갖 흙먼지와 기름때를 입혀 광을 내고 있네

벗겨지지 않는 구두,
그 누구도
벗겨 갈 수 없는
맞춤 구두 한 켤레

죽음만이 벗겨줄 수 있네
죽음까지 껴 신고 가야 한다네
　　　　　　　　　- 손택수, 「살가죽구두」(『현대시』, 2004년 1월)

　노숙자의 맨발을 '구두'로 보는 시각은 여러 면에서 볼 때 참신하다. 우선
생활의 여유를 상징하는 '검은 가죽구두'가 절대적 빈곤의 감각적 형태로
변형되어 제시되고 있는 점이 그러하고, 바로 이 점에서부터 '검은 가죽구두'
가 인간의 사물화 및 죽음에로까지 그 의미의 영역을 확장하고 있다는 점에
서 또한 그러하다. 부드럽고 깨끗해야 할 '사람의 발'이 '검은 가죽구두'가
되기까지 겪었을 험난함과 고통과 좌절의 시간들은 철저한 인간 소외의

과정이며 그 끝엔 인간이 사물 그 이상이 아닌 상태로 전락하는 것, 그리고 그러한 상태의 극명한 형태인 죽음이 놓여 있다. 인간이 사물과 분리되지 않는다는 것은 그가 삶보다 죽음에 가까이 있음을 뜻한다. '죽음까지 껴신고 가야 한다'는 시인의 진술은 여기에서 비롯된다.

이재훈의 「빌딩나무 숲」 또한 생명과 그 근원이 소멸하여 모든 존재가 사물이 되고 죽음에 의해 점령당한 상황을 묘사하고 있다.

> 그 숲엔 풍경이 없다
> 나무와 새 온갖 풀벌레가 가득하지만
> 그들은 소리내지 않는다
> 사방을 둘러봐도 제자리만 지키고 선
> 가장 그럴듯한 포즈의 마네킹들
> 그곳엔 소리가 없다
> 어머니, 하고 부르면 침묵만 되돌아와
> 귓가엔 내 목소리만 자욱히 앉아 있다
> 숲속에서 숨이 막혀 한참을 내달았다
> 소리를 지르고 실컷 울고는,
> 그루터기에 앉아 부풀어 오르는 힘줄들을 만졌다
> 나는 나를 만지고 한없이 그리워져
> 나무에게로 간다
> 새에게 말을 건다
> 자애는 폐허, 라고 되뇌이는 시간들
> 내 힘줄을 내가 끊어도 고통스럽지 않은 곳,
> 그곳엔 아무도 없다
> 있다면, 침묵이 있다
> 아무도 면회오지 않는 숲에서
> 나는 이교도가 되었다

- 이재훈, 「빌딩나무 숲－성배(聖杯)를 찾아서」(『현대시』, 2004년 1월)

인용시는 손택수의 「검은 가죽구두」보다는 완곡하게 인간의 소외에 대하여 말하고 있다. 손택수 시인의 시가 사람의 맨발이 '검은 가죽구두'가 되어 버린 모습을 통해 소외의 가장 직접적이고 감각적인 양상을 묘사하였다면 이재훈은 인간을 둘러싸고 있는 환경의 물화(物化)를 통해 인간이 고독과 소외의 상황으로 내몰리는 양상을 그리고 있다.

'나무와 새 온갖 풀벌레가 가득하지만 소리내지 않는 풍경'이라든가 그것이 '그럴듯한 포즈의 마네킹'과 겹치는 상황, 혹은 '어머니'하는 외침이 '침묵으로 돌아오'거나 '자애가 곧 폐허'가 되는 상황들은 환경의 물화와 인간의 소외가 동시에 진행되고 있음을 말해주고 있다. 그리고 이처럼 생명을 잃고 사물이 되어 버린 '나무'나 '새', '아무도 면회오지 않는 숲'에서는 죽음이 예사롭지 않게 찾아든다. '내 힘줄을 내가 끊어도 고통스럽지 않다'는 진술에서 이를 쉽게 확인할 수 있다.

시인은 이같은 상황을 '빌딩나무 숲'이라 명명함으로써 환경의 사물화에 대한 근거로 근대라는 패러다임을 암시하고 있다. 그러나 그보다 더 주목해야 할 것은 이처럼 생명이 상실되고 죽음이 만연한 곳에서는 어떠한 구원도 손쉽게 찾아들 수 없다는 사실에 있을 것이다. '어머니'라는 근원적인 힘이나 '자애'와 같은 미덕들은 결코 응답받지 못하게 되는 바, 시인이 '나는 이교도가 되었다'고 하는 이유도 바로 여기에 있다. 곧 인간을 구원하고 세상에 빛과 희망을 주어야 할 종교조차 이런 소외된 상황에서는 그 구실을 못하게 되는 것이다.

유홍준은 구원의 상징인 종교가 현대에 들어 어떻게 불신되고 있는가를 매우 역설적으로 표현한 시인이다. 종교 그 자체가 잘못된 것이 아니라 종교 또한 시대 및 사회와의 간섭을 통해 왜곡될 수밖에 없으며 왜곡된 그 모습이 야말로 훼손된 사회와 닮은꼴에 지나지 않는다는 것이다.

곰팡이가 피었다 곰팡이가 슬었다
蓮花臺 위 부처의 눈동자에
허옇게

白苔가 꼈다

시치미 뚝 떼고 제 똥 위에 꼿꼿하게 앉아 있는 부처,
저 지독한 부처의 똥 냄새를 지우려고 날이면 날마다 피워대는
대웅전의 싸구려 香 냄새

뭐라고, 대웅전이 아니라 여긴 영안실이라고?
뭐라고, 영안실이 아니라 여긴
똥 덩어리 위에 허연 곰팡이가 피어 있는 천년 묵은

解優所라고? 뭐라고, 연화대가 아니라
부처가 앉아 있는 저곳은 궁둥이 싸늘한 변기, 뭐라고?

치질 걸린 부처처럼 퍼질러 앉아 바라보는
절 밑 사하촌……

담장 밑에 쪼그려 앉아 동백 몇 그루
지금
시뻘건 꽃 떨구고 있는 중, 시뻘건 피똥 싸지르고 있는 중

삼라만상 꽃들의 똥 냄새에 취해 재배 삼배 절을 올리고

엉거주춤 괴춤 추스르고픈 오늘은
오래오래 변비 앓았던 꽃들의 배설일

백태 낀 부처의 눈동자 속으로
뻬얼건
동백 꽃덩이들 뚝뚝 싸갈기는 봄날
- 유홍준, 「사하촌의 봄」(『현대시』, 2004년 1월)

위의 시에서 법당이라는 성소(聖所)는 변소보다도 더 나을 것이 없는 곳으로 묘사되고 있다. 대웅전이 영안실이 되고 해우소가 되는 상황, 부처가 앉아 있는 곳이 변기에 다름 아니며 부처님의 눈에 곰팡이가 피고 백태가 끼어 있다는 상황 묘사에서 우리는 종교가 더 이상 인간을 구원할 수 있는 성스러운 힘의 실체가 아니라는 인식을 얻게 된다.

한편 시인의 독설은 신에 대한 불신을 넘어서서 막연한 불만으로 가득차 있는데, 그 불만은 비단 종교라는 범주에 국한된 것이 아니고 모든 점잖고 단정하고 아름다운 것, 무관심하듯 평화로운 주변 전체를 향하고 있다. 시의 초점은 종교적 진리를 겨냥하며 그것의 허위를 지적하기보다는 사찰의 풍경을 완강하게 빈정대는 데에 더욱 맞추어지고 있는 것이다. 말하자면 시인은 내부로부터 차오르는 분노와 울분을 다스릴 수 없어 자신의 내면과 동일시되지 않는 것들을 비틀고 공격하고 비하시키고 있다. 그 공격을 받은 것이 초월자의 위치에서 모든 궁핍과 더러움과 갈등으로부터 초연한 듯 존재하고 있는 것들인 셈이다. 대웅전과 부처님의 성상에 '똥물을 끼얹고' 요설을 퍼붓는 것은 그들의 초연함에 대한 불만의 표출이라 할 수 있다. 함께 더러워지자는 것, 함께 고통받고 함께 추하고 함께 아프고 함께 죽음을 나누자는 것이 성스럽고 아름다운 존재에 대한 시인의 바램일 것이다. 시인의 이러한 사유의 밑바탕엔 소외된 내면 혹은 고독 등이 해결되지 않은 채 깃들여져 있음을 어렵지 않게 읽을 수 있다.

희망으로 가득차야 할 새해 첫새벽의 시들이 우울과 고독으로 얼룩져 있음을 보는 것은 참으로 안타까운 일이다. 외부의 현실로부터 상처입고 그것을 극복할 힘을 상실하였을 때에 그 어떤 것도, 심지어 신(神)마저도 구원의 손길로 느낄 수 없음이 현시대를 살아가는 개개인의 쓸쓸한 내면 풍경이 아닐까? 이선영 시인의 「유리창」은 외부의 그 무엇으로부터도 구원의 끈을 놓쳐버린 자아를 감각적으로 그려낸 작품이다.

유리창 뒤에서 바라보는 풍경은 얼마나 평화로운가
노랫소리에 맞춰 가방을 멘 아이들은 총총히 학교로 가고
자동차들은 신호에 맞춰 멈춰섰다 움직이길 반복하며 연달아 차도를 달린다
멀리서 보면 줄지어 제 길을 찾아가고 있는 헤드라이트마저 정겹고
위험은 먼 나라에서 들려오는 소식일 뿐이다
유리창 너머로 들여다보면
부엌의 여자들마저 얼마나 순해 보이는가
음식을 위해 태어난 자기들의 운명에 순응하듯
묵묵히 그러나 일인극 배우처럼 당차게 부엌을 지키는 여자들
유리창 뒤에서 보는 풍경이 훨씬 아름답고 평화로운데
내가 두려워하는 것은 그럼에도 내가 질질 끌려가고 있는 저 바깥의 힘이다
그럴 때면 나는 인공호흡기를 멘 식물인간처럼 호흡이 가빠진다
일러두건대 나는 유리창의 시인(詩人), 유리창의 수인(囚人)인 것이다
유리창이 부서져 내리는 날 그 잘디잔 파편들과 함께
내 영혼도 산산이 바닥에 떨어져 내릴 것이다
그러니 삶의 투박하고 거친 손들이여 제발
나를 밖으로 꺼내려 들지 말라

나는 유리창에 고요히 담긴 자이다

　　　　　　　　　　　- 이선영, 「유리창」(『문학사상』, 2004년 1월)

　이 작품에서 보듯 이제 자아는 명백히 '유리창'이라는 보호막에 의해 외부
와 차단되어 있다. 화자는 외부와의 교류를 방해하는 '유리창'을 오히려
긍정하기조차 한다. 그는 유리창을 통해서만 세상을 바라보기를, 유리창을
통해서만 꿈꾸기를, 유리창을 통해서만 평화를 얻기를 바라고 있다. 시인은
외부에 대해 어떠한 기대도 하지 않으며 외부와 어떠한 적극적인 상호작용
도 거부하고 있다. 이 때 자아를 가두는 유리창은 부정적 존재가 되기는커녕
생명과 영혼을 지켜주는 안전망이 된다. 따라서 시인은 자신이 '수인(囚人)'
이 되었음을 부끄러워하거나 괴로워하지 않는다.

　외부의 현실이 살아가야 할, 살아갈 만한 긍정적인 터전이라기보다 자아
를 다치게 하고 아프게 하는 공간으로 여겨지는 것은 오늘을 살아가는 자아
들의 공통적인 인식이 아닐 수 없다. 이 속에서 대부분의 자아들은 시인처럼
스스로를 사물의 상태로 몰아가는 것에 익숙해지게 된다. 아니 지금을 사는
대부분의 사람들이 이미 사물이 되었는지도 모른다. 손택수 시인의 「살가죽
구두」에서 볼 수 있었던 노숙자처럼, 혹은 「빌딩나무숲」에서 볼 수 있듯
'내 힘줄을 내가 끊어도 고통스럽지 않은' 자아처럼 말이다.

　죽음의 다른 모습들이라 할 수 있는 이러한 사물화의 양상들 속에서 우리
는 어떤 선택을 할 수 있을까? 이선영 시인은 '나를 밖으로 꺼내려 들지
말라'고 절규한다. 외부는 분명 '나를 질질 끌고 갈 것'이고 '나'는 그것에
저항할, 그것을 감당할 만한 힘을 가지고 있지 않다는 판단이 시인의 냉철한
결론이다. 때문에 시인은 외부와의 어떠한 연결도 거부한다. 현실적인 부대
낌뿐만 아니라 구원의 손길도 그러하다.

많은 시인들이 진술하듯 이 시대에 희망을 갖는 일은 참으로 어려운 듯이 보인다. 여러 현실적인 부조리들과 그로 인한 정체성의 파괴, 그리고 치유될 수 없는 내면의 고독은 우리를 죽음에 이르는 암담함의 지경으로 몰고 가기 때문이다. 오늘의 시인들이 외치는 고독과 소외에 대한 분노도 결국 이러한 범위에 놓이는 것이다.

상황이 이러함에도 불구하고 우리는 희망을 찾아야 할 것이다. 죽음에 이르기 전 아직 생명이 남아있다면 그것을 최대한의 힘으로 끌어안아야 할 것이다. 아직 온전한 정체성을 이루지 못하고 완전한 구원과 풍요를 이루지 못한다 하더라도, 즉 생명이 충만하여 온 천지에 그 힘이 발휘되지 못한다 하더라도 죽음이 목표는 아니고 죽음에 이르는 길이 우리가 가야할 지름길이 될 수 없다면 우리가 선택해야 할 것은 분명하다. 그리고 그 선택은 분명 희망이 될 것이다. 구광렬 시인의 「들꽃」은 완전하지도 폭이 넓지도 않지만 지금 우리가 택할 수 있는 최선의 길을 보여줌으로써 구원과 희망의 가능성을 예언하고 있다.

> 주인 없어 좋아라
> 바람을 만나면 바람의 꽃이 되고
> 비를 만나면 비의 꽃이 되어라
>
> 이름 없어 좋아라
> 송이송이 피지 않고 무더기로 피어나
> 넓은 들녘에 지천으로 꽂히니
> 우리들 이름은 마냥 들꽃이로다
>
> 뉘 꽃을 나약하다 하였나

껶어보아라 하나를 꺾으면 둘

둘을 꺾으면 셋

셋을 꺾으면 들판이 일어나니

코끝을 간지르는 향기는 없어도

가슴을 파헤치는 광기는 있다.

들이 좋아 들에서 사노니

내버려두어라

꽃이라 아니 불린들 어떠랴

주인 없어 좋아라

이름 없어 좋아라

— 구광렬, 「들꽃」(『현대문학』, 2004년 1월)

구광렬 시인의 시 「들꽃」이 의미있는 까닭은 시가 내포하고 있는 생명의
힘 때문이다. 시인은 우리가 살펴보았던 여느 시인들과 마찬가지로 외부의
어떤 것으로부터 구원받으리라 생각하지 않는다. '주인'이나 '이름'을 기다
리지 않는다고 하였듯이 그 또한 거대한 종교적 실체나 완전한 정체성을
구하지 않고 있다. 대신 외부적 힘이 자아를 파편으로 내몰았다면 그런 대로,
외부적 힘이 그를 고독한 구석으로 몰아갔다면 또한 그런 대로 그 상태를
있는 그대로 수용하고자 한다. 그러하되 그러한 상황에서 좌절하는 것이
아니라 자신이 가지고 있는 생명력을 최대한으로 끌어내고 그것을 느끼고자
한다. 곧 '바람을 만나면 바람의 꽃이 되고 비를 만나면 비의 꽃이 되'는
것이다. 어떠한 궂은 환경에서도 시인은 처지를 비관하지 않고 자신의 생명
력을 포기하지 않는다. 숨을 쉴 수 있는 것만으로도 그는 행복을 느낄 수
있고 그러하기 때문에 어떠한 환경이라도 그것과 부대끼면서 '꽃'이 될 수

있는 것이다. 그러한 그의 모습이 '꽃이라 아니 불려도', 또 '향기가 없어도' 그는 개의치 않으니 그가 최선으로 구하는 것은 오로지 '생명'뿐이다. 살아 있는 것, '무더기로, 지천으로 피어날 수 있는 힘', '가슴을 파헤치는 광기'뿐이다. 그것이 꽃이든 꽃이 아니든 상관없으며 분명한 것은 '마냥 들꽃'이라는 사실이다.

시인이 말하고 있듯이 지금 우리에게 필요한 것은 작지만 분명히 존재하고 있는 것을 최대한의 힘으로 끌어내는 일이 아닐까 한다. 그것이 긍정적인 실체라면 이는 부정할 수 없는 우리의 희망이 될 수 있다. 그럴듯한 이름이나 형식이 갖추어지지 않았다 하더라도 조급해할 것은 없다. 우리의 정체성은 그 힘에 기반하여 구하면 되기 때문이다. 시대를 초월하여 정해진 정체성이 있어야 한다는 것은 어불성설이다. 언제든 그 시대 그 환경에 맞추어 새로운 자아가 구성되듯이 우리가 생명을 지니고 있다면 그것은 곧 우리를 구원할 수 있는 힘이요 자아를 회복할 수 있는 불씨가 될 것이다.

(『현대시』, 2004. 2.)

순환과 반복의 늪에서 벗어나기

2월은 봄을 예비하는 시기이다. 봄이 생명의 시작이고 희망의 은유라는 것은 의심의 여지가 없다. 겨울이 길고 추울수록 봄에 대한 기다림이 간절한 것도, 또 두껍게 쌓였던 눈이 녹는 것을 보고 그 온기가 반갑게 느껴지는 것도 봄이 지닌 에너지 때문이다. 동서고금, 모든 장르를 막론한 예술 작품에서 봄에 대한 예찬을 쉽게 접할 수 있는 것도 바로 이 때문이 아니겠는가.

그러나 봄이 지나고 가을이 되었을 때 인류가 생명의 결실을 맺지 못한다면 그 때에도 봄이 희망의 상징이 될 수 있을까? 다소 염세적으로 말해서 만일 해가 거듭된다고 해서 진보하는 것도 없이 세월만 보내는 형국이라면, 운명이 예비되어 있어 그 삶이 바둑판을 보듯 훤히 점칠 수 있는 것이라면 봄이 다르게 인식되지 않을까?

비단 허무주의자가 아니더라도 인간의 운명에 대해 조금만 냉정하게 통찰해 본다면 또 하나의 순환이 그렇게 큰 의미로 다가오는 것이 아니라고 생각될 것이다. 인간은 끊임없이 갈구하고 좌절하며 또다시 도전하고 성취하나 그 추동력이 견고할수록 외로움의 늪에 빠질 것이며 그 외의 어떤 방법으로도 근원적인 한계와 고독은 쉽게 극복되지 않기 때문이다. 어쩌면

해가 거듭됨에 따라 인간은 더한 한계와 고독에 처하게 되는 것이 아닐까.

마종기 시인의 「꿈꾸는 당신」은 치열한 삶을 구하는 자아가 어떻게 고독을 감내해 나가는가를 애정 어린 시선으로 묘사하고 있는 작품이다.

> 내가 채워주지 못한 것을
> 당신은 어디서 무엇을 구해 채우는가.
> 내가 덮어주지 못한 곳을
> 당신은 어떻게 탄탄히 메워
> 떨리는 오한을 이겨내는가.
>
> 헤매며 한정없이 찾고 있는 것이
> 얼마나 멀고 험난한 곳에 있기에
> 당신은 돌아눕고 돌아눕고 하는가.
> 어느 날쯤 불안한 당신 속에 들어가
> 늪 속 깊이 숨은 것도 찾아주고 싶다.
>
> 밤새 조용히 신음하는 어깨여
> 시고 매운 세월이 얼마나 길었으면
> 약 바르지 못한 온몸의 상처를
> 이불만 덮은 채로 참아내는가.
>
> 쉽게 따뜻해지지 않는 새벽 침상,
> 아무리 인연의 끈이 질기다 해도
> 어차피 서로를 다 채워줄 수는 없는 것
> 아는지, 빈 가슴 감춘 채 멀리 떠나며
> 수십 년의 밤을 불러 꿈꾸는 당신.
>
> — 마종기, 「꿈꾸는 당신」(『문학사상』, 2004년 2월)

자아의 절대적 문제는 오직 본인만의 몫이다. 평생을 함께 부대끼고 호흡하며 살도록 맺어진 부부조차도 그 자아의 상처나 욕망의 근본적인 뿌리는 짚어낼 수도 채워줄 수도 없다. 따라서 인간은 절대 고독의 틀을 벗어날 수가 없게 된다. 이 때 '꿈'은 고독을 덜 고통스럽게 하는 일반화된 심리적 기제이다. 때문에 고독한 인간은 외로우면 외로울수록 꿈꾼다. 그러나 불행하게도 꿈꾸면 꿈꿀수록 그는 더 외로워진다. 그 꿈이 소망의 형태든 몽상의 형태든 상황은 다르지 않다.

이러한 역설을 두고 채규판 시인은 "빈자리에서/ 끊임없이 도는 수레바퀴/ 오열을 뿌리며/ 사슴처럼/ 웃어도 되는가"(채규판, 「그 겨울의 환」, 『조선문학』, 2월호)하며 질문한다. 이러할 때에 사는 행위는 무의미를 전제한 열정 혹은 습관에 기댄 행동 정도가 될 것이다.

> 영생을 얻자는 것도 아니고
> 영원한 약속을 맺자는 욕심도 없는데
> 힘껏 포효하면서
> 날뛰면서
> 거두는
> 하나
> 둘,
> 둘
> 하나
> --텅 빈 기원.
>
> 빛나지도 날카롭지도 않는,
> 그렇기에 사뭇 모자란,

잔해뿐인
우리들의 품.

아늑하지도 못한 노을을 보는 건,
그냥 버릇 탓이었다.

　　　　　　　－ 채규판, 「빛·칼날의 의미」(『조선문학』, 2004년 2월)

'빛'의 눈부심과 '칼날'의 날카로움으로 비유되는 인간의 열정은 그러나 아니러니하게도 그 궁극적인 목표가 '텅 빈 기원'이다. 그 열정이 아무리 힘차고 뜨겁다 할지라도 결국 도달하는 지점은 하나와 둘이 아무런 질적, 양적 차등도 지니지 않는 허무의 공간이다. 그러하기에 '우리'는 '빛나지도 날카롭지도 않는, 모자란' 존재이며, 또한 그러함에도 쉼 없이 열정을 불태워야 하므로 '우리들의 품'엔 '잔해'만이 남게 된다.

인간의 열정은 '빛과 칼날'처럼 번뜩이는 만큼 영원을 찰나와 합일시킨다. 곧 한정된 시간 속에 지고(至高)의 가치를 품는다. 이는 한계를 넘어 영원을 갈구하는 인간의 힘을 표현한다. 그러나 영원은 망상에 불과하므로 인간은 제 아무리 쉬지 않고 또한 정력적으로 열정을 불태운다 해도 그 한계를 넘어설 수 없다. 이를 분명히 알고 있는 시인은 '욕심'을 부리지 않는다. '영생을 얻자는 것도 아니고/ 영원한 약속을 맺자는 욕심도 없는데'라고 말하는 시인은 열정이 지니고 있는 함의를 정확하게 인식하고 있다. 문제는 이러한 인식에도 불구하고 인간은 치열해야 한다는 점에 있다. 그 치열성이야말로 살아있는 자에게 부과되는 삶의 조건이기 때문이다. 모순으로 가득한 삶의 이같은 참담함 앞에서 시인은 행동하는 것이 '그냥 버릇 탓'이라고 말하고 만다.

허형만 시인의 「갯벌에 서면」은 참담한 인간 조건에 대해 보다 절절하게
노래하고 있다.

> 살아 숨쉬는 목숨은 처절하다
> 처절한 목숨의 무게여
> 우주의 저 깊은 뼛속으로부터
> 솟아오른 갯내음 출렁이는
> 갯벌에 서면 더욱 실감난다
> 짱뚱어도 농게도 낙지도
> 사람처럼 사람과 함께
> 숨쉬며 파닥거리며 꼬물거리듯
> 갯벌처럼 끈끈한 화가의 생애 또한
> 얼마나 처절한 것인지
> 갯바람보다 독한 그 비릿하고 처절함이
> 갯벌에 서면 더더욱 실감난다
> 우리 시대의 화가여
> 가슴 아리는 영혼의 깊이여
> 살아 숨쉬는 목숨은 참으로 눈물겹다
> 　　　　－ 허형만, 「갯벌에 서면」－박석규 화백 (『현대시』, 2004년 2월)

어떠한 꾸밈도 없이 벌거벗은 형체라는 점에서 '갯벌'과 '영혼'은 동등하
다. 알 수 없는, '가슴 아리는' 깊이를 지녔으며 '비릿하고 *끈끈하고*', 때문에
'처절하다'는 점에서 또한 '갯벌'과 '영혼'은 공통점을 지녔다. 화가란, 곧
예술가란 누구인가. 삶의 모든 장식을 거부하고 순연한 본질을 추구하는
자이다. 벗겨낼 수 있는 모든 세속적 외피를 버렸을 때 그곳엔 순수한 영혼만
이 남고, 그러한 영혼으로 사는 사람이야말로 삶의 정수에 닿아 그것의 속성

을 뚜렷이 인지하게 된다. 그러한 자가 예술가이다. 그러므로 예술가의 모습은 일반 사람들의 초상을 단적으로 보여주게 되며, 그는 결국 '살아 숨쉬는 목숨'들의 대표자이다. 즉 예술가뿐 아니라 '살아 숨쉬는' 것 자체가 처절함과 눈물겨움의 근거가 되는 것이다.

시인들에 의하면 인간의 조건은 그다지 유쾌하거나 행복하지 않다. 우선 영원이 보장되지 않는다는 점에서 그러하고, 진보나 성공 자체의 가치가 불확실하다는 점에서 그러하다. 그러나 그렇다고 해서 손놓고 무위도식할 수 없다는 점에서, 목적이나 방향이 없다해도 불을 살라야 한다는 점에서 인간은 진퇴양난에 처하게 된다. 이같은 시점에서 어떠한 삶의 양식을 선택할 수 있을까? 우리는 서규정 시인의 「물레방아 도는 내력」과 김우태 시인의 「白紙 앞에서」에서 그에 대한 한 모델들을 엿볼 수 있다.

우리 동네 위 연못에 들어 있는
조그만 물레방아는 꼭 내 어머니와 같다
오늘 아침에도 어머니를 타고 내려오다
시청 앞에서, 자목련 꽃잎을 도시락으로 뜯어 먹으며
데모를 하는 물들을 만났다
플래카드마다
'우린 걷잡을 수 없는 물결이다'
그렇게 적혀 있었던 것 같다

너, 태어난 이 강산이 몇 번이나 바뀌는 동안
극빈을 면하기 어려워
어느 목로주점 흐린 백열등을 울분처럼 날마다 삼키는지 모르나
적어도 물이라면 방울의 자세로 강을 밀고
죽어서도 하늘빛을 따라가야 하는

물방울들의 최후가 저렇다, 바다 한가운데를 가로지른
장렬한 수평선

사람이 방울이다
강 바다 하늘이
다 몸 안에 들어차 빛나는 방울이 되라는 것을
그 방울 하나 살라고
어머니는 삐걱삐걱 헛바퀴를 돈다
물방아 돈다
　　　　　　　　　　　　－ 서규정, 「물레방아 도는 내력」(『현대시』, 2004년 2월)

　'물레방아'는 순환과 반복을 일상으로 체득한 자를 극명하게 상징한다.
순환과 반복이라는 인간 조건에 대해 질문하거나 의심하지 않는 보통 사람
들이 곧 '물레방아'이다. 그들은 묵묵히 순종하고 거부감 없이 희생한다.
흔히 '수레바퀴'로써 인생을 지시하듯이 '물레방아'도 큰 무리 없이 보통의
인간을 가리킨다.

　한편 '물레방아'가 의미있는 비유가 되는 까닭은 말 그대로 그것이 '물을
밀어낸다'는 점에 있을 것이다. '물레방아'인 '어머니'는 당신이 비록 '삐걱
삐걱 헛바퀴를 돌'지언정 '나'를 '물'로 만들어내고, 그리고 '방울'이 되라고
하신다. 여기에서 '물레방아'는 한 사람을 키워내고 그를 지혜로써 인도하는
자이다.

　이 시에서 '물'은 '극빈'의 처지가 계속되어 '울분'으로 삶이 채워질지라
도 그에 연연해하지 않는 자의 존재 방식을 가리킨다. 또한 '방울'은 '강을
밀' 수 있는 힘을 의미하며 '강, 바다, 하늘'을 모두 품어 '빛'이 나며 최후에
이르러서도 '장렬하게 하늘빛을 따라'간다. 따라서 '물방울'의 자세란 운명

에 순응하되 자신을 둘러싸는 힘에 피동적으로 몸을 맡겨 흘러가는 것이 아니라 주체적이고 능동적으로 흐름을 타는 것을 의미한다. 그것은 외부의 힘에 끌려가며 그것을 두려워하기보다 자신의 한 몸으로 외부의 힘을 받아들이고 그에 조응해가며 살아간다. 그러하기 때문에 같은 죽음을 맞이하더라도 '물방울'은 '바다 한가운데를 가로지른 수평선'처럼 '장렬'하고 아름답게 삶을 매듭지을 수 있게 된다.

서규정 시인이 '물레방아' 및 '물방울'을 통해 삶의 한 양식을 제시하고 있다면 김우태 시인의 경우는 '낙타'를 통해 그것을 보여주고 있다.

시가 내리지 않는 백지는 절벽보다 캄캄하다.
새가 깃들지 않는 숲이 사막보다 적막하듯이

모래시계가 열두 번,
사막의 밤을 뒤집을 동안
한 발짝도 나아가지 못하고 떨고 섰는 낙타야!
잔뜩 짐을 진 너의 잔등은
허물어진 사원의 종루鐘樓처럼 힘겹게 솟아 있구나.

어서 가자, 산정山頂의 눈이
촛농처럼 녹아내리기 전에
젊은 날 눈부심에 무릎 꿇던 말씀의 봉우리들에
마지막 인사를 드려야 한다.
그리고 깨끗이 패배를 받아들여야 한다.
(중략)

낙타야, 조금은 천천히

절망을 씹으며 가자.
저기 절뚝이며 따라오는 순례巡禮의 대열이
두려움에 낙오하지 않도록.
우리가 진정 두려워해야 할 것은
말을 잃는 것이 아니라 두려움을 잃는 것!
두려움이야말로 우리가 마지막까지 함께해야 할 반려伴侶.
(중략)

낙타야 이제 짐을 부려라!
너는 너무 오랫동안 가망 없는 인간들의 짐을 날랐다.
바늘구멍 앞에서
너의 혹은 너무나 가혹한 형벌.
아직도 천국에 들려 하느냐?
그러나 천국의 길목은 부자들 차지가 된 지 오래.
우리가 가질 것은 저들이 구겨 던진
휴지조각 같은 두려움뿐.
나는 도리어 목을 뽑아 하늘을 응시하는
너의 그 머루빛 눈망울이 두렵구나.
(중략)

새벽이 이미에 차다.
절망할 시간조차 얼마 없다.
그러나, 시인 담대한 패주敗走는
모래폭풍 앞을 나는 새처럼
쫓기면서 쫓기면서 앞질러 사막을 건너는 법.
(중략)

낙타야, 머잖아 종이 울리고

산정의 눈은 눈부신 백지 위에
뼛가루처럼 순결한 아침을 흩뿌릴 터.
지금은 다만,
끝 모를 두려움에 얼굴을 묻고
이 순간을 지킬 일만 벼리어보자꾸나.

             — 김우태, 「白紙 앞에서」(『현대문학』, 2004년 2월)

　화자는 지금 '시'를 써내려야 하는 '백지' 앞에 있다. 써야 하고 쓰고자 하나 써지지 않는 상황이 곤혹스러움을 자아낸다. 이 암담함 앞에서 시인은 어떠한 선택을 하는가? '낙타'를 통해 자아를 형상화하고 있는 시인은 자신이 처한 상황이 행운이라기보다는 '형벌'에 가까운 것임을 인정한다. 그것은 '너무 큰 혹' 때문인데, 이로 인해 '낙타'는 '천국'에 갈 수 없다. '천국'에 가는 일은 '부자들'에게만 해당된, '나'와는 다른 세상의 일일뿐이다. 대신 그가 가질 수 있는 최대한의 재산이자 덕목은 '두려움'이다. '두려움'은 '저들'이 관심을 갖지 않는 것이며 시인이 '마지막까지 함께해야 할 반려'이다. 그러한 점에서 시인에게 '두려움'은 가장 풍부한 것이자 친근한 것이다. 그는 '두려움'을 두려워하기는커녕 그것으로써 길을 걷는 힘을 얻는다. 그것이야말로 '사막'을 건너는 낙타에게 에너지의 원천이 되는 셈이다. '패배를 받아들이기', '절망을 씹으며 가기', '쫓기면서 사막을 건너기'는 '두려움'을 뒤집어쓰고 두려움과 하나가 된 자만이 할 수 있는 일이다. 그러므로 오직 두려움에 익숙한 '낙타'만이 모진 '모래폭풍'과 '무거운 짐'을 감당할 수 있게 된다.

　시인의 이같은 잠언은 '외롭지 않기 위해 꿈을 꾸지만 도리어 더 외로와지는' 숙명을 짊어진 인간들에게 커다란 위안이 아닐 수 없다. 여기에서 소외된

자들이 더욱 강인하고 풍요로울 수 있는 길이 제시되고 있기 때문이다. 절망
이나 상처는 더 이상 생을 좀먹는 악이 아니고 오히려 부조리한 생을 받치는
버팀목이 되고 순결한 영혼으로 남게 하는 묘약이 된다.

위의 두 시인의 '물레방아'나 '낙타'처럼 처연하지도 비장하지도 않지만
주어진 생을 무탈하게 살아가는 또다른 유형이 있다면 그것은 초월한 자의
단아한 삶의 방식이다. 조종만의 「햇살 짙은 가을 등산」은 자연, 곧 사물과도
같은 삶의 방식에 대해 말하고 있다.

> 귀 막고 눈도 가려
> 바람 같이 오르라네
>
> 청솔은 흔들라 하고
> 새는 지저귀라더니
>
> 여보게!
> 허연 갈대이면
> 어떠냐고 묻더라.
>
> — 조종만, 「햇살 짙은 가을 등산」(『시문학』, 2004년 2월)

위의 시에서 시인은 생명체로서 가질 수 있는 갖가지 감각들, 보고 듣고
느끼고 생각하는 등의 모든 행위를 무화시킨다. 화자가 선택하는 것은 A(청
솔)가 요구하는 것, B(새)가 요구하는 것도 아닌, '허연 갈대'의 삶이다. 그것
은 어떠한 감각도 의지도 필요없이 바람과 함께, 바람처럼 흔들리고 움직이
는 것을 의미한다. 어찌 보면 그것은 맹목적인 삶이다. 어떠한 상황, 어떠한
조건에 대해서도 묻지 않고 그것에 따라 움직이고 행동하기 때문이다. 그러

한 방식이 자연스러울 때 그는 이미 인간의 숙명을 초월한 자이다.

한 해의 주기가 시작되는 시점에 이르렀으나 2월에 만난 많은 시인들의 음성은 어둡고 우울하였다. 어떻게 보면 절망으로 가득차 있고 비통하기까지 하다. 필자는 그들의 무의식에 순환하는 것, 반복되는 것에 대한 복합적 감정이 있음을 읽을 수 있었다. 그리고 그것을 통해 희미하게나마 인간의 운명과 삶의 양식을 가늠해 볼 수 있으리라 판단된다.

(『현대시』, 2004. 3.)

버림과 비워냄의 존재법

현대의 사유는 그에 대한 회의와 비판이 지속적으로 이어지고 있음에도 불구하고 합리주의적 사고방식의 거대한 틀로부터 벗어나지 못하고 있다. 근대를 태동시킨 논리적 이성적 사유가 현대의 모든 제도들을 통제 관리하고 있고 여전히 개발과 발전의 신화를 버리지 못하고 있으니 말이다. 웰빙 바람이 불고 동양 문화에 관심이 모아지고 있긴 하지만 이 또한 합리주의적 견지에서 이루어질 따름이다. 합리주의적 사고의 극단에 놓인 디지털 기술 체계가 0과 1의 간단하고도 복잡한 조합에 의해 이루어지는 것을 보면 현대의 합리주의는 '0'을 그의 틀에 가둘지언정 그 어떤 것도 버리지 못한다는 것을 알 수 있다.

마찬가지로 동양의 유산들이 현대인의 존재 방식 자체를 바꾸지 못할 때 동양의 정신적 유산들은 결국 지금까지 이어져온 현대의 패러다임 속으로 흡수되고 말 것이다. 동양의 그것들은 일정한 목적의식 하에 이슈화되어 취해지고 버려지는 운명을 피할 수 없을 것이라는 뜻이다. 이 달의 시인들 가운데 최종천은 '0'을 독특한 감각으로 풀어냄으로써 어떤 틀 속에 쉽게 갇혀버리는 현대인의 감수성에 일대 변화를 주는 상상력을 만들어내고 있다.

어제 해지한 통장의 잔액은 0이다
0은 1이 아니다
존재가 발아하는 근원이며
존재가 돌아가는 궁극이다
그것은 땅의 본질이다
탄생과 죽음이 0에서 만난다
나의 본질과 나의 근원에 대하여
다른 무엇도 아닌 0에게 물어보자
0에서는 빛과 어둠이 솟아난다
모든 것의 시작이자 종점인 0
0은 거름이 되는 것만을 받아드린다
낙타가 통과해야 할 바늘구멍인 0
무덤이며 자궁인 0
나는 聖女보다 창녀를 더 사랑 한다
성녀를 데리고 사는 사내는 고자일 것이다
무에서 유를 창조할 수는 없다
0은 무가 아닌 근원이다
우리는 여성의 자궁에서 시간을 길어 올릴 수밖에 없는 人間이다
　　　　　　　 - 「0」 전문 (『현대시』, 2004년 9월)

　통장의 잔액이 '0'임을 확인하는 순간의 심정은 대부분 박탈감이나 허전함 등등일 것이다. 허나 위의 시에서는 사뭇 다른 느낌으로 다가온다. 잔고가 바닥나버리는 데서 오히려 통쾌함이나 홀가분함이 느껴지기 때문이다. 화자는 아무 미련 없이 '통장'을 버린다. 그것은 미래를 위한 어떠한 대비(對備)나 축적을 허용하지 않겠다는 자발적인 의지로 보인다. 시적 화자의 이 적극적인 '버림'의 행위는 '비움'을 중심으로 하는 반현대적 사유에 물꼬를 트면서 일상의 관습들을 비틀어 버린다. 시인은 '0은 1이 아니'라고 강조하면서

'0'이 '1'과 교류할 수 있다거나 화합할 수 있음을 부정한다. '0'은 그것이 비움의 생태를 주장하는 한에서 '1'과는 격과 길(道)이 다른 세계를 형성한다. '0'에 비추어보면 시작에서 결말로 향해 일직선으로 나아가는 현대인의 삶의 방식은 흔히 생각되듯 본질이 아니다. 오히려 본질은 동그란 원처럼 시작과 끝이 만나고 그 둘이 다른 것이 아니라는 점이다.

그러므로 '0'은 대부분의 현대인들에 의해 맹목적으로 추구되는 돈과 물질 대신 '거름이 되는 것', 버릴 수 있고 썩을 수 있는 것들만 '수용'한다. 흔적도 없이 사라져서 우주의 대순환에 무리없이 합류할 수 있는 것만이 허용된다는 것이다. 이같은 버림과 비움의 존재 방식이 현대인의 생리와 극단적으로 대립된다는 사실은 불을 보듯 뻔한 일이다.

삶의 본질이 '버림'에 있다 해서 너무 서운해하거나 '0'의 존재방식을 따르는 일을 어렵게 볼 필요는 없다. '무덤이며 자궁인 0'은 '죽음이자 탄생'이기 때문이다. '0'은 소멸을 가져오지만 또 다른 생명을 보장한다. 이 두 국면이 끊임없이 돌고 도는 우주의 법칙임을 인정한다면 어느 한 가지에 집착하는 일이 얼마나 소모적인지 알 수 있을 것이다. 버리기 위해 취하는 삶, 삶이 죽음과 일체라는 것, 나와 네가 조화롭게 만날 수 있다는 믿음과 이를 위한 노력들이 현대인의 삶을 바꿀 것이다. 그것은 기존의 현대인의 존재 방식과 매우 다른 것이면서 소리없는 혁명이라 할만큼 기존의 것과 공존 가능한 것이다. 이는 그러한 삶의 태도가 물적 토대를 바꾸는 것이 아니라 그것을 바라보는 정신적인 관점을 바꾸는 것이기 때문이다.

'지구'를 보다 초월적인 시선으로 보는 김왕노 시인에 의하면 관점을 바꾸는 일의 중요성과 힘이 어떠한가를 금방 알수 있게 해준다.

지구를 네 무덤이라 생각한 적 있나
풀 한 포기가 우두커니 지킬 무덤을 생각한 적 있나

그러나 나는 보았다.
버려진 무덤을 그리고 버려진 죽음을 계절마다 찾아주던
바람과 풀무치와 눈발을

밤이면 모두 지구에 등 누이고 잠드는 밤
전쟁의 습관으로 마루 바닥 같은 지구에 피 뚝뚝 떨구기도 하지만
생사고락을 같이하는 이 지구의 밤

지구를 망망 우주에서 네가 탄 배라 생각한 적 있나
지구를 위해 등대로 켜지는 태양의 에너지도 알고 있나
그리고 거친 마음을 대패질하라
지구가 초대해준 이 손끝에 앉은 깃털 같은 달빛은
　　　　- 「손끝에 앉은 달빛」 전문 (『시와 정신』, 2004년 가을)

　인간은 자신이 처한 상황과 환경이 견고하게 지속될 것 같은 착각 속에
종종 빠지곤 한다. 그러나 내가 기대고 의지하고 있는 이곳이 결코 영원하지
도 절대적이지도 않다는 것을 깊이 이해하게 될 때 세상의 많은 일들을
두고 아옹다옹하는 일이 줄어들지 않을까.

　시인은 우리가 발딛고 있는 이 땅을 상대적인 것으로 볼 수 있게 하는
시각을 갖게 만든다. '지구'를 쓸쓸히 존재하는 '무덤'으로, 한 조각의 '배'로
묘사하는 것이 그것이다. 이 땅은 거대하지도 강인하지도 않으며 우주라는
망망대해 속에 놓여있는 가냘픈 점에 불과하다는 것이다. 우리의 관점에서
절대적이기만 한 태양조차도 우주의 견지에서 보면 그 여린 지구를 비추어

주는 '등대'에 불과할 뿐이다.

그러므로 제 아무리 보잘것없고 미천한 것이라도 지구에 살고 있는 모든 생명체들은 '지구'와 더불어 '동고동락'하는 관계 속에 놓여 있음을 의미있게 받아들여야 할 것이다. 나약한 인간이 결국 기댈 수 있는 것은 이 땅이 영원하다고 하는 근거없는 믿음이 아니라 '풀 한 포기'와 '바람과 풀무치와 눈발'과 더불어 사는 자세일 것이다. 그들만이 '버려진 죽음과 버려진 무덤'의 외로움의 소리를 들어주는 같은 처지의 벗이기 때문이다.

박영근 시인 역시 인간의 유한성과 자연의 힘을 대비시키고 있다는 점에서 김왕노 시인의 관점과 유사함을 보여주고 있다.

> 모든 것은 다 지나간다
>
> 천 년의 꿈이라 한들
> 제자리에 있겠느냐
>
> 우리가 사는 일이
> 온통 고통이라 해도
> 오늘 바람 속에 흔들리는
> 저 풀잎 하나보다 못 하구나
>
> 기억하느냐
> 겨울 빈 들에서 듣던 그 종소리
>
> — 「기억하느냐, 그 종소리」(『시작』, 2004년 가을)

인간을 감싸고 있는 시간은 인간의 유한성을 입증해 주기 때문에 안타까움을 주지만 반면 모든 고통 또한 일순간에 지나가 버림을 보여줌으로써 위안을 주기도 한다. 우주적 시간에 빗대어 보면 '천 년의 꿈'도 스쳐지나가는 흔적에 지나지 않는다는 점에서 인간이 부귀영화의 욕망에 들리거나 혹은 어떤 견딜 수 없는 고통에 부대끼는 일들이 부질없게 느껴진다. 인간에 비하면 자연의 '풀잎'은 의연해 보인다. '풀잎'은 '바람 속'에서 '바람'과 더불어 울고 웃고 흔들리기를 거듭한다. '풀잎'의 그러한 양태는 '겨울 빈 들에서 듣던 종소리'를 연상시킨다. 종소리는 대기로 울려퍼지면서 동시에 주저없이 사라지기 때문이다. 풀잎과 종소리는 인간과 달리 자신들의 존재에 연연해하지 않는다. 그것들은 스스로 버림과 비워냄에 익숙해져 있는 존재들이다.

인간 가운데 어린 아이들은 가벼움을 가벼움 그대로, 존재를 존재 그대로 볼 줄 아는 신비로운 존재들이다. 아이들의 두려움과 유쾌함과 친근함과 꿈들은 우주적 진리치에 가까운 무게와 색채로 비춰지고 보여지는 것도 이때문이다.

봄 풀이 싱그러운 들판에서
아이가 비눗방울을 분다
제 마음의 그림을 둥그렇게 분다
무지개 빛 영롱한 비눗방울들이
푸른 하늘 떠가는 흰 구름 좇아 하롱하롱 눈부시게 날아 오른다
꺼질 듯 꺼질 듯 비눗방울 속에는
아이의 까만 눈망울이
들꽃과 강아지와 사슴이
실낱처럼 사라지는 몇가닥 길과 마을이
알록달록 얼비쳐 들어 있다

따사로운 봄 볕 졸음에 겨워
아이는 설핏 잠든다
이따금 스치는 봄바람이 풀잎을 흔들고
펼쳐진 아이의 책장을 이리저리 넘긴다
아이는 꿈 속에서도
여전히 비눗방울을 분다
들꽃과 강아지와 사슴과 함께
따뜻한 꿈 속의 비눗방울에 실려
아슴아슴 떠가는 흰 구름을 바라본다

이윽고 꿈꾸던 아이가 떠나고
흔적없이 비눗방울도 스러져 버리고
끝없이 펼쳐진
푸른 하늘과 들판 사이
바람만 가득 남는다.

　　　　　　　　　　　　　　　– 「비눗방울」(『시와 정신』, 2004년 가을)

'들판에서 부는 아이의 비눗방울' 속에는 아이의 모든 것이 담겨져 있다. 웃음과 기대와 환상과 아쉬움 같은 것들이 한껏 부풀어 오르다 사라진다. 그것은 아이의 마음을 담고 피어올라 또한 그들의 마음과 함께 터져 버린다. 구슬이나 공같은 동그란 것들을 마냥 좋아하는 어린 아이들은 비눗방울에 탄성을 지른다. 비눗방울은 그 어떤 것보다 가벼우면서 아름다운 색채로 빛나기 때문이다. 그것은 '푸른 하늘에 떠가는 흰 구름'처럼 부드럽고 '눈부시다'.

　비눗방울의 가벼움과 아름다움과 덧없음만큼 우주 속의 존재들 또한 그러하다. '아이의 까만 눈망울'이 그러하고 '들꽃과 강아지와 사슴'과 '길과 마을'이 그러하다. 이 모든 것들은 어느 한 군데 모난 데 없이 동그라미 속으로 담기고는 일순간에 소멸한다. 우주 가운데 불티에 불과한 인간이 비눗방울의 존재론을 갖는 일은 그다지 억울한 일은 아닐 듯싶다. 제 아무리 날선 칼날도 물결처럼 구부러져 비춰지는 비눗방울엔 덧없음만 있는 것이 아니라 아름다움과 꿈과 즐거움이 함께 있기 때문이다.

비눗방울의 존재 양식으로부터 박승미 시인이 말한 '여자의 웃음'이 터져 나올 수 있는 것이 아닐까?

여자가 웃으면 물이 되네

파안대소하고 있을 때 보면
물이 넘쳐 들어와
모두를 끌어 안기도 하고
넘어트리기도 하네

흘러 넘치는 물은
길을 막기도 하고
막힌 길을 트기도 하네

바닥이 다 드러난 뻘 밭에 들어가
조약돌 밑을 들쳐 보면
촉촉히 젖은 젖지무덤처럼 작은 섬들

여자가 젖무덤을 풀어 놓으니
바다가 되고 갯벌이 되네
여자가 웃으면 물이 되네
일명 대지.

　　　　　　　　　　— 「아니 여자, 여자의 웃음」(『애지』, 2004년 가을)

여자의 몸은 생명을 잉태하는 것인 만큼 우주의 섭리와 따로 떼어서 볼 수 없다. 달이 차고 기울기를 반복하고 그에 따라 바다의 조수간만이 이루어지듯이 여자의 몸 또한 달의 주기적 순환의 지배를 받는다. 여자는 채워짐과 버림을 지속적으로 반복한다. 매달 이루어지는 자궁의 가득 참과 비움의 순환 속에서 여자의 몸은 더욱 부드러워지고 더욱 맑게 정화되어 가볍게 상승한다.

'파안대소'는 여자의 이러한 몸에 의해 비로소 가능해진다. 끊임없는 부침을 견뎌내고 그 속에서 버리고 비울 줄 아는 고통과 지혜를 겪은 자이기에 그녀의 웃음은 맑고 힘차다. 밀물과 썰물을 되풀이하며 힘찬 파도짓을 하는 바다처럼 그녀의 웃음 또한 물길을 이룬다. 때론 '길을 막고' 때로는 '길을 트'면서 여자는 바다의 운동을 재현한다. 인간의 탄생은 반드시 그러한 여자의 몸을 통해서만, 곧 그러한 깨끗하고 신성스러운 행위에서만 가능하지 않는가.

앞의 최종천의 시 「0」에서 우리는 여자의 자궁이 '0'과 같다는 시인의 메시지를 들은 바 있다. '0'이 죽음과 탄생이 만나는 우주의 거점이 되듯 여자의 자궁은 생명을 받아 안는 우주의 길목이 된다. 이치가 그러한 까닭에 생명의 탄생을 경시하고 비워냄의 지혜가 결여된 사회일수록 여성성은 고갈되고 문화 자체가 척박해질 것임은 자명할 것이다. 따라서 최종천 시인이 "우리는 여성의 자궁에서 시간을 길어 올릴 수밖에 없는 人間이다"라는 선언은 우리에게 매우 의미깊게 다가오는 이 시대의 당위적 담론이라 하지 않을 수 없다.

(『현대시』, 2004. 10.)

'포월(包越)'로 나아가는 도시의 꿈

현실이 암담하고 고통스러울수록 우리는 '먼 곳'을 꿈꾼다. 하늘 저편에 놓여있는 산과 들, 아득한 유년의 공간, 아련한 미래의 소망들이 '먼 곳'에 있는 것들이다. 그것들은 우리가 처한 지금의 혼잡을 지우고 우리를 어머니의 따뜻한 포옹처럼 감싸기 마련이다. 무릇 시는 이와 같은 안온한 이미지 속에서 탄생하는 것이 아닐까. 뿐만 아니라 일상에 지친 도시인들이 시간을 내고 품을 팔아 기어이 자연을 찾는 것도 이러한 꿈꾸기에서 비롯된다.

그러나 이러는 중에 우리의 현재와 현실은 빈 껍데기만 남은 것이 되어 우리의 영혼으로부터 버려지고 소외당한다. 도무지 도시가 우리의 것이란 생각을 하고 있는 시인이 얼마나 될까? 언제나 그러하듯 도시는 돈 많은 자의 것, 재벌의 것, 탐욕스럽고 거친 자들의 것이라 여겨진다. 도시가 그렇게 '남의 것'이라 생각되는 것도 무리가 아니다. 도시는 늘 가난하고 약한 사람들, 무능력한 자들을 천대하고 멸시해왔기 때문이다. 그것이 도시의 습관이요 관습이 되어 버린 지 오래지 않은가.

이런 도시에 관심을 기울이고 번잡함 속에 몸과 영혼을 뭉개고 있는 도시인들을 따뜻한 시선으로 감싸는 시인이 있다는 것은 참으로 반가운 일이다.

그들은 침묵하는 자들의 잃어버린 말과 시간을 찾기 위해 기꺼이 도시를 찾는다. 그곳엔 많은 사람들이 지쳐 허우적대고 있고 아예 길가에 널브러져 있는 사람도 있다. 장병천의 「우유 주머니」는 도시에 뿌리 내리지 못하고 살고 있는 많은 도시인들을 상징적으로 보여주고 있는 작품이다.

아무도 없는 꼭대기 15층 복도 끝
퍼런 색 우유 주머니 혼자 놀고 있다
꽤나 심심한듯 제집인 문짝을 툭툭 차기도 하며
펄럭펄럭 제 몸 마구 흔들어댄다
매어 사는 것이 어찌 저뿐이랴만
몇 날 몇 달 가진 것 하나 없는
주머니의 삶은 지금 말이 아니다
제 집에 제 몸이라도 부딪혀 웅웅 울지 않고서는
추운 계절 버틸 수가 없었으리라
그 흔한 보호막, 새시도 하나 없는
15층의 이 복도에선 문 밖이 곧 현실이다
여차하면 야반 도주도 서슴지 않는
불안한 삶들도 꽤 여럿 있어
수시로 주머니의 집인 문짝도 부서지는
불안한 문짝의 삶까지 죄다 알고 있는 저 주머니
찢어졌다
대개의 임대된 삶들이 그러하듯
그날 벌어 그날 먹고 사는
빈주머니들의 하루란
할 일 없이 이웃집이라도 기웃거리다 보면
여기저기 걷어채이는 게 다반사라
웬간한 상처쯤은 병이라 볼 수도 없지만

'건강한 하루'를 매단 저 주머니
지금 밑 다 빠졌다

— 장병천, 「우유 주머니」 (『현대시』, 2004년 10월)

'비어있는 우유주머니', 그것도 '다 찢어져버린 우유주머니'가 말해주는 것은 무엇인가. 더 이상 배달되는 우유를 받아먹을 수 없게 된 한 가정의 파괴된 모습일 것이다. 그 가정은 생계를 유지하는 데만도 급급하거나 아니면 그것 자체가 불가능하도록 공중분해 되어 있을 것이다. '우유주머니'가 사람 구경을 못해서 '꽤나 심심한 듯 문짝을 툭툭 차'는 것으로 보아 후자일 가능성이 더 클 수도 있겠다.

그런데 이 곳에 그러한 가정은 드문 것이 아니다. '새시도 하나 없는 15층 짜리 임대 아파트'에 살고 있는 사람들이란 많은 경우 '그날 벌어 그날 먹고 사는' 사람들이며 그 중 '여차하면 야반도주 해야 하는 불안한 삶들도 꽤 여럿 있'기 때문이다. 이들은 워낙 헐벗고 힘겹고 살아가기 때문에 '웬만한 상처쯤은 병이라 볼 수도 없'을 정도다.

'우유주머니'라는 매개를 통해 상징적으로 처리되고 있어 우리는 그 안의 삶이 구체적으로 무엇인지 알 길이 없다. 그러나 최근 들어 더욱 증가한 파탄된 가정들을 우리는 쉽게 떠올릴 수 있다. IMF의 후유증을 극복하고 있지 못한 실직 가정이나 가장의 자살, 가출한 부모, 카드 빚 때문에 혹은 부모의 이혼 때문에 붕괴된 가정들이 그것이다. 그 속에서 아이들은 고아원으로 친척집으로 전전할 것이고 어떤 가장은 노숙자가 되어 행적을 감추었을 것이다.

우리는 그들을 휩쓸어 버리는 불행의 힘에 맥이 풀려 버린다. 본인들의 힘으로 막아낼 수 없었던 세찬 불행 앞에서 그들은 몸부림치지만 그 끝은 보이지 않기 일쑤다. 몸과 마음이 모두 멍든 '퍼런 주머니'는 '제집에 제 몸이라도 부딪쳐 응응 울지 않고서는 추운 계절 버틸 수가 없'다. 그 누구에게 책임을 물을 수도 하소연 할 수도 도움을 구할 수도 없게 되어 있는 곳이 이 도시이므로 그들은 그저 '몸을 부딪쳐가며 울' 따름인 것이다.

박우담의 「수중발레리나」가 보여주는 것 역시 도시에서 소외된 채 관심으로부터도 벗어나 있는 삶이다. 바로 장애인의 삶인데 그들의 처절한 모습을 보면 한 도시를 살아가는 우리들이 얼마나 냉담에 길들여져 있는가를 짐작할 수 있게 된다.

> 어느 오후, 비 오는 날 중앙시장 과일점 앞에 한 사내가 길을 건너고 있다. 이미 길은 모래에 덮인 수박 같다. 그는 한 손으로 좌판을 밀고 다른 한 손으로 가죽으로 휘감은 몸뚱아리를 옮기고 있다. 앵두이파리 같은 손을 움직이고 있다. 그의 하반신은 물에 잠겨져 있다. 좌판에는 고무줄, 때밀이수건, 빨래집게가 이리저리 흔들리고 있다. 비가 와서 고무줄처럼 집으로 당겨져가는 모양이다. 그의 좌판은 생명을 엮는 고무줄이고, 울분을 씻는 수건이고, 핏줄을 연결하는 집게이다. 자동차들이 물을 튀기며 지나가고 있다. 행인들은 철지난 과일을 보듯 지나간다. 그는 한 번은 포도알만큼 움직이고 있다. 오디같은 빗방울이 그의 얼굴을 때리고 있다. 얼굴이 시퍼렇다. 하늘에 음악은 흐르고 "스컬링" "스컬링"은 이어지고 있으나 박수소리는 들리어 올 기미가 없다.
>
> — 박우담, 「수중발레리나」(『시문학』, 2004년 10월)

위의 시에서 말하고 있는 '수중발레리나'는 뜻밖에도 시장통에서 온몸을 질질 끌고 다니며 허접스러운 것을 파는 하반신이 없는 장애인이다. 우리는 그에 대해 아는 것이 거의 없다. 대부분의 사람들은 흉물스러운 그의 모습을 보고 못 볼 것을 보았다는 듯이 고개를 돌리곤 한다. 어디에서 왔고 누구와 어떻게 살고 있는지, 장사는 되는지 귀가는 어떻게 하는지 실은 의문스러운 것이 줄을 이을 것인데도 애써 외면하는 것이다. 시인은 비라도 오는 날이면 그가 얼마나 곤혹스럽고 처참해지는지에 대해 주목하고 있다. 그런데 그러한 장면은 정말 절실한 것일 터인데도 우리가 한번도 상상도 염려도 해보지 못했던 것들이다.

길바닥의 흙탕물을 고려해 단단한 고무로 감싼 '그의 하반신'은 비가 오는 날 '물에 잠겨져 있다.' 사람들은 비를 피해 이리저리 뛰어가고 난 뒤이지만 '한 손으로 좌판을 밀고 다른 한 손으로 가죽으로 휘감은 몸뚱아리를 옮기느라' 손이 분주한 그는 비를 피할 다리는커녕 내리치는 비를 막을 손도 없다. '오디같은 빗방울이 그의 얼굴을 때리고' 그의 '얼굴은 시퍼렇다'. 그의 손길이 미처 닿을 수 없는 물건들은 좌판 위에서 저들끼리 '이리저리 흔들리고 있다'. '앵두이파리 같은 손'을 아무리 재게 움직여도 그는 겨우 '포도알만큼'씩 '움직이고 있다'.

그의 모습이 너무도 처참해서 사람들은 쉽게 감정이입도 안 되는 모양이다. 지하철 입구에 쭈그리고 앉은 거지에게 돈은 한 푼씩 던져주어도 시장통의 그를 선뜻 나서서 도와주는 사람은 아무도 없으니 말이다. '행인들은 철지난 과일을 보듯' 힐끔 쳐다보고는 지나치곤 한다. 시인은 그의 애처로운 손짓과 사람들의 무관심을 가리켜 '"스컬링" "스컬링"은 이어지고 있으나 박수소리는 들리어 올 기미가 없다'고 표현하고 있거니와 빗속의 그의 몸짓이 화려한 싱크로나이저의 몸짓으로 연상된 것은 쓸쓸한 아이러니가 아닐 수 없다.

위의 시에서 알 수 있듯 우리는 같은 도시에서 살고 있는 공동체의 한 구성원인데도 불구하고 '그'와 같은 사람들을 우리와 다른 사람이라 치부하고 방치하며 살아오지 않았나 반성해볼 일이다. 그들은 더더욱 다른 사람들의 관심과 손길이 필요한 사람들인데도 그러하다. 우리에게 반성이 결핍되어 있다면 우리가 살고 있는 도시는 희망도 없이 더 기괴하게 변해할 것이다. 도시는 더 외로워질 것이고 많은 사람들이 그 속에서 울음을 참지 못할 것이다.

> 은현리에 살면서 들었다. 황금들판에서 일하는 소는 움머ㅡ 하며 해설피
> 울지만 감옥같은 창고에 갇혀 사육되는 소는 엉ㅡ엉ㅡ 휴대폰 진동소리처럼
> 기계음으로 우는 것을. 처음에는 기계의 진동음으로 알았다가 무슨 소리가
> 뼈마디에 스며들도록 아픈가 싶어 찾아 갔다 신문지 크기 만한 창문 하나
> 가지고 컴컴한 어둠 속에 징역사는 소를 만났다. 그 순한 눈망울 가득 타오르
> 는 사람의 원죄를 보고 말았다. 그 소리 가끔 전화기로도 듣는다. 도시 사는
> 친구가 술에 취해 전화를 하는 밤, 보고 싶다 보고 싶다며 대책 없이 우는
> 밤, 그 울음 뒤로 도시가 엉ㅡ엉ㅡ휴대폰 진동 기계음으로 갇힌 소처럼
> 따라 우는 소리를.
> ― 정일근, 「갇힌 소가 우는데」(『현대시』, 2004년 10월)

도시가 더 이기적이고 험악해질 때 그곳은 더 이상 사람이 살아갈 수 없는 곳이 될지 모른다. 이는 단지 불구자나 실직자들만이 아니라 대다수의 사람들이 그곳을 등질 수 있음을 의미한다. 벌써 사람들의 영혼이 안식을 느끼지 못하고 그곳을 감옥처럼 느끼게 된다면 문제는 이미 심각한 정도로 진행된 것이다. 그런 점에서 위의 시는 우리의 우울한 미래상을 암시하고 있다. '창고에 갇힌 소'의 울음소리에서 현대인의 최첨단의 필수품인 '핸드폰 진동소리'를 듣는 것은 어딘지 불길하고 음산한 느낌을 준다. 동물의 울음소리에서 동물 소리가 나지 않고 기계의 울음소리가 들리는 것은 기괴

하기 때문이다. '창고에 갇혀 사육되는' 짐승이 운다면 그 슬픔은 '뼈마디에 스미'는 것이 아닐 수 없을 것인데, 이를 두고 시인은 소의 '순한 눈망울'에서 '타오르는 사람의 원죄를 보고 말았다'고 고백한다.

　더 큰 문제는 도시도 그 '소'와 같은 울음소리를 낸다는 사실이다. 친구의 울음 뒤로 도시가 함께 울고 있다는 것이다. '갇힌 소'처럼 울고 있는 도시는 자신의 갇혀 있음을 괴로워한다. 도시는 하나의 거대한 감옥이라는 점, 영혼의 어떠한 자유도 행복도 없다는 것, 그 누군가에 의해 사육되고 도살될 운명이라는 것, 이 징역살이를 벗어날 도리가 없다는 것을 도시는 절규하고 있다. 그리고 그의 울음소리는 역시 음산하고 불길한 기계의 진동소리로 들린다.

　도시를 남의 것이 아니라 우리의 것으로 되찾는 일은 우리 스스로 도시를 둘러싸고 있는, 냉담한 이기심으로 축조된 벽을 허물어뜨리는 데서 출발한다. 곧 타자를 감싸안음으로써, 추악한 탐욕을 버리고 절제의 미덕을 살림으로써 시작될 것이다. 고재종은 「거름論」에서 이러한 지혜의 한 모습을 제시한다.

> 超越이라는 말은 이미 있으니
> 包越이라는 말을 하나 새로 짓자
> 너 혼자 초탈하여 넘지 말고
> 나까지 싸고 넘으라는 뜻이다
> 나의 곧은 이력은 너의 수치일 수 있다
> 너의 발을 씻으라 해도 당연하다
> 나의 못난 불행은 너의 영예일 수 있다
> 너의 상투를 자르진 못하겠다
> 내 아버지는 노동자라서

만주 봉천 몽골까지 헤매었다
그간에 누구처럼이나 평범하였던
너의 아버지는 창씨개명을 했다
너는 우리 역사를 국정교과서에서
또 그 바깥 거리에서 배웠다
나는 우리말을 이희승 국어사전에서
또 정자나무 밑에서 배웠다
우리가 똥간항아리에 똥오줌을 누면
아버지들은 풀 더미에다 부어 삭혔다
우리가 알기로 겨울 보리밭에다
농사꾼들은 그 두엄을 두둑이 뿌리더라
기러기는 능선을 혼자 넘지 않고
가장 어린 것까지 함께 넘는다
초월이라는 말은 이미 있으니
포월이라는 말을 하나 새로 짓자

          ― 고재종, 「거름論」(『현대시』, 2004년 10월)

    시인이 제시하는 덕목은 '포월'이라고 하는 '더불어 넘어서기'이다. '나'
와 '너'가 함께 서로를 보듬고 서로의 행복과 발전을 위해 이끌어주자는
것이 그것이다. 이 일은 그러나 말처럼 쉽거나 간단한 일이 아니다. 오랜
역사를 거치는 동안 '나'와 '너'는 서로 마주하기 힘들 정도의 '골'들을 키워
왔기 때문이다. '나'와 '너'는 서로 다른 이해관계를 가지고 살아오면서 서로
를 시기하고 질시하며 증오하고 해하기까지 했던 것이다. '나의 곧은 이력'
이 '너의 수치'가 될 수 있고 '나의 못난 불행'이 '너'에겐 '영예'가 된다면
이 둘이 아무런 사심 없이 대면하는 일은 어려운 일일 것이다.

    그러나 우리의 선조들은 반목하는 모습만 아니라 서로 상생하는 삶도

보여주고 있다. '우리가 똥항아리에 똥오줌을 누면 아버지들은 풀 더미에다 부어 삭혔'던 것이다. 잘 삭혀진 배설물이 꽁꽁 얼어붙은 '겨울 보리밭'에 뿌려지면 보리밭은 추운 겨울을 난 후 풍성한 곡식을 우리에게 선사하기 마련이다. 우리가 가장 더러운 쓰레기라고 여기는 오물조차도 쓰임이 있을진대 하물며 사람과 사람 사이의 관계에서 버려지는 것은 없는 것이다. 깊은 반목의 골도 오물처럼 푹 썩어 잘 삭혀지면 세상을 풍요롭게 하는 거름이 될 수 있는 것이라고 시인은 말한다. 그것이 곧 '포월(包越)'이라는 것이다.

시인이 전하는 이러한 지혜는 지금 처해 있는 도시의 위기를 해결하는 데 가장 요구되는 항목이라 생각된다. 나 혼자 잘 살고 보자는 생각, 남을 짓밟더라도 나만 잘되면 된다는 생각, 나 아닌 남은 영원한 타자라는 이 모든 비뚤어진 생각들은 이제 수정되어야 한다. 시인은 '기러기들은 능선을 혼자 넘지 않고/ 가장 어린 것까지 함께 넘는다'는 사실을 시사하고 있다. 이미 자연은 이러한 삶을 우리에게 분명하게 보여주고 있는 것이다.

(『현대시』, 2004. 11.)

일상에서 묻어나오는 상상력의 힘

인간이 존재하기 위해서는 일상이 있어야 하고 반대로 일상이 있어야 인간 또한 살아갈 수 있다. 이 둘의 표리관계란 동전의 양면같은 것이어서 서로 떼어내어 생각하기란 거의 불가능하다. 보통 사람들의 시선에는 일상이란 특별한 체험이 수반되지 않는 한 거의 의식되지 않는다. 반면 시인의 눈에는 그러한 일상들이 단지 평범할 수만은 없는, 무언가 특별한 대상이나 인식으로 보여지고 느껴진다. 이것을 상상력의 차이라고나 할까.

그러한 차이들이 시인과 일반인을 구별하는 잣대라면, 그 넓이와 깊이야말로 시인들 사이의 상상력의 진폭을 보여주는 근본 잣대가 아닐 수 없다. 물론 상상력의 폭을 결정해주는 것은 시인들마다 갖고 있는 고유의 경험 영역이나 대상에 대한 인식 정도에 따라 얼마든지 가변화된다. 그럼에도 불구하고 현대시에서 특히 상상력의 영역을 문제삼는 것은 그것이 곧 시의 참신성이나 시의 내면적 깊이와 불가분의 관계에 있기 때문이다. 따라서 이런 유형의 시들에는 사물에 대한 올곧은 인식이 전제되어야 하는 것은 당연한 일이라고 할 수 있다.

계절이 바뀌어가는 길목에서 발표된 이번 작품들 가운데 사물에 대한

'응시' 혹은 '본다'라는 시가 많다는 사실이 자못 흥미롭다. 사물에 대한 미세한 관찰과 그를 통해 우러나오는 상상력의 폭이 만만치 않다는 점에서, 현대시가 나아가야 할 바람직한 현상이라 할 수 있을 것이다.

> 폐쇄된 회로에 찍힌 필름을 들여다 본다
> 두 아이 중 한 아이는 빵과 우유를 들고 웃고 있고
> 한 아이는 잔뜩 찌푸리고 있다
> (그 아이는 안경을 끼었어)
> 누가 이 편협한, 이기심 뿐인
> 마음을 심어주었는가
>
> 들고 있던 필름을 뭉게 버린다
> 빵과 우유를 더 이상 사진으로 남겨두고 싶지 않다
> 가난하다는 속박
> 그 속박에서 영원히 자유롭고 싶은 마음
>
> 時·空을 함께 사는 이여!
>
> ― 이흥규, 「폐쇄회로에서」(『시문학』, 2004년 11월)

어떤 경로를 통해서 시적 화자가 폐쇄 회로에 찍힌 필름을 보게 되었는지 여기서는 쉽게 알 수가 없다. 그만큼 이 작품은 약간의 작위성 내지 의도성이 짙게 묻어나오는 작품이다. 그럼에도 불구하고 폐쇄 회로라는 낯선 대상을 시의 소재로 삼고 있다는 점에서 그 의도성을 상쇄하고도 남음이 있는 작품 이기도 하다.

이 시의 매력은 '찍힌 필름' 속에서 뿜어져 나오는 상상력에 있다. 빵을 가진 아이와 그렇지 못한 아이, 곧 빈부의 격차의 모습은 굳이 필름이 아니더

라도 일상에서 흔히 볼 수 있는 풍경 가운데 하나일 것이다. 그런데도 시인은 그러한 모습을 찍힌 필름을 통해서 이해하고 있다. 왜 그러한가는 그 다음 행들이 잘 말해준다. '그 아이는 안경을 끼었어'라는 표현을 괄호로 묶어서 아이의 이미지를 고정화시키는 것, 그리고 '편협한 마음', '가난하다는 속박' 등등과 같은 표현들을 통해서 그 굳어진 의미를 강요하는 것들이 그러한 본보기들이다. 시인은 편협화되어 있는 일상의 사고, 이분법으로 고정된 일상의 인식들을 이렇듯 '찍힌 필름'이라는 대상을 통해서 읽어내는데, 이는 아주 적절해 보인다. 왜냐하면 시인은 그러한 선입견의 기각과 속박으로부터의 자유를 '필름을 뭉게 버리는' 행위를 통해서 얻고자 하기 때문이다.

'필름'이라는 대상 속에서 편협한 이기심을 끌어내는 시인의 상상력은 매우 참신하다. 그러나 이러한 신선한 감각에도 불구하고 이 작품은 약간의 허전함이 남는다. 상상력이 지향하는 끝은 전적으로 시인의 몫이긴 하지만 마지막 연의 "時・쏟을 함께 사는 이여!"와 같은 공중적 호소는 아쉬움의 흔적이 아닐 수 없다. 이러한 계몽적인 담론들은 상상력을 상당히 약화시키는 역기능을 하기 때문이다.

이에 비하면, 이지선의 「병실에 날아든 왕파리」(월간문학, 11월호)는 개인의 내면 탐색에 상상력의 힘이 집중된 경우이다. 일상에서 흔히 볼 수 있는 상황들을 시의 소재로 똑같이 하고 있음에도 자아 탐구에 치중하고 있는 시이다.

> 혼자 누운 병실
> 왕파리 한 마리 날아들었다
> 추운 이 겨울 어디서 살다왔을까
> 봄이 올 때까지 동거해줄까도 생각했지만

그는 날개가 있어 나는 날개가 없었다
온 병실을 쉬지않고 날고 날더니
드디어 갇혀있음을 깨달은 모양이다
이제는 탈출구를 찾으려 필사적이다

옆으로 난 쪽문을 열어놨다
왕파리가 쪽문을 찾아 탈출할 때까지
겨울바람을 많이 쐬었다

내 삶도,
왕파리만큼이나 무던히 허둥대면서
창문을 찾아 탈출하기엔
얼마나 많은 시간이 필요했던지

탈출한 밖의 세상이
모두가 유토피아는 아닐 터인데.
         — 이지선, 「병실에 날아든 왕파리」(『월간문학』, 2004년 11월)

    시적 화자는 병들어 입원을 했고, 어느 날 병실엔 왕파리 한 마리가 날아든다. 그리하여 닫힌 공간에서 외로워하던 화자는 병실에 들어온 이 왕파리를 가만히 응시한다. 이런 만남은 대단히 일상적이고 비작위적인 상황 속에서 일어날 수 있는 경우이다. 그런데 병실에 갇혀있다는 사실이 오히려 시인으로 하여금 왕파리에 대한 응시를 더욱 똑바로 하게 만든다. 그러나 강요적인 상황이든 자연적인 상황이든 간에 그러한 응시를 통해서 시인이 이르른 곳은 파리와 시인의 동일시이다.

    여기서 중요한 것은 이 둘 사이의 이질화가 아니다(그는 날개가 있고 나는 없다). 시인이 상상력이 닿아 있는 곳은 다른 데 있다. 시인과 파리는 이 시에서 어쩌면 공동의 운명체처럼 동일한 존재 영역에 놓인다. 이둘 사이의 공감대는 병실이라는 갇힌 공간에서 벗어나 탈출구를 찾는 데서 이루어진다. 그러나 이 둘이 찾는 탈출구의 성격은 사뭇 다르다. 파리에게 탈출구란 생명의 공간이지만 시인이 찾아 헤매는 탈출구란 삶의 이정표 내지 목표이기 때문이다.

이렇듯 「병실에 날아든 왕파리」는 파리라는 대상을 통해 시인이 나아가야할 길, 곧 시인의 내면이나 자아성찰을 탐색한 작품이다. 이홍규의 시가 '찍힌 필름'을 통해서 공동체를 지향하고 있다면, 이 작품은 '왕파리'를 통해서 자아를 지향하고 있는 것이다. 동일한 일상을 통해 길어 올려진 상상력도 그 지향하는 몫에 따라 결과는 이렇게 달라진다.

사물에 대한 인식을 통해서 얻어진 담론들이 바깥으로 향하는 것이든 혹은 안쪽으로 향하는 것이든 간에 그것이 전해오는 메시지가 강하면 강할수록 어떤 교훈의 범주의 틀 속에 갇히기 쉽다. 경제적 평등주의를 함의하고 있는 이홍규의 시라든가 자아실현을 추구하고 있는 이지선의 시에서 우리에게 다가오는 효용이나 교훈의 무게가 버거운 것은 이 때문이라 할 수 있을 것이다. 그렇다면 이와 대조되는 상황이나 전언도 가능하지 않을까. 사물에 대한 직접적인 인식에서 아니라 간접적인 인식을 통해서 전해오는 어떤 내포같은 경우, 그러한 무게로부터 자유로울 수도 있을 것이다.

윤종영의 시가 주목되는 것도 여기에 있지 않을까.

　　　그 여자
　　　서점 한구석 책장에 기대
　　　솜사탕 같은 연애소설을 읽고 있던

빠알간 매니큐어가 반짝이는 긴 손톱을 갖고 있던

긴 손톱으로 붉은 입술을 간질이던

입술을 오므려 방긋이 웃던

살짝 고개를 돌려

졸음이 먼지처럼 쌓여 있는 평일 오후의 서점을 둘러보다가

새침하게 머리칼을 귀 뒤로 쓸어담던

달팽이 같은 귓볼이 봉숭아 빛깔 같던

느린 곤충처럼 집게와 중지손가락으로 책장을 넘기던

잡지처럼 얇은 허리를 조아리며

열 번도 더 소설의 주인공과 연애하던

두 시간 십 오분 동안 소설 한 권을 다 읽고

가늘고 긴 손가락으로 책장에 책을 꽂아놓던

자주색 백에서 Anycall 폴더를 꺼내 시간을 확인하던

서점의 무거운 공기를 살랑살랑 흔들며

문 밖을 나가던

그

여자

＊

두 시간 십 오분 동안 그 여자만 지켜보았던. 소설의 주인공 되어

열 번도 더 그 여자와 연애하고 헤어졌던

저쪽 구석의

그

남자

　　　　　　　　　　　　　－ 윤종영, 「그남자」(『시문학』, 2004년 11월)

　　이 시는 우리에게 어떤 교훈적인 담론이나 자기 성찰적인 전언을 직접
말하지 않는다. 우리가 흔히 볼 수 있는 일상의 풍경을 아무런 가감없이
단지 보여주고 있을 뿐이다. 서점에 쭈그리고 앉아서 책을 읽는 풍경은 그곳

에 한번쯤 가 본 사람이라면 쉽게 볼 수 있는 장면이다. 시인은 그러한 일상화된 장면을 아주 재미있는 상상력으로 그려내고 있다. 작품에서 알 수 있듯이, 이 시에는 책을 보는 여자와 그 여자를 보는 남자 등 두 사람이 등장한다. 그런데 이들 모두는 그렇게 바쁜 사람들처럼 보이지 않는다. 한가로이 구부리고 책을 읽는 여자와, 멀리서 또다른 책장을 넘기는 척 하며 이 쪽의 여자를 힐끔힐끔 쳐다보는 그 남자는 생활의 무게와는 무관한 사람들이 아니지 않겠는가. 지난 몇 년 전 치열하게 탐색되던 모던이즘의 시각에서 보면, 이런 부류의 사람들을 두고 자본주의 문화가 낳은 룸펜이니 산책자니 하는 말들로 이해했을 것이다. 물론 이 작품에서 그러한 성격들이 전혀 무시되고 있는 것은 아니다. 그러나 그보다는 차라리 일상의 무게에 지친 사람들이라고 하는 편이 오히려 더 낫지 않을까 싶다. 자본주의가 문화가 낳은 이들 인간형들에겐 어떤 대상에 대한 애정이나 그에 대한 집착이란 사유 태도는 거의 읽어낼 수 없는 까닭이다.

어떻든 이 작품에서 중요한 것은 일상에 대한 세밀한 관찰과 상상력이다. 일회적이며 짧은 사랑, 아니 여자에 대한 순간의 관심 혹은 호기심이 대단히 섬세하면서도 밀도있게 그려져 있다. 지루하다시피 세밀하게 이루어지고 있는 여자에 대한 탐색은 오히려 더 강렬한 애정의 징표가 되고 마는 역설을 낳고 있는 경우이다. 게다가 이 작품은 그러한 순간의 애정을 지속시키기 위해 간단없는 속도감을 그 형식적 특성으로 내세우고 있다. 이 시가 빠른 호흡을 자랑하면서 율독이 끊어지지 않는 것도 이 때문이리라. 이렇듯 시인은 어떤 대상을 직접 탐색하여 시적 전언을 전하지 않는다. 시인은 그것을 바라보고 인식하는 자아의 내면적 상태에 관심이 가 있다. 그러한 자아의 내면적 상태란 위의 시에서 보듯 삶의 무게로부터 잠시 벗어나 있는 일상인들의 지극히 평범한 모습이다.

시에 있어서 일상성과 상상력은 팽팽한 긴장관계에 있다. 전자가 후자를 능가하면 대단히 평범한 시가 되고, 후자가 전자를 앞서면 난해가 시가 되기 쉽다. 이 두가지 유형의 시들은 삶의 진정한 모습을 담아내기도 어려울뿐더러 독자의 공감을 받기도 어려워 보인다. 훌륭한 시란 이 둘 사이의 적절한 긴장관계가 유지되는 시들이 아닐까. 이런 면에서 보면, 이번에 발표된 시들은 일상에 충실하면서도 상상력을 적절히 가미한, 곧 둘 사이의 긴장관계가 잘 조화된 작품들이라 하지 않을 수 없다. 일상 속에 뿌리를 두고 있는 상상력이야말로 시의 진정성을 담아내는 좋은 사례이기 때문이다.

(『현대시』, 2004. 12.)

제 3 부   현대 시인론

■ 자연, 사물, 사람에 대한 사랑의 힘

　　— 나태주론

■ 죽음의 감각과 자아의 해체

　　— 우대식론

■ 판화로 찍어낸 생의 이면들

　　— 천양희론

■ 자연의 정서와 어머니에 대한 그리움

　　— 이근배론

■ 구도자에게 다가온 우주적 현상(現象)으로서의 사랑

　　— 이기철론

■ 근원과 절대를 향한 감각적 상상력

　　— 최문자론

■ 세상을 담아내는 따뜻한 언어의 '집'

　　— 김희정론

자연, 사물, 사람에 대한 사랑의 힘
― 나태주론

    나태주 시인의 시를 처음 접하는 이들은 그의 시 속에서 펼쳐지는 맑고 잔잔한 선율에 작은 개울물을 연상할 것이다. 내세우지 않고 졸졸 낮게 흐르는 개울물, 아니면 그 시원하고 청랑(淸浪)한 시냇물을 떠올릴지도 모른다. 그러다 좀더 그의 시세계 속으로 빠져들어 가게 되면 40여 년간 그치지 않고 계속된 그의 작품들을 긴 강이라 여길 것이다. 그러나 그의 시에는 이러한 세월의 길이와는 달리 어떤 감출 수 없는 도도한 힘이 있다는 것도 알아차릴 수 있다. 그것은 그의 시가 주는 섬세한 인상과는 다른 남성적인 강한 힘과 같은 것이다. 흐르는 물로 치자면 용돌기 치면서 휩쓸고 내려가는 거대한 물줄기이지만 그보다는 그것을 우람한 산이라 하고 싶다.

    그는 우뚝 서 있다. 작은 듯 섬세한 듯 낮은 듯 속삭이듯 그의 시는 말을 하고 있지만, 그 언어는 내면의 요동을 삼키고 다스린 자의 음성이다. 그 다스림은 워낙 견고하기 때문에 그저 변함도 없는 평온함으로 느껴질 따름이다. 사실 그가 구사하는 말의 적절하고도 둥글리는 감각이라든가 혹은 상상력의 굴곡을 따라가다보면 그 평온함은 그만이 갖는 특유한 힘이 만들어 낸 것임을 알 수 있다. 시인에게 있어 그 힘은 대상을 끌어안는 능력에서 나온다. 자연을, 사람을, 사물을 끌어안는 힘 말이다.

1.

우선, 나태주의 시에서 가장 두드러지는 것은 자연에 대한 열정이다. 그는 누구보다도 자연을 사랑한 시인으로 알려져 있다. 그의 시 대부분의 소재가 자연물이라 해도 과언이 아닐 정도로 자연은 그의 시에서 보편화되어 있다. 그런데 그가 소위 자연에 다가가는 방식은 '바라보고' 놀라와하는, 흔히 말하는 자연탐구의 그것과 같은 차원에 있지 않다는 것이다. 그에게 자연은 시각(視角)으로 조절되는 것이 아닌, 대상화되지 않는 사물이다. 그가 자연 속에 있을 때, 가령 풀과 벌레, 물과 나무, 숲과 구름, 꽃과 하늘 가운데 놓여 있을 때 그는 망각 속에 사로잡힌다. 시인 자신이 지워지고 시간이 정지하면서 시인은 그러한 자연물 가운데 하나로 용해되어 그들과 분리되지 않는 일부가 되는 것이다. '나'는 사물 속으로 몰입되고 대신 그들 생명의 양태가 세상의 전부가 된다. 그리고 동시에 '나'는 그들과 닮아간다.

또르르
이슬이 뒹구는
연 이파리
휘익 청개구리란 놈
한 마리
올라앉는다

사알짝 휘는 연 이파리
내 마음도 그 옆에서
따라서
휘어지는 게 보인다.
                          － 「느낌 2」 부분

난초 화분의 휘어진
이파리 하나가
허공에 몸을 기댄다

허공도 따라서 휘어지면서
난초 이파리를 살그머니
보듬어 안는다

그들 사이에 사람인 내가 모르는
잔잔한 기쁨의
강물이 흐른다.
                          － 「기쁨」 부분

　극도의 정밀(靜謐)함이 아니고서는 사물과의 완전한 합일은 불가능하다.
특히 자연은 인간과 다른 언어, 다른 생명의 양식(樣式), 다른 시간을 살고
있기 때문에 그러하다. 자연에 다가가기 위해서 시인은 한껏 몸을 낮추고 숨을
죽여야 한다. 가능한 최대한으로 귀를 기울였을 때 자연이 비로소 살아있음으
로 인식되어 나와의 호흡이 교류될 수 있다. '청개구리 한 마리'와 '연 잎',
그리고 시선의 움직임이 하나가 되는 상태, 난초 잎새의 휘어짐과 그러한 선
(線)을 만들어내는 공간, 그 속에서 시인은 자아를 잃어버리게 된다.
　자연의 숨결이 엮어내는 이러한 고요가 시인이라고 처음부터 익숙지는

않았을 것이다. 그리고 그와 같은 순연(純然)의 시간은 혹은 길기도 하고 혹은 짧기도 했을 것이다. 그러나 분명한 것은 그 시간이 시인으로 하여금 시를 쓰게 했고, 그들 쪽으로 침윤되어 세속의 도시로 떠나지 못하게 했을 것이다. 또한 그것이 시인을 살찌우게 했고 그의 감성을 길러냈을 것이라는 점이다. 그의 많은 '자연시'가 결코 지루하게 읽히지 않은 것은, 그가 열거하는 그 많은 꽃과 풀과 나무의 다른 모양새, 이름들 때문이 아니라 그러한 대상들을 직관하는 시인의 경험적 시간의 시차 때문이라 할 수 있다. 그것은 인위나 인공의 시간이 아닌 자연(自然)의 시간이다. 시인은 그러한 시간 속에 있는 자신을 일상으로부터의 '유예(猶豫)' 혹은 '실종(失踪)'이라 말한다.

> 햇빛 맑고 바람 고와서
> 마음 멀리 아주 멀리 떠나가
> 쉽사리 돌아오지 않는다
>
> 벼 벤 그루터기 새로 돋아나는
> 움벼를 보며
> 들머리밭 김장배추 청무우 이파리
> 길을 따라서
>
> 가다가 가다가
> 단풍의 골짜기
> 겨우 겨우 찾아낸
> 감나무골
>
> 사람들 버리고 떠난 집
> 담장 너머 꽃을 피운 다알리아

더러는 맨드라미
마음아, 너무 오래 떠돌지 말고
날 저물기 전에 서둘러
돌아오려문.

                                            - 「가을 맑은 날」 부분

잠시
실종

잠시 나는
실종

때로
일요일

12시에서 오후 3시 사이

직장에도
나는 없고

술집에도 다방에도
나는 없고

그렇다고 교회에는
더욱 없고

풀잎과
풀잎 사이
구름과

구름 사이

햇살과
햇살 사이
그대는
물론

하느님도 찾지
못하는 곳에서

서성이며
망설이며

잠시 나는
실종.

- 「실종」 전문

　인용시에서 알 수 있는 것처럼, '풀잎과 풀잎 사이', '구름과 구름 사이',
'햇살과 햇살 사이'에 있음으로써 다가오는 황홀감이 시인만의 것이 아니라
는 데에 나태주 시의 매력이 있다. 그는 '직장'과 '술집'과 '교회'를 제외시킴
으로써 인간(人間) 관계 한가운데에 있는 '나'의 존재에 괄호를 친다. 사회적
인 존재란 굴레와 같은 인간의 조건인데 시인은 그것을 전제하되 그것으로
부터의 탈주(脫走)를 시도한다. 그리고 단지 도피 자체에서 만족하는 것이
아니라 그가 찾아온 새로운 공간에서 새로운 시간을 경험한다. '벼 벤 그루터
기'에서 '새로 돋는 움벼'를 발견한다든가 '골짜기'를 따라가다 '감나무골'
을 만나게 된 것, 사람 없는 빈 집을 둘러보는 일 등은 우리가 사는 일상의

시간과는 다른 속도로 이루어지는 것들이다. 아주 '느린' 시간인 것이다. 이러한 것들은 그야말로 '햇빛 맑고 바람 고운', 기분 좋은 느낌으로 경험할 수 있는 것이다. 요컨대 그는 '내'가 만들어 낸, '나'만의 새로운 시간을 즐기고 있다. 시인이 인간(人間)으로부터 완전히 '벗어난' 상태, 즉 고독의 상태를 즐길 수 있다는 것은 우리에게 가슴 뿌듯한 해방감을 준다. 그의 시를 읽고 나면 즐거워지는 것도 이때문이다.

그에게 자연 혹은 사물은 인간과 맞먹는, 인간 이상의 생명력과 격(格)을 지닌 존재이다. 시인이 자신을 지우고 자연물을 응시할 수 있는 것도 그것에 대한 존중이 있기 때문에 가능하다. 실제로 그는 자연물을 심지어 생명이 없는 사물까지도 저마다 자신의 자리를 차지하고 있는 생명체로 본다. 그러면서 자연의 생존력을 인간의 생명력과 견주어 보기도 한다. 시인의 시선에 의하면 자연과 인간, 인간과 사물 사이에는 마치 기(氣)가 흐르듯이 서로의 존재가 삼투되는 것이다.

일요일 오전

11시에서 12시 사이

그 한 시간은 나도

경배하러 떠난다
(중략)
개울길을 따라

오솔길을 따라

찌찌찌 풀벌레 소리 옆에도 서 보고

이른 봄 알에서 깨어 살이

포동포동 오른 새내기

어린 물고기들 옆에도 서 보고

그렇지, 무엇보다도

시들어가는 가을풀들과 나무들

올여름같이 그 모진 가뭄과 더위 속에서도

어쩌면 저토록 씨앗과

열매를 쥐었던 손아귀 풀지 않고

이토록 깜냥껏 푸진 가을을 맞이할 수 있었는지
(중략)
나도 경배하러 가는 시간

풀벌레와 물고기들에게

무엇보다도 씨앗과 열매를 남기고 죽어가는 나무들에게 풀들에게.
　　　　　　　　－「경배의 시간」부분

사람들이 비우고 떠나간

빈집

대문간을 지켜 선
돌절구며 연자매
(중략)
바짝 마른 시래기
타래미에 아직도 매캐한
고랫재 내음

사람 없는 빈집인데
선뜻 들어서지 못하는
이유는 도대체
무엇 때문이었을까.

－「빈 집」부분

「빈 집」에서 시인이 머뭇거리며 들어서지 못하는 이유는 아마 집을 '지키
듯' 있는 사물들 때문일 것이다. 그 집에는 사람이 살지 않고 있음에도 '돌절
구', '연자매', '시래기'와 같은 사물들이 인격체로 승화되어 있는 까닭에
빈 집이 아닌 것처럼 여겨진다. 말하자면 사람이 떠난 자리를 사물이 대신하
여 주인 노릇을 하고 있는 셈이다. 시인의 조심스러움은 이렇듯 사물을 인격
체(人格體)와 동등시하는 데서 비롯된다.

게다가 시인은 자연에 존재하는 사물을 '경배'하는 데까지 나아간다. 저
자신은 시들어가더라도 생존을 위해 씨앗과 열매를 '꼭 쥐었던' 나무와 풀들
에게 시인은 사람에게 느끼는 것 이상의 숭고함을 느끼는 것이다. '일요일
오전' 여느 사람들이 교회로 가 신(神)에게 예배를 올리는 대신 시인의 경배
는 생존력 강한 자연에게 바쳐진다. 자연의 생명력은 '모진 가뭄과 더위'에

도 '풍요한 가을'을 맞이하는 힘을 지닌다는 것이다.

시인의 자연에 대한 이러한 애정은 인간 중심적인 것과 차이가 있다. 먼저 인간이 있고 인간의 시각에 포착되는 자연이 저만치 존재하는 것이 아니라 인간이 있되 역시 동등하게 자연이 있다는 관점인 것이다. 자연은 그의 독자적 세계를 가지고 존재하는 까닭에 시인이 그와 가까워지고자 한다면 자신을 낮추고 지워야 한다. 시인이 자연 한가운데에서 자신을 망각하는 일은 자신을 그 낯선 세계에 던짐으로써 가능하다. 그는 기꺼이 자신을 던지는데 그것은 나 아닌 타자에 대한 지극한 존중이 있기에 그럴 수 있다. 우리는 그러한 행위에서 시인의 강한 자유에의 의지를 읽게 된다.

2.

자연을 대하는 시인의 방식은 시기에 따라 약간의 변화를 보인다. 시인은 1971년 「대숲 아래서」로 신춘문예에 당선된 이후 역시 '시골시인'답게 풀냄새 그득한 시를 짓곤 했다. 그러나 나이 40을 거쳐 오늘에 이른 즈음의 시들과 젊은 때의 시들은 사뭇 다르다. 사실 시와 함께 살아온 시인이기에 아무리 한결같은 마음으로 자연을 가까이 했다해도 그때그때 마다 정서와 사유의 색채가 다르게 묻어날 수 밖에 없었을 것이다. 그러한 매 시점에 따라 시인의 사유 구조나 정서의 무늬를 섬세하게 읽어내는 일은 나태주 시인의 경우 매우 의미있는 일이 될 것이다. 그 만큼 그의 시는 자신의 삶과 밀착되어 있다. 아쉽게도 본고는 그와 같은 미시적이고 본격적인 시읽기에는 도달하지 못하였다. 그것은 다양한 주제론과 정밀한 분석이 필요한 접근

이기 때문이다. 대신 본고는 시인이 겪어낸 삶의 굵은 마디들을 더듬고자
할 뿐이다.

젊은 날의 시인이 수려한 문체와 유수와 같은 달변으로 감정이 이입된,
주로 이별의 슬픔과 사랑의 아픔이 주조음을 이루는 그러한 자연시를 썼다
면, 원숙한 시점에 이르러서의 소위 '청산(靑山)'과 '나'의 관계는 멀고도
가깝고 가깝고도 먼, 너와 내가 동등하게 존재하면서 함께 어우러지는 방법
론 속에 놓인다.

1
바람은 구름을 몰고
구름은 생각을 몰고
다시 생각은 대숲을 몰고
대숲 아래 내 마음은 낙엽을 몬다.
2
밤새도록 댓잎에 별빛 어리듯
그슬린 등피에는 네얼굴이 어리고
밤 깊어 대숲에는 후둑이다 가는 밤 소나기 소리.
그리고도 간간이 사운대다 가는 밤바람 소리.
3
어제는 보고 싶다 편지 쓰고
어젯밤 꿈엔 너를 만나 쓰러져 울었다.
자고 나니 눈두덩엔 메마른 눈물자죽,
문을 여니 산골엔 실비단 안개.
4
모두가 내 것만은 아닌 가을,
해 지는 서녘구름만이 내 차지다.
동구 밖에 떠드는 애들의

소리만이 내 차지다.
또한 동구 밖에서부터 피어오르는
밤안개만이 내 차지다.
하기는 모두가 내 것만은 아닌 것도 아닌
이 가을,
저녁밥 일찍이 먹고
우물가에 산보 나온
달님만이 내차지다.
물에 빠져 머리칼 헹구는 달님만이 내 차지다.
                                    ― 「대숲 아래서」 전문

비린내나는
젊은 시절엔
모르리

맹물맛 뒤에 숨어나는
쌉쓰름한
삶의 향기

혼자라도 좋고
둘이라면 더욱
좋으리

갈 사람 가고
올 사람 온
하오의 한때
마른 입술 적셔주는
화사한

고독

차라리
색동옷 입혀
마주 앉히리

눈보라 스러지는
봄의 언덕 푸르름 속에
새로 움트는 안단테 아다지오

드디어 청산도
아는 체하고 흰구름도
같이 와놀자 하네.

　　　　　　- 「씁쓸한 삶의 향기」 전문

　「대숲 아래서」와 「씁쓸한 삶의 향기」 사이에는 20년의 세월이 가로놓여
있다. 전자의 시가 상실감에서 비롯된 것으로 자연으로부터 위무를 받는
시기에 쓰여졌다면 후자의 시는 삶이 주는 감정의 부대낌을 담담히 견딜
수 있는, 말그대로 원숙한 중년의 나이에 쓰여진 것이다. '삶의 향기'가 단지
달콤하게만 여겨지지 않는 시점, 떠나갈 이 모두 떠나간 씁쓸한 고독을 감내
하는 길 외에 달리 방법이 없어 '고독'이 차라리 '화사하'다고 느끼는 역설적
마음이 생기는 시점, 그러한 때 시인은 자연을 새롭게 만난 것이다. 이때의
자연은 감정의 부침이 힘에 겨워 무작정 몸을 뉘고자 하는 의지(依支)의
그것과는 다르다고 할 수 있다. 중년의 시인은 여유와 삶에의 기교를 바탕으
로 삶의 굴곡을 둥글게 넘어가고자 한다. 이럴 때 자연은 그와 벗해주는
친구이자 힘이 된다.

따라서 이때 만나는 '청산'과 '흰구름'은 쉽게 오는 것이 아니다. '비린내 나는 젊은 시절'엔 힘들면 기대고 손뻗으면 닿는 곳에 있던 것이지만 엄밀히 말해서 그러한 위로는 진정한 극복과는 거리가 있었던 것이다. 그가 자연에 함몰하면 할수록 그는 더 깊은 슬픔과 비애에 사로잡혀야 했었기에 말이다. 반면 '어렵게 만난' 그것은 삶의 어려움을 이겨낸 자와 겹치는 것이자 그러한 자가 비로소 당당히 마주할 수 있는 것이 된다.

> 오려거든
> 곱게 올 일이지,
> 눈썹 그리고
> 곤지 찍고
> 가마 타고 올 일이지,
> 벗은 몸 찬비로 얼리고
> 그것도 모자라
> 흙바람 먼지꽃으로
> 해를 가리고
> 산을 뭉개고
> 강을 흐리며 오는 봄이여,
> 진문둥이 눈썹으로 오는 봄이여,
> 오려거든 예쁘게
> 꽃 족두리 받들어 쓰고
> 춤추며 올 일이지,
> 노래 부르며 올 일이지,
> 답답한 가슴
> 헛기침하며
> 벙어리 마른 입술로 오는
> 봄이여, 우리나라의 봄이여.

　시인이 중년의 시기에 이르면 '자연'은 다양한 내포를 지니며 다가온다. 결코 가깝기만 한 것도 그렇다고 멀리 있는 대상도 아닌 자리에 '자연'은 존재하고 있다. 위의 시 「봄에게」는 1980년대 중반에 쓰여진 것으로 그 즈음 쓰여졌던 일련의 현실지향적 시들 가운데 하나로 볼 수 있다. 이때 '봄'은 당시 민중들이 그토록 부르짖었던 민주화라든가 정의 사회를 상징하고 있다. 시인은 민주화 열풍이 불고 시의 사회참여를 부르짖던 당시에, 자신은 일개 직업인이었으므로 그러한 물결로부터 비껴갈 수 있었다고 회고하고 있지만 유독 1980년대 중반에 쓰여진 그의 시에는 현실주의적인 경향이 강하게 나타난다. 그것은 그가 의식적으로 의도한 것이 아니었던 까닭에 더욱 우리의 시선을 끈다.

> 퍼렇게 얼어붙은
> 내 유년의 겨울 하늘
> 지리산 피아골에선지
> 철의 삼각지 백마고지에선지
> 날아와 뜨던 갈가마귀떼
> 멧방석만한 멧방석만한
> 갈가마귀떼
> 바람이 불면 갈가마귀 날고
> 갈가마귀 날면 바람이 불고
> 그 바람 잔 지 30년도 훨씬 넘지만
> 갈가마귀들은
> 앉을 자리를 몰라
> 빙빙 돌고 있었다

어느 날 이산가족 찾기
텔레비전 화면 속
여전히 앉을 자리를 몰라
빙빙 돌고 있었다.

　　　　　　　　－ 「갈가마귀떼」 부분

시인의 시 가운데 '갈가마귀'처럼 음산하고 불안한 정조를 암시하는 자연물은 찾아보기 힘들다. 그것은 바로 전쟁의 공포와 불행을 상징하는 것이기 때문이다. 전쟁이 시인의 '유년'을 마치 굳은 시체처럼 '퍼렇게 얼어붙은' 것쯤으로 기억시킨다는 것은 쉽게 납득할 수 있다. 그런데 그러한 전쟁의 이미지가 1980년대 중반에 또다시 떠올랐다는 것은 주목을 요한다. 그것은 시인의 어두운 무의식이 당시의 불안정한 시대적 정황을 반영하고 있었던 것으로 판단된다. 여기서 시대를 외면하지 못하는, 지식인으로서 시인으로서의 책무를 보게 된다. 자연물이 현실의 정황을 암시하거나 현실과 관련된 의미망 속에 놓이는 시들이 1980년대에 집중적으로 나타나 있는 것도 이러한 이유 때문이다. 가령 「보리베기」나 「소에게」, 「대화」와 같은 시들이 그것이다.

3.

대부분의 독자들은 나태주 시인을 전형적인 자연시인, 생태시인으로 알고 있다. 그러한 이름들이 나태주 시인을 규정짓는 가장 적절한 명칭이 될 수도 있다. 그런데 시인이 자연과 더불어 있는 모양이 자연스러운 것처럼 사람과 더불어 있는 것 또한 그토록 정겨울 수가 없다. 그가 자연에 대하여 품는 애정, 관심, 살뜰함과 따스함이 사람에게도 똑같은 심정으로 다가가는 것이다. 젊은 초등학교 교사시절부터 만난 외진 시골의 아이들이나 소외된 사람들, 남루한 아낙들, 병든 아내와 아이들, 외할머니를 생각하는 마음은 그의 자연 사랑과 비견되는 것들이다. 이들을 감싸안는 시인의 모습은 곧 자연 앞에서 자신을 망각하는 겸허함과 동일한 것이기 때문이다. 말하자면 시인에게 자연과 사람은 차별되지 않는, 똑같은 존재인 것이다.

'미친 여자'를 노래한 「굴뚝각시1,2,3」(1982~83)라든가 술집여자 「미스민1,2」(1990) 이야기, 가족에 관한 「비애집」(1982), 「병상일지」(1984) 등 그의 모든 후기시에서 시인의 사람에 대한 깊고도 온화한 마음을 읽어 내는 것은 그리 어려운 일이 아니다.

> 내게 노래가 있다면
> 환한 햇빛만으로도
> 얼마나 고마우냐
> 푸른 신록만으로도
> 얼마나 나는 부자냐
>
> 내게 만약 웃음이 있다면
> 만나는 사람마다 한 줌씩
> 나누어 주리
>
> 내게 만약 기쁨이 있다면
> 모르는 사람에게도 손 내밀어
> 악수를 청하리

참으로 내게 노래가 있다면
세상 모든 사람들에게 몇 소절씩
나의 노래를 들려주리.

눈물
바람에
산들바람에
눈물이 마르기를 기다립니다

아니꼬운 것도 그만
너그럽게 보아주고

용서 못할 것도 그만
용서해 주고

노여워 참지 못할 것도 그만
참아주고

달빛에
흐린 별빛에
눈물이 마르기를 기다립니다.

- 「병상일지」 전문

위의 시들은 병상에서 쓰여진 다소 감상적인 시라 여길 수도 있을 것이다.
그러나 그의 시가 우리에게 보여주는 것은 대상을 대하는 태도의 일관성이
다. '웃음, 기쁨, 노래'와 같은 소중한 감정을 그는 자연과 함께 했듯이 지금
도 이웃과 함께 나누고자 한다. 내가 비록 가진 것은 없으나 내가 귀하게

여기는 것, 가령 '환한 햇빛'과 '푸른 신록'이 주는 기쁨과 행복을 시로써 나누겠다는 것이며, 사람이기에 갖게 되는 인간적 결함들을 '바람'과 '달빛, 별빛'이 우리를 그렇게 해주듯이 또한 너그러움으로 용서하고 인내하겠다는 것이다. 내가 자연을 대하는 방식으로 사람을 대하며 내가 자연으로부터 얻은 것을 사람과 더불어 공유하는 까닭에, 자연과 나와 이웃 사이의 경계는 무너지고 모두가 한 울타리 안에 뒤섞여 사랑하고 아끼는 관계가 된다.

이러한 태도는 사람은 가해자인 까닭에 멸시의 대상이고 자연은 어머니와 같은 까닭에 안식의 공간이라는, 그러한 이분법적 태도와 얼마나 거리가 있는 것인가. 후자와 같은 자세야말로 자연을 도피의 장소로 간주하는 것이요, 사람을 멀리하고 천대하는 것이다. 이러한 태도에는 나와 나 아닌 것을 명백히 분리 경계시키고 대상을 타자화하는 세계관이 반영되어 있다. 자연과 사람은 차등대우를 받게 되며 그 차이의 근거는 나와의 융합의 정도라 할 수 있다. 나에게 긍정적인 것은 수용하고 역시 나에게 부정적인 것은 거부하겠다는 것이다. 이러한 방식이 곧 나의 이익을 중심에 놓는 이기적이고 자기 본위적인 것임은 두말할 나위가 없다.

대상을 끌어안는 힘은 시인에게 특유한 능력이라고 했거니와 이와 같은 대상과 나의 경계를 허물고 함께 나누는 태도는 시인의 가난하고 넉넉한 마음에서 비롯된다. 그는 그 어느것도 소유하고자 하지 않는다. 부나 명예와 같은 세속적인 것은 아예 관심 밖이고 심지어 인식욕이나 깨달음과 같은 지적 욕구도 멀리 비껴가고 있다. 기껏해야 그가 바라는 것이 있다면 '흰구름을 이고 있는 조선소나무'(「내심(內心)」)와 같은 처지일 뿐이다.

> 언덕 위에 조선소나무
> 슬그머니 손을 뻗어

하늘의 흰구름을
끌어당기고 있다
흰구름도 내심
싫지만은 않았던지
응뎅이를 돌려대 주면서
마주 이끌리고 있다

그렇다! 나도 이젠
흰구름이나 공손히
받들고 서 있는 한 그루
조선소나무였으면 싶다.
                    — 「내심(內心)」 전문

  그는 소유욕에 집착되어 몸도 마음도 어두워지는 현대인과는 너무도 다른
인간형을 지향하고 있다. 시인은 '흰구름이나 받들고' 싶다 했다. 어느 한
곳에 머물지 않는 무심한 '흰구름'만을 우러르며 살고 싶다 한다. 시인의
이러한 바램은 우연한 일이 아니다. 그는 차는 것이 있으면 버리는 것이
순리임을 생리로 받아들이고 있었다. 자연이 그에게 그토록 친숙하게 다가
올 수 있었던 것도 여기서 연유한다. 자연의 존재 방식은 시인의 존재 방식과
너무 흡사한 삶의 잠언이었던 것이다. 시인은 그저 물흐르듯 덤덤히 존재하
며 즐기고, 또 즐기며 존재하고 있었다.

무엇이 아직도 그리 아깝고
무엇이 아직도 그리 부끄러웠으랴
헐어버려라 헐어버려
혼자서 중얼거리며

봄 여름 내내 땀흘려 쌓아올린
바람의 깃발을 내리고
잠들 채비를 서두는
저 나무를 좀 보세나

가렸던 하늘을 비워
구름에게 새들에게 길을 내주고
더러는 오락가락 눈발에게도
놀이마당을 깔아주는
저 늦가을의 나무 좀 보시게나
                    -「가을 산길의 명상」전문

아이들이 허공에
종이 비행기를 날려 보내듯
강가에 나와 내가 나를
떠나보낸다

이젠 가봐
이젠 나를 떠나도 좋아
떠나가서 풀밭에 가로눕는
초록의 바람이 되든지
벼랑 위에 뿌리내린 새빨간
단풍나무 이파리가 되든지
네 맘대로 해봐

그 동안 힘들었지?
이젠 나를 떠나도 좋아
저것, 저 물고기

저녁 햇살 받아 잠방대는
강물 위에 조그만 물고기들은
조금 전에 나를 떠나간
또 하나의 나이다.

           - 「방생」 전문

 보통의 인간이라면 자신이 가진 것을 죽는 그 순간까지 부여잡으려 할 것이다. 그러나 '나무'는 그와 다르다. '나무'는 그동안 '쌓아올린' 것을 허물어버리고 내가 가진 모든 것을 다른 것들에게 나누어준다. 이와 같이 아까울 것도 없이 모두 벗어버리고 잠들 준비를 하는 나무의 모습은 소유에 미련을 두지 않는 시인의 모습을 자연스럽게 떠올리게 한다.

 무언가에 집착하지 않는 시인의 그러한 태도는 '허공(虛空)에 나를 떠나보낸다'와 같은 '비임'(空)의 상상력으로 나타난다. 이후 무엇이 되는가, 어떻게 살 것인가 하는 것은 시인의 관심 영역 밖에 있다. 무엇이건 옳은 것이요 좋은 것이되, 그 무엇은 바로 '허공'이 빚어내는 것들뿐이다. 그것은 마치 「기쁨」에서 '난초가 허공에 몸을 기대'면 '허공이 난초 이파리를 보듬어 안'는 것과 같은 것이다. '나'는 나를 버리고 그 가운데에서 또다른 내가 되면서 기쁨을 얻는다. '허공'에 던져진 내가 무엇이 되고자 의도할 이치가 없다. 버려진 그대로, 순간의 허공의 흐름에 따라 그의 모습이 빚어진다. 이것은 완전한 무(無)의 삶의 방식이다. 이를 종교인에게서가 아니라 시인에게서 접할 수 있음은 우리로서는 또한 얼마나 풍요롭고 즐거운 일인가. 시인의 천진스러움도 이러한 존재 방식에서 기인하는 듯하다.

햇살
쪼아먹으려고

새들 모이고
바람
무등 타려고
새소리 모이는

나무
나무 수풀
어름에

나
나도 또한
어린 아이

햇살
햇살 만나면
햇살과 놀고

바람
바람 만나면
바람 무등 타는

하늘
알른알른
발가벗은 마음.

- 「좋으신 봄」 전문

　‘나의 길’은 계획되지 않은 것이다. 바람이 가는 대로 빛이 있는 곳으로
발길이 가고 마음 가는 것으로 시인은 만족해한다. 그러한 ‘나’의 방식은

'새'의 그것과 같으며 어린 아이의 놀이법이기도 하다. 그러하기 때문에 시인의 마음은 '발가벗은 마음'이다. 보통의 사람이라면 끊임없이 계획하고 계산하고 가늠할 것이고, 따라서 그들은 순간순간 찰라의 시간을 즐기지 못할 것이다. 그러나 천진스런 시인의 마음은 무심하기 때문에 풍요롭고 가난하기 때문에 행복하다. 이처럼 내가 자연이 되고, 자연이 내가 되는, 그리하여 욕망이 거세되어 자연과 내가 끊임없이 순환되는 세계, 그것이 나태주 시의 요체가 된다고 하겠다.

(『시와시학』, 2002년 겨울)

죽음의 감각과 자아의 해체
— 우대식론

   이번에 새로 발표된 우대식 시인의 신작시 5편은 현재를 살아가는, 아니 지금 이 순간을 호흡하고 있는 생의 의미를 다시 한번 곰곰이 생각하게 만들어준다. 물론 이들 작품이 아니었다하더라도 인간의 숙명적 한계인 생과 죽음의 문제는 늘상 우리 곁에 붙어서서 우리를 좀먹기도 하고 경우에 따라서는 생의 활력으로 작용하는 요인이기에 우리의 일상과 분리하여 논의하기는 어려운 것이라 하겠다. 그렇기 때문에 어떤 예지자나 시인 등이 이러한 문제를 다루거나 환기시켰다고 해서 그것이 정말 필요했고 참신한 것이었다고 할 수는 없을 것이다. 이런 범주에서 보면 생과 사의 영원한 길항관계, 그 끈끈한 미로를 파헤치려 한 우대식 시인의 경우도 여기서 예외일 수는 없다.

   그러나 이렇게 진부한 것임에도 불구하고 생과 사의 관계를 다루고 있는 우대식의 시들에서는 다시 한번, 정말 곰곰이 이 문제를 생각하게 만들어버린다. 무엇이 있어서, 어떤 시적 매력이 있어서 그의 시를 읽는 독자로 하여금 이렇듯 사색에 빠져들게 하는 것일까. 5편이라는 아주 적은 시편들이긴 하지만, 그의 작품들이 함유하고 있는 죽음에 대한 내적 사유의 폭과 깊이는 헤아리기 힘들 정도로 넓고 깊다고 할 수 있다. 곧 그의 시들에는 사물화되어 있는 죽음의 모습이라든가, 그 안티테제로서의 삶, 그리고 생과 사의 경계에서 소모되어 가는 자아의 모습 등등이 아주 복잡하게 펼쳐져 있는 것이다.

우선, 시인은 흔하디 흔한 주제 가운데 하나인 죽음 혹은 사후의 세계를 아주 독특한 방식으로 풀어내고 있다.

> 물고기들이 헤엄을 쳐 그녀에게로 가지요
> 버들치라는 놈 아시지요
> 여간 탐색하는 것이 아닙니다
> 툭툭 물풀 하나도 몇 번 입으로 쳐보고 스르르 지나가지요
> 툭툭 그녀에게 갑니다
> 스르르 물고기가 그녀를 지나갑니다
> 붉은 노을 같은 노래가 나오지요
> 아아 하면 오오 하는 노래지요
> 물고기의 움직임이 구부러지면 노래도 구부러지지요
> 'ㅇ'으로 이어지는 노래에 물고기 등이 살짝 굽어지기도 하지요
> 굽어진 여자의 몸이 굽어진 물고기 위로 지나가기도 하지요
> 여자가 유영하면
> 눈 내리는 북해도 사슴 우는 소리가 들리지요
> 오오 하면 아아 하는
> 달디 단 노래
>
> ― 「감창(甘唱)」 전문

인용시는 특이한 상상력을 바탕으로 씌어진 매우 이색적인 작품이다. 이 시에서의 중심 화두는 물에 빠져죽은 여자의 모습이다. 말하자면 죽은 사후

의 세계와 그 주검을 둘러싸고 있는 환경을 다루고 있는 것이다. 그러나 완전한 사후의 세계라기보다는 마치 어항 속의 풍경처럼 그녀의 죽음이 시적 화자에 시선에 의해 관찰되는 상상력으로 짜여져 있다고 보는 것이 옳을 듯하다.

이 작품은 그러한 세계를 감각적 감수성을 바탕으로 풀어헤치고 있다. 가령, "툭툭 물풀 하나도 몇 번 입으로 쳐보고 스르르 지나가지요/툭툭 그녀에게 갑니다/스르르 물고기가 그녀를 지나갑니다"와 같은 물고기의 행위들이나 '굽어진 여자의 몸'이나 '여자의 유영' 등등에서 이를 쉽게 확인할 수 있다. 죽음을 이런 방식으로 사물화시킨 사례는 우리 문학에서 상당히 낯선 경우이다. 뿐만 아니라 그러한 세계를 감각화시킨 예는 더더욱 없다고 해도 과언이 아닐 것이다. 따라서 이는 전적으로 시인의 능력과 자질에 관한 몫이라 할 수 있다.

그러나 「감창(甘唱)」은 사물화된 죽음이나 감각화된 죽음의 의미만 우리에게 던져주는 것은 아니다. 이 작품의 본질적 의미는 어쩌면 다른 곳에 있다는 것이 필자의 판단이다. 우대식 시인의 시적 감수성이 빛을 발휘하는 것도 이 부분이지 않을까. 시인은 죽음에 관한 문제를 다른 여타의 시인들이나 심리학자들 혹은 종교적 인식의 경우처럼 일단 유토피아적인 것으로 받아들이는 것 같다. 물고기와 죽은 여인의 조화스러운 모습이나 시신의 유영과 눈 내리는 북해도의 사슴 소리의 자연스러운 소통관계 등에서 자연으로 돌아간, 그리하여 그것에 동화된 죽음의 의미를 짚어낼 수 있기 때문이다. 뿐만 아니라 여인이 익사한 물의 의미 또한 여기서 되짚어 볼 필요가 있다. 정신분석학적 관점에 의하면, 수장(水葬)은 어머니의 품으로 되돌아가는 제의 가운데 하나로 해석된다. 물은 곧 어머니의 양수이고 그리한 까닭에

수장이야말로 인간의 가장 편안한 장소인 어머니의 자궁 속으로 되돌아가는 제의양식 가운데 하나라는 것이다. 이에 기대면, 인용시야말로 인간의 궁극적 목표인 낙원의식을 가장 잘 표현한 작품이라 할 수 있을 것이다. 여인의 익사와 그 사후의 세계가 곧 "달디 단 노래(甘唱)"가 될 수 있는 것도 이 때문이 아니겠는가.

그럼에도 인용시에서 죽음을 '달디단 노래'의 문제로만 해석하고 그만두기에는 어딘가 허전한 구석이 남아있음을 지울 수가 없다. 이런 감수성은 어디에서 오는 것일까. 「감창(甘唱)」은 분명 인간의 궁극적 욕망의 표현인 유토피아라든가 낙원의식을 훌륭히 담아내고 있는 시이다. 그러면서도 이 작품에서는 그러한 감각뿐만 아니라 사물화된 죽음, 감각화된 죽음 속에서 느껴지거나 혹은 보여지는 섬뜩한 감각을 회피할 수 없는 것이 사실이다. 가령 이런 상상을 해 보자. 어떤 사람이 물에 익사했고, 그 시신이 물 속에 떠다니고 있는, 혹은 유영하고 있는 모습을 가상해보자. 얼마나 소름끼치는 일인가.

우대식 시인이 「감창(甘唱)」에서 말하려고 하는 것도 바로 이 사물화된 죽음 속에 놓여 있는 섬뜩한 감각이 아닐까. 이렇게 본다면, 이 작품의 탁월성은 사물화된 죽음 속에서 유토피아 의식뿐 아니라 그 섬뜩함까지 내포되는 시적 역설에 있다고 할 것이다.

기일날 집안에 불 밝히는 일이야 아주 오랜 옛날부터일 터이고 죽은 자에 대한 禮로 생각했을 것이다. 전기불이 들어오기 전 석유 한 방울 아끼던 시절에도 다음날 새벽까지 희미한 불을 밝혀놓곤 했다. 가난한 집에서는 등잔은 못 밝혀도 검은 연기를 흘리는 솔 기름으로라도 길을 밝혀주었던 것이다. 질경이 기름은 아주 무서운 불이었다. 질경이 씨를 말려서 기름을 짜낸 질경이 불은 기일날 돌아가신 분을 보여준다는 이야기가 있었다. 그 불은 솔 기름보다 못할 것이 없지만 잘 쓰이지는 않았다. 오래 전 안골 김씨 할머니는 돌아가신 할아버지가 보고 싶어 질경이 기름으로 불을 밝혔다가 수의를 입은 채 찾아오신 할아버지를 보았다는 것이다. 그 집에 경사가 났을 것 같지만 천만에, 질겁을 한 할머니는 다음 기일부터 질경이 불은커녕 제사를 지내자마자 등잔불조차 꺼버리셨다는 것이다. 요즘 같은 세상에 가당치도 않은 말일 터이지만 죽은 사람 누군가가 보고 싶을 때면 질경이 불을 밝혀보고 싶다는 생각이 들기도 하는 것이다. 죽은 자들이 내 집을 들락거리고 내 집 수저를 들어 밥을 물에 말고 절을 하는 내 등을 톡 치기도 하는 즐거운 일을! 생각도 해보는 것이다.

— 「질경이불」 부분

생과 사 사이에 가로놓인 그 전율과 섬뜩함의 감각은 인용시에 이르면 좀더 구체적으로 드러난다. 「질경이불」은 전통적인 설화를 배경으로 생과 사의 문제를 다룬 시이다. 우선, 이 작품은 편의상은 세 부분으로 나눌 수 있다. 망자에 대한 예의로 불을 밝혔다는 전해 오는 이야기 부분과 망자에 대한 그리움 때문에 질경이 불을 밝혔고 실제로 망자가 왔다는 부분, 그리고 허무맹랑한 이야기이긴 하지만 오늘날 죽은 자에 대한 그리움으로 질경이 불을 밝힐 수 있다고 생각하는 부분 등등이 바로 그것이다. 이를 다시 풀어서 이야기하면, 불은 기일날 아주 요긴한 것이었고, 특히 죽은 자에 대한 예의의 표시였다고 한다. 그러한 까닭에 석유 한방울조차 아끼던 시절에도 다음날 새벽까지 희미한 불을 밝혀 놓았을 뿐만 아니라 가난한 집에서는 등잔불은 못 밝혀도 검은 연기가 나는 솔 기름으로라도 기일날 저녁에 불을 밝혀야만 했다. 즉 죽은 자에 대한 그리움과 예의 때문에 산자가 할 수 있었던 최대한의 성의 혹은 매개체가 불을 밝히는 일이었던 셈인 것이다. 그러나 이러한 사유들은 별반 새로울 것이 없다고 하겠다. 죽은 자에 대한 아쉬움이나 그리움의 정서 등이 남아 있다면 이같은 행위들은 얼마든지 가능했고 또 손쉽게 할 수 있는 일들이었기 때문이다.

문제는 그 다음에 있다. 인용시에 나와 있는 것처럼 질경이불은 죽은 자와 산 자를 실제로 매개시키는 기능을 하는 것으로 알려져 있다. 질경이 불을 기일날 밝히게 되면 죽은 사람이 살아서 돌아오기 때문에 그렇단다. 인용시에서 안골 김씨 할머니는 할아버지가 보고 싶어 질경이 불을 밝히지만 막상 수의를 입고 정말 찾아온 할아버지를 보고 그녀는 기겁을 하게 된다. 그리하여 그 다음해부터는 제사만을 얼른 지내고 등잔불조차 꺼버리게 된다. 앞의 관념처럼 죽은 자에 대한 막연한 그리움이나 애틋한 관념 따위는 실제 일어난 현실 앞에서 산산조각나 버리는 것이다. 이러한 사례는 삶과 죽음이 공존하기 힘든 것이고, 그 거리 또한 얼마나 먼 것인가를 잘 일러준다.

세 번째 부분은 이성에 의해 압도된 근대인의 의식을 잘 보여주는 곳이다. 망자의 부활같은 일들은 합리주의적 사고체계에서는 불가능한 일이다. 시적 자아가 "요즘 같은 세상에 가당치도 않은 말"이라고 단언하는 이유도 바로 여기에 있다. 그럼에도 불가능하다는 사실이 어쩌면 가능하지 않겠는가 하고 편한 '생각'에 빠져들게 만들기도 한다. 그 결과 시적 자아는 또다시 죽은 자나 죽음에 대해 순박한 관념을 갖게 된다. 이렇게 보면 이 시는 죽음에 대하여 관념 → 현실 → 관념이라는 순환 속에 그 의미망이 직조되어 있음을 알 수 있다. 문제는 시의 앞 뒤에서 죽은 자에 대해 형성된 혹은 형성되고 있는 그러한 관념들이 현실 속에서는 아무런 설득력이 없다는 사실이다. 따라서 중요한 것은, 시적 자아는 질경이 불에 의한 죽은 자의 부활이나 소생을 두려워해야만 하는, 죽음에 대한 섬뜩한 의식 속에 놓일 수밖에 없다는 점일 것이다.

관념이 아닌 현실 속에서 죽음에 대한 전율이나 섬뜩함은 인간의 피할수 없는 숙명일 것이다. 그러한 숙명 속에서 헤어나오지 못하게 되면, 자아의 형성은 어려워진다. 다음의 인용시는 죽음이라는 한계상황 앞에서 끊임없이 해체되어 가는 그러한 자아의 모습이 잘 나타나 있다.

> 제비가 전깃줄에 앉아 움직이지 않는다
> 아마도 허공이 저의 절간이거나
> 기도처인 모양
> 허공의 절간,
> 공양 때를 넘긴 푸른 하늘에 한 점
> 노을에도 울지 않는 깃털 하나가
> 끝없이 죽음을 연습하는 중
>   － 「허공의 절간」 부분

「허공의 절간」은 죽음이라는 타자로 사물화되어가는 제비의 모습을 잘 보여주고 있는 시이다. 이렇듯 숙명에 빠진 자아가 할 수 있는 일이란 두가지이다. 하나는 기도하는 일이고 다른 하나는 외적 현실에 대해 무딘 감각을 드러내는 일일 것이다. 제비는 전깃줄에 앉아 움직이지 않는다. 기도를 하거나 죽음을 예비하기 위해 가만히 있기 때문이다. 제비는 죽음이 예비된 존재인 까닭에 "푸른 하늘의 한점 노을에도" 반응하지 않는 마비된 감각을 드러내게 된다.

죽음의 섬뜩함 속에서 자아는 얼어붙었고, 감각은 마비되었다. 그 앞에는 어려운 난수표가 가로막고 있을 뿐 그것을 해독할 암호는 사라진 상태이다. 그리하여 그에게 남아 있는 것은 절망 뿐이다.

모딜리아니는 죽을 때
가래를 가르릉거리며 카라(그리운) 이딸리아라는
말을 삼켰다
두툼한 안개와 그 안개의 농도에 따라
떠다녔을 햇빛,
유태인 여자의 눈같이 가라앉은 바다 위를
보랏빛 마후라를 두르고 건너간 것이다
나는 나의 청춘조차 기억하고 싶지 않다
나의 자화상은 늘 늙어 입가에 침을 흘리며,
나를 사랑한 때문이다
붉은 수수가 옛 애인처럼 내 얼굴을 툭툭치는 밤
먼 별나라의 밤처럼 사방 고요하다
아무도 그립지 않다
세계가, 사람이 고요하다
아무것도 그립지 않다

ㅡ 「자화상」 부분

　　내적 욕망의 무딘 감각은 시적 자아를 늙게 만들었고 생기를 잃게 했다.
그나마 욕망을 추동해주던 것이 청춘에 대한 기억이었다. 그러나 지금은
그것조차 기억하고 싶지 않을 정도로 자아는 무기력해져 있다. 나를 둘러싼
환경 역시 "먼 별나라의 밤처럼 고요"할 정도로 활력이 없다. 이렇게 무기력
하게 되면 "아무도 그립지 않"을 뿐 아니라 "아무것도 그립지 않게" 된다.
그리움의 감각이란 욕망하는 실체가 있어야 하는데, 그러한 욕망을 추동해
주던 청춘의 에네르기는 시적 자아의 기억에서 사라진지 오래다. 남아있는
것은 무딘 감각과 깨어져 있는 자아뿐이다. 시인은 이렇듯 죽음이라는 피할
수 없는 운명과 그 앞에서 속수무책으로 해체되어가고 있는 자아를 발견하

고 있을 뿐이다.

우대식의 이번 신작시는 죽음에 대한 시인의 감각과 그러한 감각 속에서 자아가 어떻게 변화되고 있는가를 잘 보여주고 있다. 이 과정에서 시인은 죽음의 세계를 사물화시키고 이를 다시 감각화시키는 탁월한 상상력을 발휘했다. 그런가하면 죽음이라는 숙명 속에서 자아가 어떻게 해체되어가는가를 생과사의 긴장관계 속에서 풀어내기도 했다. 죽음이라는 피할 수 없는 운명 속에서 파편화되어 가는 자아의 모습을 현실에 대한 마비된 감각 속에서, 욕망의 상실 속에서 매우 참신하게 읽어내고 있는 것이다.

그러나 다른 한편으로 아쉬운 점도 없지 않다. 생과 사의 외줄 위에서 끊임없이 줄타기를 하고 있는, 그리하여 이제는 그러한 줄마저 놓아버리고 무뎌지고있는, 해체되고 있는 자아를 다시 세울 수 있는 길에 대한 물음은 있어야 되지 않을까. 어떻든 죽음의 세계를 「감창(甘唱)」의 예처럼 사물화시키거나 이를 다시 생기발랄한 감수성으로 감각화시킨 사례는 드문 경우이다. 또한 적은 시편으로 시인의 사유구조를 이렇게 탄탄하게 표현한 경우도 흔치 않은 사례라 할 수 있다. 그 다음 이야기를 시인이 어떻게 풀어갈지 기대가 된다.

(『시작』, 2004년 봄)

판화로 찍어낸 생의 이면들
─ 천양희론

우리는 보이는 것만을 보면서, 또 알 수 있는 것만을 믿으며 산다. 그 이상, 보이지 않는 것, 알 수 없는 것은 우리 힘으로 이해하기도 힘들 뿐 아니라 그 부분을 전유하는 것이 금지되어 있다. 가령, 생명을 끊어내는 힘에 대해서 우리는 물리적이고 과학적인 원인을 찾거나 막연히 초월적인 존재에 관해 떠올리곤 하는 것을 알 수 있다. 이는 죽음 및 죽음 이전과 이후의 문제가 아직도 미스테리로 남아있어도 여기에 대해 의문을 품는 것이 비생산적인 일로 간주되는 정황을 말해주는 것이다. 우리가 죽음에 관해 의문을 품는 순간 실마리를 찾을 수 없는 미궁의 늪에 발을 적시게 되는 사정을 감안하면 이러한 형편을 쉽게 이해할 수 있다.

천양희는 보이는 것의 부족함과 부당함을 역설한다. 그녀는 알 수는 없지만 보이는 것을 통해 흔적이 묻어나는 보이지 않는 세계를 감지하고 있다. 그녀의 시편들을 통해 우리는 그 사이에 서서 의아해하기도 하고 놀라기도 하고 분노하기도 하고 좌절하기도 하는 그녀의 생생한 표정을 볼 수 있다. 천양희는 보이는 세계를 그녀의 시선으로 선명하게 파낸 후 도판 전체에 질료를 묻혀냄으로써 보이는 세계 이면의 세계를 함께 찍어내고 있다. 그녀의 시는 보이는 세계와 보이지 않는 세계를 함께 보여주는 판화라 할 수 있다. 그녀는 보이는 세계에 대해서만 말하고 있지만 그녀의 시는 보이지 않는 세계를 보다 크고 넓게 보여준다. 보이는 세계는 단지 일련의 선에 불과한 것이다. 우리는 그녀의 시를 통해 보이지 않는 세계의 넓은 부분에 대해 상상하게 된다. 그 세계는 음각되지 않았으므로 우리에게 안개처럼 다가온다. 그러나 이 신비스럽고 두렵고 알 수도 없는 이면의 세계는 보이는 생의 선을 결정짓는 절대적인 근거에 해당되기도 한다.

천양희가 심지어 분노까지도 느끼는 것은 이 부분이 우리의 생에서 너무도 큰 비중을 차지하기 때문이다. 보이는 것이 전부가 아니라는 사실, 보이는 것만을 통해서는 세상을 이해할 수 없으며 따라서 해결할 수도 없다는 무력감에 그녀는 화가 난다. 그녀의 그러한 정서는 「누가 들여 놓았나」와 「그날부터」에 잘 나타나 있다.

> 전신성 홍반성 낭창을 루프스라 한다지 온 몸의 면역체계가 떨어져 생기는
> 류머티스 질환이라 한다지 늑대에게 물린 것처럼 붉은 반점이 생긴다 하여
> 늑대라는 뜻인 루프스가 병의 이름이 되었다지 난치병이라 한다지
>
> 몇 년 째 루프스를 앓고 있는 시인이 있다 리트머스 시험지처럼 병에 흡수될
> 때 몸은 늑대처럼 우우, 운다고 한다 우우 하고 몸이 울 때 죽음의 골짜기를
> 헤매다 돌아온다고 한다 나는 자꾸 류머티스를 리트머스로 잘 못 읽는다
> 고통은 누구도 대신할 수 없어 위대하다고 누가 말했나 그건 틀린 말이다
> 대신할 수 없으니 잔인한 것이다 시인이 어떻게 늑대난치병인가 그건 아마도
> 시의 난치병 시마병일 거야 시에게 물린 붉은 반점일거야
> — 「누가 들여 놓았나」 부분

떨어지려고 매달려 있는 저 사과는 매달린 힘으로
떨어지지 악착같이 살던 친구가 아파트에서 사과처럼
떨어진 그날부터 나는 사과를 먹지 않는다 먹을 수가 없다

사과 한 알이 껍질을 깨고 나온 새가 아니라고 말하지
추락하는 것은 날개가 있다고 말들하지 친구가 아파트에서
새처럼 떨어진 그날부터 나는 날개를 믿지 않는다 믿을 수가 없다

떨어지는 것들은 어딘가 필사적으로 보이지 죽으라고 살던 친구가
아파트에서 사과처럼 새처럼 떨어진 그날부터 나는 필사적이란
말을 쓰지 않는다 쓸 수가 없다

— 「그날부터」 부분

　　지기(知己)의 병마와 죽음을 시인은 쉽사리 긍정하지 못한다. 지기들의
선함과 성실함에 비추어볼 때 병마와 죽음은 납득할 수 없이 잔인하고 갑작
스러운 것이었다. '루프스'에 걸린 시인과 '사과'처럼 떨어져 죽은 친구의
불행은 시인으로 하여금 세상을 달리 보게 만든다. 시인은 현실에 통용되는
상식과 명칭들을 회의하고 뒤틀기 시작한다. 시인에겐 지기의 병이 단순히
'류머티스성 루프스'로 보이지 않는다. '늑대난치병'이란 말은 선량하기만
한 시인에게 가당치도 않을뿐더러 '류머티스'는 온갖 고통과 죽음을 흡수해
들이는 '리트머스'로 바꿔야 더 적절한 명칭이 되겠다고 시인은 생각한다.
병마에 시달리는 지기의 몸이 한껏 졸아들고 변색되어 고통으로 젖어 버릴
때 시인에겐 '리트머스지'가 떠오르는 것이다.
　　'리트머스지'를 떠올리면서 시인은 환자를 둘러싼 보이지 않는 주변을
함께 그려내고 있다. 환자 주변에 떠돌아다니는 온갖 바이러스와 세균들,
혹은 보이지 않게 시인을 침입해 들어오는 병의 마(魔)들을 동시에 상정함으

로써 주변의 존재들에 의해 짓눌리고 가해 당하는 환자의 고통을 우울하게 형상화하고 있는 것이다. 그 존재들이 엄습해올 때마다 환자는 자신의 '몸이 늑대처럼 우우, 운다'고 한다. 그리고 그런 소리가 울릴 때 환자는 '죽음의 골짜기를 헤매다 돌아온다'고 한다. 이는 병이 환자를 보이는 세계에서 보이지 않는 세계로 이리저리 끌고 다니고 있음을, 그 사이에서 환자를 기진맥진케 하고 있음을 말해주는 것이다.

보이는 것을 선명히 새기되 그것을 포함한 전체 도판을 채색하여 찍어냄으로써 그 이면의 세계를 그려내는 천양희의 기법은 「그날부터」에서 친구의 죽음을 형상화할 때에도 그대로 표현된다. 시인에 의하면 친구는 아파트에서 '사과'처럼 떨어져 죽었다. 친구의 낙하는 사과의 그것과 하등 다를 것 없이 이루어진 것이었다. 그것은 극히 당연하고 분명한 현상이었는데도 바로 그러함 때문에 비밀스러운 것이다. 죽음은, 적어도 사람의 죽음은 그래서는 안되기 때문이다. 그러한 사건이 있은 뒤로 시인은 사과도 먹지 않고 날개도 믿지 않고 '필사적'이란 말도 쓰지 않게 되었다고 말한다. 친구의 죽음은 시인을 뒤흔들어 놓았고 시인을 혼란과 알 수 없는 분노 속에 가두어 놓은 것이다.

사과처럼 낙하하여 죽은 친구가 시인에게 보여준 생의 이면은 무엇이었을까? 그것은 우리의 생이 '사과'처럼 '매달려 있다'는 점이다. 사과는 '떨어지려고 매달려 있'는 것이며 사과가 떨어지는 것도 '매달린 힘'으로 그러한 것이라고 시인은 말한다. 마찬가지로 사람들도 살아있는 것이 곧 떨어질 날을 전제하며 '매달려 있는' 것일 따름이고 죽는 것 또한 '매달려 있던' 그 힘으로 떨어지는 것이다. 여기에서 생은 죽음을 전제하고 죽음은 생에서 비롯된다는 말이 성립된다. '떨어지는 것들이 어딘가 필사적으로 보이'는 이유도 여기에 있다. '떨어짐'은 생에서 비롯된 것이기 때문에 어딘지 악착스럽고 결연하게 보이며 어쩐지 비장하게도 보이는 것이다. 죽음의 순간 느껴오는 이러한 정서는 생 자체에 혹은 죽음 자체에 기인하는 것이 아니다. 그것은 생과 죽음이 결합됨으로써, 즉 생과 죽음을 가르는 그 경계를 넘는 지점에서 발생하는 것이다.

이러한 생과 죽음의 드라마를 두고 시인은 '부판(蝜蝂)'이라는 벌레와 '히스테리아 시베리아니'라는 병과 병치시킨다.

> 부판(蝜蝂)이라는 벌레가 있는데 이 벌레는 짐지고 다니는 것을 좋아한다는 데 무엇이든 등에 지려고 한다는데 무거운 짐 때문에 더 이상 걸을 수 없을 때 짐을 내려주면 다시 일어나 또 다른 짐을 진다는데 짐지고 높이 올라가는 것을 좋아한다는데 평생 짐만지고 올라간다는데 올라가다 떨어져 죽는다는데

> 히스테리아 시베리아나라는 병이 있는데 이 병은 시베리아 농부들이 걸리는 병이라는 데 날마다 똑같은 일을 반복하다 더 이상 견딜 수 없을 때 곡괭이를 팽개치고 지평선을 향해 서쪽으로 서쪽으로 걸어간다는데 걸어가다 어느 순간 걸음을 뚝, 멈춘다는데 걸음을 멈춘 순간 밭고랑에 쓰러져 죽는다는데

> 오르다 말고 걸어가다 마는 어떤 일생
> — 「어떤 일생」 전문

위의 시에서 묘사되고 있는 '부판'이라는 벌레의 생태는 인간의 삶의 모습과 흡사하다. 인간도 숙명처럼 평생을 짐진 채 살아가기 때문이다. 우리 모두는 나로부터 주변의 인간관계 전체에 걸친 인연의 업을 감당하며 살아가는 것이다. 이러한 부담이 그런데 너무도 당연하게 여겨져서 우리는 평생

이 속에서 얽히고 설킨 채 살아간다. 나아가 욕심을 부리고 더 큰 업을 만들어 짊어지기도 한다. 이러한 복잡하고 꽉 짜인 인생살이에 죽음은 끼어들 틈도 없어 보인다. 그러나 그렇지가 않다. 죽음은 '올라가다 올라간' 끝에 벼랑으로서 서 있는 것이다. 모든 연(緣)을 짊어지고 맹목적으로 오른 다음에는 정해진 순서처럼 죽음이 기다리고 있다. 이를 두고 사람들은 허무라고도 하고 운명이라고도 하였는데 결국 생과 죽음의 이러함은 음각과 양각의 부면들로 동시에 존재하는 것이다.

'히스테리아 시베리아나'라는 병에 걸린 '시베리아의 농부들'도 죽음을 이런 식으로 맞이한다고 한다. '날마다 똑같은 일을 반복하다 더 이상 견딜 수 없을 때 곡괭이를 팽개치고 서쪽으로 걸어가다' 죽게 된다는 것이다. 죽음은 일상의 가운데 순식간에, 순간적으로 찾아드는 것이므로 인간의 생은 그처럼 진행중에 끝나는 것이며 따라서 미완의 것이다. 이를 두고 시인은 '오르다 말고 걸어가다 마는 일생'이라고 말한다.

이처럼 생과 죽음은 어디가 시작이요 어디가 끝인지 알 수 없이 공존하는 것이다. 생의 이면엔 언제나 죽음이 도사리고 있고 죽음은 생의 한 와중에서 얼굴을 내민다. 이 둘의 동시적 공존은 그러나 사람이 심하게 앓거나 죽음에 압도당하지 않는 한 그 성격이 잘 인지되지 않는 법이다. 시인은 예의 판화 기법을 통해 생 이면의 세계를 드러내고자 한다. 그것은 생 이면의 세계에 대해 말하고 그것을 묘사함으로써 이루어지지 않는다. 대신 시인은 생 자체를 선명하게 부조한다. 오히려 그것을 통해 이면에 놓인 배경이 그 모습을 드러내는데, 그것은 늘 그렇듯이 안개처럼 흐릿하고 신비스럽게 그려진다. 그러나 그 부분은 분명히 존재하면서 생을 더욱 완전한 모습으로 완성시킨다. 시인이 "뒤편이 없다면 생의 곡선도 없을 것이다"(「뒤편」)라고 말한 이유도 이 때문이다.

(『시와정신』, 2004년 겨울)

자연의 정서와 어머니에 대한 그리움

— 이근배론

　이근배 시인의 근작시인 「겨울행」, 「냉이」, 「다시 냉이꽃」, 「하동(河童)」은 지금은 계시지 않은 어머니를 회상하는 시들이다. 어머니에 대한 추억은 누구에게나 그러하듯이 다양한 감정의 골짜기들을 보여주기 마련이다. 따스하고 애틋하고 행복한가 하면 시리고 아프고 슬프기도 하기 때문이다. 어머니는, 특히 근대사의 소용돌이 속에서 살아왔던, 지금은 할머니가 되어 있거나 고인이 되신 이 땅의 대다수의 어머니들은 거센 역사의 바람을 막고 자식들을 길러낸 시대의 영웅들이다. 그런 만큼 우리의 어머니들이 남긴 자취들은 더욱 강한 정서를 불러일으킨다. 그들에 대한 기억은 애틋함도 더 강하고 사랑도 슬픔도 아픔도 더 강한, 지워지지 않는 화폭으로 남는 것이다. 이러한 어머니를 그리는 이근배 시인의 시들은 보편적인 주제인 까닭에 일견 평범할 것 같지만 시인의 안정된 음색과 특유의 기법으로 인해 우리에게 독특한 정서를 가져다주는 것도 사실이다.

1
대낮의 풍설風雪은 나를 취하게 한다.
나는 정처없다
산이거나 들이거나 나는
비틀걸음으로 떠다닌다
쏟아지는 눈발이 앞을 가린다
눈발 속에서 초가집 한 채가 떠오른다
아궁이 앞에서 생솔을 때시는
어머니

2
어머니
눈이 많이 내린 이 겨울
나는 고향엘 가고 싶습니다
그곳에 가서 다시 보고 싶은 것이 있습니다
여름날 당신의 적삼에 배이던 땀과
등잔불을 끈 어둠 속에서 당신의
얼굴을 타고내리던 그 눈물을 보고 싶습니다
나는 술 취한 듯 눈길을 갑니다
설해목雪害木 쓰러진 자리
생솔가지를 꺾던 눈밭의
당신의 언 발이 짚어 가던 발자국이 남은
그 땅을 찾아서 갑니다
헌 누더기 옷으로도 추위를 못 가리시던
어머니

연기 속에서 눈 못 뜨고 때시던
생솔의, 타는 불꽃의, 저녁나절의

모습이 자꾸 떠올려지는
눈이 많이 내린 이 겨울
나는 자꾸 취해서 비틀거립니다.
　　　　　　　　　　　－「겨울행」 전문

　「겨울행」은 '풍설風雪' 속의 한 화자가 주인공이 되어 그림 속에 녹아드는
장면으로부터 시작된다. 시적 화자는 바람과 함께 떠도는 눈과 더불어 바람
속에 묻힌다. 눈발 속에 화자의 자취가 서서히 지워져 보이지 않게 될 때,
보이지 않는 먼 곳에서 조금씩 한 장면이 떠오르게 되는데 그것이 바로
어머니의 모습이다. 지금은 이 세상에 없는 어머니는 그런 모습으로 되살아
난다. 희미한 흔적에서 그림자로, 그림자에서 하나씩 빛깔이 돌고 윤곽이
생기는 경로는 많은 시간 뒤로 걸어간 기억들의 재생 과정이다. 어머니와
함께 지내던 유년의 기억도 예외는 아니어서 수십 년을 하루같이 살아 또렷
한 그림 한 장으로 남을 장면들이 긴 시간을 더듬듯 '비틀거리며' 살아난다.
　과거에 대한 추억은 추억하는 행위 자체만으로도 가슴 저리다. 추억은
세상에 더 이상 존재할 수 없는 것을 상상적으로 존재케 하는 것이기 때문이
다. 추억의 행위와 어머니에 대한 그리움의 결합은 현재와의 극단적인 단절
감을 준다. 위의 시는 이러한 테마가 '눈발'을 배경으로 구현되고 있다는
점에서 더욱 큰 아스라함을 주고 있다. '눈발'은 대체로 지상에 발딛지 못하
고 허공을 떠도는 존재를 상징하며 끝없는 방황 속에서 헤매는 자의 이미지
를 보여주는 탓이다. 따라서 '눈발'과 '추억'과 '어머니'는 시인의, 시점을
알 수 없는 한없는 그리움과 가슴저림을 형상화해주는 일련의 기제들이라
할 수 있다. '풍설風雪'은 허공을 떠도는 그 이미지만으로 '나'를 먼 과거의
시간에 떠돌게 하므로 '풍설'에 갇히는 일은 '추억'에 담기는 일과 동일한

구조와 의미를 띤다.

이 속에서 시인은 가슴에 맴돌고 있는 그리움의 음향을 한 소절 한 소절씩 끌어내 완전한 서정의 리듬으로 들려준다. 시인의 가슴에 울리는 리듬은 가령 '어머니의 땀과 눈물'의 자리에선 격앙된 채로, '어머니'의 '손'과 '발'과 '얼굴'이 조명될 때엔 잔잔한 여운으로 울린다. 시인은 기억의 '비틀거리는' 환기에 맞추어 흐르는 듯한 음률을 만들어낸다. 추운 겨울을 시린 손과 발로 지폈던 '어머니'는 아름다운 음악 속의 가슴 저릿한 서정으로 남게 된다.

이처럼 위의 시는 '어머니'를 주제로 하는 보편적 정서를 다루고 있지만 그것이 자연스러운 기법과 시인 내면의 독자적인 리리시즘을 통해 형상화됨으로써 독특한 분위기를 자아내고 있다. 시 전편의 뼈대가 되고 있는 모티프인 '비틀거림'은 마음과 리듬의 그것과 어우러져 시적 완결성을 이루고 있으며 '눈발'과 '그리움', 즉 '추억'과 '어머니'의 축 또한 그러한 관점에서 제시되어 있는 것이다.

「다시 냉이꽃」은 「겨울행」과 다른 연상과 이미지들로 빚어져 있되 이 속에서 어머니의 삶과 죽음이 완전한 서정을 이룬다는 점에서 이근배 시인의 높은 시적 경지를 보여주고 있다.

> 하늘은 무슨 땡볕을
> 그리 달구어 내리쬐이던지
> 땅은 또 떡시루를 연 듯
> 뜨거운 입김을 뿜어 올리던
> 한여름 그 밭고랑에 나가 앉으시던
> 어머니, 바로 그맘때쯤인

신사년 윤유월 스무사흘 새벽
내몰라라 잘도 삭히셨던
가시방석보다 더 쓰리고 아픈
망맥望百의 세월 훌훌 털어버리시고
언제 어디로 가셨는지 모르는
지아비를 찾아 당신은 떠나셨습니다
저 조선왕조를 한몸으로 지키려던
거유巨儒 면암勉菴의 문하에서도
으뜸이던 장후재학사張厚載學士의 셋째 딸로
타고난 복을 누렸을 만도 한데
어쩌다 나라 빼앗긴 세상을 만나
지아비 섬길 날도 모두 빼앗기고
한시도 마를 날 없는
슬픔의 긴 강을 건너오셨습니다
텃밭에서 이른 봄부터 늦여름까지
당신의 손끝에 무수히 뽑히던 냉이꽃풀
그것들은 당신의 얼굴에서 내리던 것이
땀방울인 줄만 알았겠지요
이 못난 아들도 알아채지 못했으니까요
누군가 당신의 빈소에 와서
냉이꽃 할머니가 돌아가셨네요
짧은 한 마디에
당신은 고향집 텃밭에 앉아 계셨습니다

                                        － 「다시 냉이꽃」 전문

    딱히 밭이 아니라도 흙이 있는 곳에서는 어디든지 질긴 뿌리를 내리고 여기저기 돋아 있는 '냉이'는 시 「냉이」에 의하면 '어머니가 흘린 땀이 자라서 된 꽃'이 된다. 사시사철 누추한 차림새로 밭일을 하시던 어머니는 그 자리에 반드시 '냉이'를 자라게 하셨던 것이다. '냉이'는 '어머니' 만큼이나 소박하고 질기고 애처롭고 건강한 풀이다. 때문에 시인은 '냉이'를 보면 언제나 '밭고랑에 나가 앉으시던 어머니'를 떠올린다.

시인은 「냉이」에서 '어머니가 사상가思想家의 아내'임을 밝히고 있다. 그것은 어머니의 삶이 결코 관념적일 수 없도록 신산(辛酸)스러운 것이었음을 의미한다. 어머니는 지아비에 대한 염려와 불안으로 '잠 못 드는 평생平生'(「냉이」)을 살았던 것이다. 어머니는 귀한 신분으로 태어났지만 '나라 빼앗긴 세상'의 '사상가의 아내'였던 까닭에 오랜 삶의 시간을 '한시도 마를 날 없는 슬픔의 긴 강'으로 삶을 견뎌왔다. 그 긴 세월 동안, 또한 일년 중 '이른 봄부터 늦여름까지' 어머니의 눈물을 머금고 피어나던 '냉이꽃풀'은 어머니의 삶처럼 '무수히 뽑히'었다. '뽑히었던' '냉이꽃풀'은 그런 점에서도 '어머니'와 동일시될 수 있다. 말하자면 '냉이꽃풀'은 삶의 측면에서 어머니와 닮았을 뿐만 아니라 '뽑히는' 순간 어머니의 죽음과도 겹쳐지는 사물이다.

「다시 냉이꽃」은 '냉이'와 함께 살다가 '냉이꽃풀'처럼 홀연 세상을 떠나게 된, 이름도 '냉이꽃 할머니'가 된 어머니에 대한 이야기를 담고 있다. '어머니'는 '땅이 뜨거운 입김을 뿜어 올리던' 날, '지아비를 찾아' '망백의 세월 훌훌 털어버리고' '떠나셨다'. 어머니의 죽음은 '당신의 손끝에 무수히 뽑히던 냉이꽃풀'처럼 어떠한 미련도 집착도 없이 가벼운 넋으로 떠오르며 이루어졌던 것이다. 또한 어머니가 죽은 후에도 그 넋이 다시 밭을 찾는다는 모티프에서 드러나듯이 어머니와 '냉이꽃풀'간의 일체성은 매우 강하다.

시인은 어머니의 홀연한 죽음을, 죽음의 홀연함에 대한 아픔과 슬픔을 '냉이꽃풀'에 빗대어 표현하고 있거니와 이 둘 사이의 의미망은 삶과 죽음으로 또 죽음에서 다시 삶으로 빈틈없는 긴밀함으로 짜여지고 있다. 말하자면 '냉이'와 '어머니'는 의미상 서로 분리될 수 없는 혼연일체가 되어 시 전체를 긴장감 있게 이끌어가고 있는 것이다.

「다시 냉이꽃」에서 보여주었던 '냉이'와 '어머니'간의 의미의 짜임은 「겨울행」에서의 '눈발'과 '그리움' 사이의 밀도 깊은 어우러짐과도 상응하는 것이다. 이러한 기법, 즉 객관적 상관물과 주지(tenor)간 긴밀한 연관을 보여주는 기법은 이근배 시인의 득의의 영역이라 할 수 있다. 이와 같은 기법은 시 창작의 익숙한 관습과도 같은 것이지만 이근배 시인은 이를 자신만의 호흡과 깊은 내면 속에 녹여냄으로써 테마와 기법 모두를 참신한 수준으로 이끌어 올리고 있다. 이러한 경지는 단순히 원관념과 보조 관념 사이의 일대일 대응 관계에 의해 보장되는 것이 아니고 사물을 대하는 태도 및 상상력의 특수성에서 비롯되는 것인데, 시인은 자신의 기법을 빚어내는 상상력의 성격을 「사람들이 새가 되고 싶은 까닭을 안다」에서 보여주고 있다.

여기 와 보면
사람들이 저마다 가슴에
바다를 가두고 사는 까닭을 안다
바람이 불면 파도로 일어서고
비가 내리면 맨살로 젖는 바다
때로 울고 때로 소리치며
때로 잠들고 때로 꿈꾸는 바다
여기 와 보면
사람들이 하나씩 섬을 키우며
사는 까닭을 안다
사시사철 꽃이 피고

잎이 지고 눈이 내리는 섬
사랑하는 이들을 위해
별빛을 닦아 창에 내걸고
안개와 어둠 속에서도
홀로 반짝이고
홀로 깨어있는 섬
여기 와 보면
사람들이 새가 되고 싶은 까닭을 안다
꿈의 둥지를 틀고
노래를 물어 나르는 새
새가 되어 어느 날 문득
잠들지 않는 섬에 이르러
풀꽃으로 날개를 접고
내리는 까닭을 안다.

ㅡ 「사람들이 새가 되고 싶은 까닭을 안다」 전문

위의 시는 '여기 와 보면'의 반복과 '사람들이 가슴에 바다를 가두고 사는
까닭은 안다', '사람들이 하나씩 섬을 키우며 사는 까닭을 안다', '사람들이
새가 되고 싶은 까닭을 안다' 세 부분의 균형 있는 배치로 구성되어 있는
비교적 단순한 시이다. '바다'와 '섬'과 '새'는 자연을 대변하는 것들로서
'여기'의 내포와 외연을 말해주고 있다. 이 시를 단순하게 읽으면 시적 화자
의 자연에 대한 간절한 동경 정도로 시의 의미를 파악할 수 있다.

그러나 이 시의 중요한 의미는 '가슴'과 '바다', '섬', '새', 즉 자연이
하나가 되어 서로를 향해 시선과 몸짓과 호흡을 맞추는 과정과 자세에 놓여
있다. '바람이 불면 파도로 일어서고 비가 내리면 맨살로 젖'으며 '때로 울고
때로 소리치며 때로 잠들고 때로 꿈꾸는' '바다'의 드라마를 풀어내는가

하면 '바다를 가슴에 가두고 사는' 사람이라면 이러한 '바다'의 드라마와 일치하는 내면을 지니게 될 것이라는 암시를 시인은 하고 있는 것이다. '섬'의 경우도 '새'의 경우도 사정을 같다. 시인은 '여기'의 사람들이 '바다'와 '섬'과 '새'와 동일하게 자연의 일상과 함께 하며 그 속에서 고독과 외로움과 평화와 자유도 바로 그들처럼 담아낸다고 말하고 있다.

위의 시는 사물과 일체가 되는, 특히 자연과의 내면적인 동화를 말하고 있는 바, 실상 이와 같은 자연의 사물과 자아의 내적 정서 사이의 어우러짐은 시인의 상상력의 원천이며 그의 기법의 핵심에 해당한다. 자연의 미세한 움직임도 소홀히 하지 않는 시인은 그러한 움직임과 자신의 내면을 일치시킴으로써 매우 유려하고 안정감 있는 서정시를 빚어내고 있는 것이다.

(『시와정신』, 2005년 봄)

구도자에게 다가온
우주적 현상(現象)으로서의 사랑
―이기철론

　이번에 발표된 이기철의 「나는 내 가장 사랑하는 말을 시에 쓴다」를 비롯한 여러 시편들에서 우리는 시인이 시를 빚어내는 몇 가지 특이함을 발견할 수 있다. 우선, 그것은 그가 "가장 사랑하는 말을 시에 쓴다"고 하더라도 그의 시가 말로 이루어져 있지 않다는 점에서 찾을 수 있다.

　흔히 사유를 이끌어가고 의미를 구성하며 텍스트의 완성을 직조하는 말의 자율적이고 유기적인 움직임이 그의 시에서는 느껴지지 않는다. 그의 시에서 말은 단지 다른 무엇인가를 담는 옷에 불과하다. 그 옷은 잘 맞고 오래 입은 옷처럼 자연스럽고 멋스럽지만 그 자체가 목적시 되지는 않는다. 그의 시에서 목적이 되는 것, 그의 시에서 주가 되어 스스로 유기성의 짜임을 이루어내는 것은 말도 아니고 이념도 아니고 사물도 아닌 다른 무엇이다. 그 무엇이 언어가 아니라는 점에서 그의 시는 예술 지향의 그것이 아니며, 이념이 아니라는 점에서 사상 중심의 것이 아니며 사물이 아니라는 점에서 단지 소재주의의 차원에 놓여있지 않다.

그의 시에서 그 무엇에 해당하는 것은 일반적으로 말해지곤 하는 거대한 틀의 것들이 아니다. 마찬가지로 인간이나 자연, 사람이나 짐승에 대한 구별에서 비롯되는 것도 아니며 또한 시선에 의해서 혹은 일정한 사유에 의해서 전유될 수 있는 것도 아니다. 이처럼 그의 시에서의 그 무엇은 미묘하게 진동하고 있다. 하지만 그렇다고 그 정체를 찾는 것이 불가능한 일도 아니다. 그의 시에 호흡을 맞추고 그의 시가 지나고 있는 자취를 더듬어간다면 말이다.

> 나는 내 가장 사랑하는 말을 시에 쓴다
> 밤길 걸으며 나를 황홀하게 하는 말을
> 수저를 들다 말고 종이를 찾는 말을
> 그때 별은 내게로 오려고 반짝이고
> 봉숭아꽃은 제 손으로 꽉 쥐고 있던 씨를
> 내 손바닥 안에 얹어준다
> 목욕탕에는 유방에 비누칠하는 아가씨들
> 날아가다 풍경(風磬)을 건드리는 바람들
> 아무도 눕지않은 침대가 사람을 기다린다
> 저것들은 왜 분노할 줄 모를까
> 지금쯤 잠들었을 잠자리의 눈
> 나무 둥치와 둥치 사이로 빠져나가는 바람
> 목재상에서 배어나오는 향기로운 나무 냄새
> 누구의 집에선가 피아노 소리 뚝 그치고
> 악보만이 책장 속에 참깨처럼 남는다
> 아직 아무 글자도 씌어지지 않은 흰 종이들
> 나무 아래 세워둔 자동차에 떨어지는 새똥
> 나는 내 가장 사랑하는 말을 시에 쓴다
> ― 「나는 내 가장 사랑하는 말을 시에 쓴다」 전문

이기철의 시를 이끌어가는 것은 불현듯, 계획도 예측도 없이 찾아와 '나'를 송두리째 점령하는 것이라 할 수 있다. 그것에 대해 저항도 의심도 할 수 없게 하며 그 순간 '별이 내게 오듯 황홀함'을 느끼게 하는 그것이다. 시인은 다소 직설적으로 우리에게 그가 경험하는 시적 현상의 시간에 대해 말해주고 있거니와 그러한 순간을 가능케 하는 그것은 그의 시에 있어서의 모든 것이며 시인의 영혼을 자극하고 일깨우는 요소에 해당한다.

시인은 그의 혼을 울리고 제압하는 그 자극의 실체에 대해 어느 정도로 이해하고 있을까? 그는 그것이 '가장 사랑하는' 것이라고 주저없이 말한다. 그리고 그는 그 사랑하는 것들에 서슴지 않고 언어의 옷을 입혀 말로 서게 하고 시가 되게 한다. 다시 말해 사랑하는 것들로 이루어진 그의 시는 그의 영혼과 동렬에 놓인 것으로서 시는 시인의 영혼과 교감하는 것들의 내포와 외연을 구성한다고 말할 수 있다. '유방에 비누칠하는 아가씨들', '날아가다 풍경(風磬)을 건드리는 바람들', '나무 둥치와 둥치 사이로 빠져나가는 바람', '목재상에서 배어나오는 향기로운 나무 냄새', '아직 아무 글자도 씌어지지 않은 흰 종이들', '나무 아래 세워둔 자동차에 떨어지는 새똥', 그리고 '빨랫 줄에 걸린 걷지 않은 수건이 이슬에 젖고/ 아무도 눕지않은 침대가 사람을 기다린다'라든가 '누구의 집에선가 피아노 소리 뚝 그치고/ 악보만이 책장 속에 참깨처럼 남는다'가 말해주는 것들이 그것이다.

도대체 이것들이 무엇이란 말인가. 지나가다 우연히 마주치는 사소한 일상들 내지 소멸할 염려도 없이 언제나 있는 것이므로 특별할 것도 없는 것들이 아닌가. 그렇다고 시를 위한 시, 언어를 위한 언어처럼 고도의 조탁미를 내세울 수 있는 말들도 아니다. 단순히 섬세하다거나 감각적이라고 일반화시키기에도 어딘지 만족스럽지 못하다. 시인은 무엇을 보고 느끼고 또 담고 싶어할까.

> 태백준령 넘으며 찬 술 들이켰네
> 세월의 거지들이 모여 잡담하며 유행가 부르며
> 聖강원도를 짓밟았네
> 순한 이름 다 합쳐놓은 동쪽 땅에
> 우리나라 말로 아름다운 꽃들 함께 모여
> 뜨겁고 붉게 꽃피고 있었네
> 금강꽃다지 얼레지 솔붓 참나리
> 서로 어울려 얼굴 부비데
> 나 아이처럼 오래 서서 입맞추었네
> 풀들이 초록 입으로 제 가족 부르면
> 도랑물이 대답하며 달려가데
> 영월 평창 정선 원주 그 더운 이름들
> 부르면 가슴부터 메어오는
> 내 가슴 속 어디에 아직도 울 힘 남아 있었던지
> 서쪽 산 바라보며 눈시울 붉혔네
> 나 오래 이 길 가며
> 숨은 희망 하나씩 불러내어 이름 붙여주었네
> 아직 우리 가슴 더운 날 많다고
> 아직 우리 앞에 남은 날
> 껴입을 옷처럼 겹겹이라고
>
> — 「강물은 제 가는 곳 말하지 않네」 전문

시를 구성하는 시인의 문법은 독특한 경로를 밟는다. 시인에게는 미리부터 결정된 것은 아무 것도 없다. 그는 손이나 마음에 혹은 생각에 어떠한 것도 남겨두지 않은 채 홀연히 길을 나선다. 빈 몸과 빈 마음이 그가 여행에 앞서 갖춘 준비물의 전부이다. 그러나 특정한 현상과 대면할 때 그는 모든 것이 된다. 그는 순간적으로 대상이 지닌 내면이 되고 역사 전체가 된다. 동시에 '나'의 전체의 세월과 가득 차오르는 마음이 된다. 시적 대상은 시적 자아를 압도하여 둘 사이에 교감의 드라마를 풀어 헤쳐놓는다. '나'는 뜻밖에 격한 상태가 되어 알지 못했던 나의 모습과 만난다.

시인의 영혼이 일시에 채워지는 이러한 현상은 단순히 사물이 지닌 감각적 아름다움 때문에 나타난 것이 아니다. 시인은 분명 대상을 '보고' 있지만 시인의 감흥이 일어나는 부분은 대상의 표면적인 양태가 아니고 그것들의 이미지, 곧 이름에 해당된다. '금강꽃다지 얼레지 솔붓 참나리' 등이 그것인데, 이들 이름은 말 자체로도 예쁘지만 중요한 것은 그 말이 단순히 식물학적 목록을 채우는 것이 아니라 오랜 세월 속에서 우리 민중의 삶의 질감과 더불어 비로소 생겨나고 이어진 것이라는 점에 있다. 시인은 이들 꽃들을 보며 이름과 구별되지 않은 그것들의 이미지를 본다. 그 이미지는 아름답고 뜨겁고 순하고 또 따뜻하고 슬프고 강한 등등의 복합적인 성격의 것이다. 꽃들은 이 땅에서 살아온 만큼에 상응하는 다기한 정서의 굴곡과 빛깔들을 자신들의 이미지 속에 고스란히 드러내고 있었던 것이다. 시인이 동요한 것도 바로 그 때문이다.

> 해발 육백미터 최정산 꼭대기
> 치차처럼 덜컹거리는 너와집 삭은 지붕
> 홰나무 아래 매어둔 양철 지붕의 강아지집
> 저 추운 방의 낳은 지 이틀밖에 안 된
> 다섯 마리의 강아지
> 산수유꽃같은 저 여린 주둥이들

호랑이가 와도 무서운 줄 모를

저 보푸라기같은 목숨들

어디 놀다왔는지 늦게 돌아온 어미 개가

방에 들자 아직 눈도 못 뜬 목숨들이

어미의 젖을 향해 기어간다

저 새싹 같은 바장임 어미 냄새 맡는 코

나는 최정산을 다녀온 연사흘 동안

내내 그 강아지와 발 다친 어미개와

그 여린 목숨들의 따스한 잠을 생각했다

바람 부는 오늘

그 여린 목숨들 죽지 않고 잘 크는지

따뜻한 털 맞부비며 옹알옹알

아직도 어미개를 기다리고 있는지

까만 콧등 다리밑에 넣고

초승달처럼 잘들었는지

－「어떤 긍휼」전문

위의 시 역시 이기철 시인 특유의 시쓰기 경로에 의해서 창작된 것임을
알 수 있다. 시인은 예의 빈 몸과 빈 마음으로 여행길에 오른다. 그가 보고자
의도하는 것도 없고 얻고자 계획한 것도 없다. 그는 그저 놓여진 길에 따라
가고 올 따름이다. 눈에 띄는 것에 시선을 줄 뿐이고 자신에게 말을 걸어오는
것에 응대하곤 한다. 그런데 그 가운데 그를 또 한차례 진동시키는 것이
있다. '강아지들'이 그것이다.

시인의 시적 문법에 의하면 '강아지'는 단순한 강아지가 아니다. 그렇다고
젖도 아직 못떼어 어미 품에 놓여있는 갓난 강아지이기 때문에 그의 관심이
동한 것도 아니다. 그가 만나고 또 여행을 마친 후에도 계속해서 그를 붙잡고

놓아주지 않는 '강아지'는 시인에게 특수하게 현상한 대상이다. 시인은 그 대상을 감각적이거나 의식적으로 전유하지 않는다. 그것은 그에게 전체적인 유기성을 지닌 채 순간적이고도 총체적으로 접근한다. 그것은 전경화되어 등장한 후 시인의 영혼을 일시에 점령한다.

'해발 육백미터 최정산 꼭대기', '덜컹거리는 너와집 삭은 지붕', '홰나무 아래 매어둔 양철 지붕의 강아지집' 등의 배경은 '강아지'와 한 치의 틈도 없이 짜여진 구조물들로서 강아지에게 독특한 이미지를 부여한다. 그것들은 위태롭기도 하고 애처롭기도 하며 고즈넉하기도 하고 무심해 보이기도 하는 강아지의 복합적인 이미지와 어우러지는 것이다. 시인은 강아지에게 단지 앙증맞고 귀엽다는 일상화된 감각을 체험하는 것이 아니고 강아지가 처한 시공 전체에 압도당한다.

결코 짧지 않은 시간의 흐름과 망망한 공간 속에 태어난 지 이틀밖에 안된 강아지가 놓여있다는 사실 자체가 경이로운 사건이 아닐 수 없는 것이다. 그 아득하고 정처없는 시공 속에서 강아지의 생명의 줄은 강할 것인가 혹은 약할 것인가. 시인은 그에 대해 '보푸라기같은 목숨들'이라고 말한다. 강아지의 그러함이 '눈도 못 뜬' 채 '놀다왔는지 늦게 돌아온 어미 개'의 젖을 향해 기어가는 모습을 보여주었을 때 시인은 심한 영혼의 동요를 겪게 된다.

이제는 어느 정도 이기철 시인의 시에서 가장 본질에 해당하는 요소, 즉 그의 시를 이끌어가는 핵이자 그의 시에 유기적인 짜임을 만들어내는 동인에 대해 말할 수 있을 듯하다. 그것은 앞서 말했듯 이념도 언어도 아니며 그렇다고 일정한 영역으로 분류할 수 있는 체계 내의 대상도 아니다. 대신 그것은 특정한 현상을 일으키는 모든 실체에 해당한다. 특정한 현상이란 흔한 말로 시적 현상일 터이겠지만 그것만으로 이기철 시인에게만 속하는 경험을 드러내지는 못한다. 그러한 현상 앞에서 송두리째 흔들린다는 것, 흔들림 앞에서 자신을 제어할 만한 어떠한 안전핀도 그는 마련하고 있지 않다는 점, 또 그럴 수 있도록 자신의 모든 것을 비울 줄 안다는 것도 특이한 일이거니와 흔들림에 대한 아무런 준비 태세도 취하고 있지 않다는 점에서 이기철 시인은 개성적이다.

이는 그가 특정한 영역에 대하여 호불호(好不好)를 선택하지 않는다는 사실과 관련된다. 그가 관심을 두거나 의미를 부여하여 의식적으로 접근하는 사물은 어디에도 없다. 절대 무심(無心)의 상태가 유일하게 그가 지니고 있는 태도인 것인데, 이러할 때에라야 어떠한 사물도 그를 압도하여 그의 영혼을 울릴 수가 있게 되는 것이다. 그리고 이 때의 대상은 인간의 것과 자연의 것, 사람의 것과 짐승의 것 사이의 경계도 구분도 없는 것이라 할 수 있다. 그의 시에서 자연이 아무런 거슬림 없이 인간과 유비적이고 은유적인 관계를 보여주는 것도 이 때문이다.

> 탁란도 아름다운 삶이다
> 저 높고 깨끗한 정결 세상에
> 알 맡겨놓고 날개 저어 하늘 속으로 날아간 새여
> 그 上上에 지은 보금자리에
> 자식을 맡겨놓고 너는 죄송해
> 용서해주게 용서해주게 온종일 피맺히게 운다
> 네 울음이 숲으로 날아가 잎이 되고 꽃이 될 때
> 그 노래에 잠깬 잎들이 열매 맺고 씨를 익혀
> 산 것들의 밥이 된다
> 둥지 밖으로 밀려난 생애의 속죄가

보리 익는 오늘도 뻐꾹뻐꾹

꾸뻑꾸뻑 절하며 운다

스스로 키우는 생이란 더할 데 없이 아름답지만

때로 기탁한 생도 숨은 앵도처럼 아름다움을,

네 울음은 죄를 씻고 용서를 가르친다

뻐꾸기여 뻐꾸기여 네 울음 들으며

우듬지에 몸 맡긴 내 하루를 돌아본다

월급에 기탁한 내 일생을

너의 탁란과 내 생애가 다를 바 없음을

　　　　　　　　　　　- 「탁란」 전문

'탁란'이란 남의 둥지에 알을 낳아 자기 새끼를 대신 기르도록 하는 일을
가리킨다. 위의 시에서 시인이 시의 이야기로 삼고 있는 대상은 탁란을 행하
는 뻐꾸기의 생애이다. 흔히 무책임하고 비정하다고 보는 뻐꾸기의 생태에
대해 시인은 다른 관점에서 시화(詩化)하고 있다. 그는 뻐꾸기의 울음을 비통
함과 속죄의 그것으로 보고 있는 것이다. 시인의 시선에 의하면 새끼를 남의
품에서 자라게 하는 알 수 없는 행위가 단지 무심한 자연의 일이 아니라,
아니 자연의 일이기에 그 속에 깊은 우주적 의미가 있는 것이 된다.

여기에서 시인은 자신의 생애 역시 '월급에 기탁'하였다는 점에서 '탁란'
과 같다고 말한다. 특이한 것은 '월급에 기탁'한 자신의 생을 결코 비하하거
나 우울하게 그리지 않는다는 점이다. 시적 표현을 그대로 따라가 보면 그곳
은 나무꼭대기에 해당하는 '우듬지'이고 '높고 깨끗한 정결 세상'이며 '上上
에 지은 보금자리'이다. 설사 그 의미를 직접적으로 대입하지 않는다 하더라
도 시인은 '탁란'의 행위를 어쩔 수 없는 것으로, 가령 운명적인 것으로
간주한다. 창조주가 예비한 섭리이자 정해진 숙명이라면, 그리고 그러하기

때문에 혹은 그러함에도 불구하고 '피맺히게' 울 수밖에 없는 것이라면 우리는 이 모두를 통째로 받아들이고 아름답게 보아야 하지 않겠는가 하는 점이 시인이 우리에게 말하는 바라 할 수 있다.

시인은 숙명에 따른 피맺힌 울음을 매우 값진 것으로 본다. 그것은 남에게 새끼를 맡긴 파렴치한 자의 가벼운 울음과 하등 상관없으며 '죄를 씻고 용서를 가르치는' '앵도처럼 아름다운' 울음이라 할 수 있다. 또한 그것은 '숲으로 날아가' '잎들이 열매 맺고 씨를 익히'게 해주는 '산 것들의 밥'이 되기도 하는 것이다. 자신의 새끼를 기르지 못하되 그 아픔으로 다른 생명을 키워낸다는 사실은 일견하더라도 대단히 깊은 의미를 담고 있다. 그것은 소위 말하는 운명의 승화라고도 이름지을 수 있을 것이다. 중요한 것은 한갓 미물이라 하더라도 자신의 본능 이전에 실재하는 우주적 질서를 따른다는 것, 그 속에서 무가치하게 존재하는 것은 아무 것도 없다라는 것, 신의 섭리에 따를 때 어느 경우에도 존중될 수 있다는 것 등의 의미가 아닐까.

「탁란」은 자연과 인간, 사람과 짐승 사이에 어떠한 경계나 구분도 두지 않는 시인의 시작 태도를 잘 보여주고 있다. 그는 인간사에서 이야기될 수 있는 일정한 의미를 유도하기 위해 대상을 구하지 않는다. 그것이 자연물이건 속화된 사물이건 그러하다. 마찬가지로 그러한 대상들로부터 의식적으로 의미를 끌어내지 않는다. 그에게 의미는 대상과의 섬광과 같은 만남에 의해 순간적으로 빚어진다. 그것은 시적 대상이 자아를 교란시키면서 이루어지는 것인데 시인에게 그 순간은 결코 가벼이 혹은 속되게 일어나지 않는다. 대상이 시인에게 영혼의 교감을 일으키며 시적 현상을 일으키는 그 순간은 우주의 진리치에 값하는 것에 다름 아닌 바, 그러한 점에서 이기철 시인의 시에 나타난 은유는 단순한 자연물과의 동화가 아니라 인간과 자연이 한데 섞여 만들어내는 우주의 이야기라 할 수 있다.

(『시와정신』, 2005년 겨울)

근원과 절대를 향한 감각적 상상력
─ 최문자론

1. 근원에의 시간적 지향성

최문자의 시는 회억(回憶)과 고백의 언어로 이루어져 있다. 지난날에 대한 반추와 내면에의 응시가 그의 시를 짜고 있는 것이다. 아쉬움과 그리움으로 점철되어 있는 지난날은 내면 공간과 함께 시인의 지향이 간절하게 드리워져 있는 곳이다. 그것은 그곳이야말로 시인이 구해마지 않는 근원과 절대의 흔적을 지니고 있기 때문에 그러하다. 회한과 우연, 일회성과 순간으로 구성되어 있어 흔히 무심히 버려지곤 하는 과거를 시인은 실낱같은 길을 걷듯이 더듬고 더듬어 소중하게 끌어낸다. 그의 시에서 과거는 근원과 절대에로 이를 수 있는 길을 희미하게나마 숨겨두고 있다. 이는 과거 뿐 아니라 내면도 마찬가지여서 보통 사적(私的)이고 하찮다고 치부되기 마련인 그것에 깊이 침잠할수록 내면은 근원에의 가능성을 열어놓는다.

부활절 새벽 교회 모퉁이를 막 돌아서다가 헛구역질을 했다. 청산했어야

했는데……일 년 동안 먹었던 사과들이 데굴데굴 굴러 나온다. 나무 위로
올라가 다시 사과가 된다. 먹은 미역국 국물 속에서 미역이 미끌어져 나온다.
서해 바다로 들어가 버린다. 땅속으로, 마늘 밭으로 명치 끝으로 구군류의
얼굴들이 막 고개를 쳐들고 기어나온다. 구정물에 처박았던 긴 시간 한 여름
푸른 청잎으로 진작 닦았어야 했는데

— 「부활절」 전문

위의 시는 '먹었던 사과들'이 '굴러 나오'고, 다시 '나무 위로 올라가'는
시간의 역진행, '먹은 미역국 국물 속에서 미역이' '나오'다가 또한 '서해
바다로 들어가 버리'는 것과 같은 시간을 거슬러 올라가는 상상력이 매우
흥미롭게 펼쳐지고 있다. 마치 영화의 필름을 거꾸로 돌려 처음 장면으로
되돌리는 것 같은 「부활절」은 얼핏 장난스럽게 느껴지기도 하지만 시인의
시적 지향과 관련된 중요한 부분을 내포하고 있다. 이는 시인의 의도가 깊이
개입된 시적 장치라고 볼 수 있는 것이다. 여기에는 현재와 과거의 얼개
속에서 부정적 현실을 치유할 수 있는 방법적 길이 과거, 나아가 근원적
지점에 존재한다고 하는 생각이 반영되어 있기 때문이다. 현재가 더 이상
외면할 수도 견딜 수도 없는 부정적 요소들로 가득차 있다면 과거는 이러한
것들이 자아를 점령하기 이전의 상태라 할 수 있다.

'헛구역질'을 하게 할 정도로 미만해 있는 현재의 부정적 요소들은 시인의
세계상에 비추어볼 때 종교에서 일컫는 '원죄'에 해당될 것이다. 이 원죄에
대한 의식은 '부활절 새벽 교회'에 다녀오던 순결한 신심(信心)의 상태에서
비로소 솟아올라 시인을 고통스럽게 한다. '원죄'는 말 그대로 단순히 현재
의 선한 행동과 성실한 마음으로 해결하거나 씻어낼 수 없는 근원적인 죄를
가리킨다. 누가 지었는지, 어떻게 짓게 되었는지, 왜 그 죄를 내가 짊어지게

되었는지 하는 이 모든 질문들에 대해 명쾌하게 답할 수 없는 것이 원죄인 것이다. 그러면서도 그것은 인간을 합리적으로 납득할 수 없는 무게로 짓눌러댄다. 인간은 알 수 없는 이유로 불행을 겪어야 하고 고뇌 속에서 살아가야 한다. 기독교에서는 이 원죄를 예수 그리스도를 믿음으로써 해소할 수 있다고 말한다. 그것은 주지하다시피 하나님의 아들이라는 고귀한 예수가 가장 처참하게 죽임을 당함으로써 인간의 죄를 대속(代贖)하였다는 점에 근거를 두고 있다. 이러한 종교적 진실을 떠올려 보더라도 '원죄'는 적어도 현재의 인간의 힘으로 어찌할 도리가 없는 속수무책의 대상이라는 점을 짐작할 수 있다.

시인의 회한은 그러한 지워지지 않는 죄에서 비롯된다. 그러한 까닭에 시적 자아는 '청산했어야 했는데……'를 뇌이면서 안타까워한다. '원죄'는 정체를 알 수 없으면서도 불쑥불쑥 찾아와 시인으로 하여금 괴롭게 하고 반성하게 한다. 그러나 언제나 삶의 순결성을 지녀온 시인이 무엇을 반성한다는 것인가? 시인이 향할 수 있는 곳이 현재가 아닌 과거, 그것도 가장 근원적 지점이라는 것은 어쩌면 선택의 여지가 없는 것으로 보인다. 시인이 해소해야 하는 죄란 다름 아니라 곧 원죄라는 뜻이다. 이미 먹었던 사과를 토해내고 그것을 다시 나무에서 따기 이전의 상태로 돌이키는 이 인위적인 상상력은 여기에 그 뿌리를 두고 있다. 시인이 상정하고 있는 근원적 과거는 현재에도 진행중인 원초적 죄악을 풀 수 있는 실마리를 안고 있는 지점인 것이다. 물론 이 시를 통해 이러한 해석을 가능케 한 가장 직접적인 계기는 '사과'가 인간 최초의 조상인 아담과 이브가 신을 거역하고 따먹은 선악과라는 사실에서 찾을 수 있다. 시인은 바로 그 지점에까지 상상력의 끝을 들이댐으로써 현재에 이르러서까지 인간을 구속하고 있는 죄의 끈을 끊어내고 싶은 것이다.

그러나 위의 시는 근원을 향한 시인의 상상력을 비단 기독교적 세계만으로 한정시켜 설명할 수는 없는 요소 또한 안고 있음도 주의해야 한다. 만약 그러하다면 이는 순전히 호교적인 성격의 작품으로 전화될 가능성이 없지 않다. 또한 시의 맛과 품격 역시 사라질 것이다. 그러나 이 작품은 그러한 위험성을 적절히 비껴간다. 그것은 근원에의 길을 잇는 시적 상징물이 '사과' 만으로 제시되어 있는 것이 아니고 그와 나란히 '미역'이 있다는 점을 통해 알 수 있다. '미역'도 마찬가지로 '사과'처럼 '먹은 미역국 국물 속에서 토해져 나와 서해 바다로 가'는 역시간의 진행을 보여준다. 우리는 일상 생활에 견주어서도 '미역'과 '바다'가 상징하는 것을 어렵지 않게 상정할 수 있다. 그것은 곧 근원으로서의 대지적 모성과 만나는 곳이 아닐까. 여자가 처음 아이를 낳고 어머니가 되는 때에 가장 먼저 먹는 것이 '미역국'이다. 그리고 '바다'는 역시 여자가 아이를 잉태하고 기를 수 있는 가장 원초적인 터전인 양수와 닮아 있지 않은가. 이러한 점에서 '미역'과 '바다'는 곧 근원적 공간 이자 모성(母性)을 품고 있는 지대를 상징한다고 말할 수 있다.

이 외에도 '땅 속', '마늘 밭', '명치 끝' 모두 여러 가지 의미에서 근원에의 상상력을 내포하고 있는 시적 상징물이라 할 수 있다. 시인은 이러한 시적 상징물들을 동원하여 근원의 지대를 강하고 폭넓게 확보하고 있다. '땅 속으로 마늘 밭으로 명치 끝으로 썩은 구군류의 얼굴들이 고개를 처들고 기어나오는' 모습은 바로 근원의 지대에서 부패하고 곪은 균들이 배출되어 원초적인 순수성을 회복하고 있는 양상을 상상적으로 그려내고 있는 것이라 할 수 있다. 원초적인 순수성을 시인은 '푸른 청잎'이라 하거니와, '긴 시간 구정물에 쳐박었던' 이것이야말로 현재의 원죄를 씻어내고 근원의 절대성을 회복시킬 수 있는 매개이다.

2. 절대에의 감각

　현재까지도 이어지고 있는 인간의 뿌리깊은 원죄는 시인의 세계관을 형성하는 데 있어 매우 중요한 부분을 차지한다. 누구에게나 부과되는 이 원죄에 대해 최문자 시인만큼 강하게 의식하는 이는 별로 없을 것이다. 대부분의 사람들이 이에 대해 무지하거나 무감각하다면 시인은 이를 삶의 일부로 간주한다. 원죄에 대한 의식은 그의 지향과 세계관의 토대가 될 정도로 피부 깊숙이 자리잡고 있는 것이다. 시인은 원죄를 끊임없이 떠올리면서 이를 해소할 수 있는 길에 대해서도 거듭 거듭 숙고한다. 시인이 근원에의 지향성을 강하게 드러내는 것도 이에서 비롯한다.

　한편 시인은 절대적 상황을 감각적으로 상상하게 되는데 이러한 태도도 결국 같은 맥락에서 살펴볼 수 있다. 즉 원죄는 쉽게 얻을 수 없지만 없다고 할 수도 없는 절대적 순간을 간절하게 구하게 해주는 동력이 된다. 원죄로 말미암은 가늘 수 없는 무게를 벗어 버렸을 때, 그때의 절대적 상황을 시인은 민감하게 포착한다. 그리고 시인은 그가 경험한 이 잡티하나 섞이지 않은 절대적인 맑음과 가벼움의 상태, 절대적인 순수의 상태를 감각적 형태로 묘사해낸다.

　　　　지리산 산자락
　　　　분홍 다음에 철쭉꽃 꽃무더기
　　　　박하사탕처럼 화한 그 곳을 지났다.

백철쭉 흰빛이

내 안의 먹빛 앞을 어떻게 지나갔는지

와인 잔을 들고 휘청였는지

왈칵 눈물 쏟으며 섰었는지

꽃마다 젖어있었다.

나를 지나가는 하얀 힘

박하사탕 삼킨 먹빛 내장

백철쭉 몇 송이 들어가 활짝 폈다.

흰 빛으로

　　　　　　　　　　　　－「철쭉제」전문

　위의 시가 아름다운 까닭은 '철쭉꽃'이 단순히 시각적 대상으로 묘사된 데서 그치지 않고 시인의 내면과의 적극적인 조응 하에 놓여있다는 데에 있다. 철쭉꽃 가운데 다른 것이 아닌 '흰빛' 철쭉에 관심을 두고 있는 시인은 그것을 시적 자아의 내면과 관련시켜 묘사한다. 그것은 '내 안의 먹빛 앞을 지나', '와인 잔을 들고 휘청'이듯, '왈칵 눈물 쏟으며' 피어난 것이라는 점이다. 즉 '하얀 철쭉'은 고뇌와 헤매임과 어두움을 거치고 그것을 이긴 후 생겨난 것으로서, 그러하기 때문에 '나'의 내면과 대비되는 절대적 순수의 모습을 띠고 있다. '박하사탕처럼 화한 그 곳'이라는 표현이 그러한 점을 말해준다. '백철쭉'은 '먹빛'의 '나'의 내면과 극명하게 대립되며 '눈물'과 '혼란'과 '방황'을 지나 비로소 만개한 것이다. 그것이 '나를 지나가는 하얀 힘'이라 표현된 것도 이 때문이다.

　'박하사탕처럼 화한'이라는 표현은 매우 감각적인 것이다. 이는 피부로 느껴지는 더할 수 없는 시원함, 상쾌함을 그리는 어사(語辭)이다. 여기엔 최대의 맑음과 밝음이 아로새겨져 있는 바, 시인은 '백철쭉'으로부터 환기된 절대의 경지를 이렇게 감각화시켜 전달하고 있는 것이다. 시인의 이러한 묘사는 시인에게 '절대'가 관념이나 추상으로만 존재하는 것이 아니라 실재적으로 경험되는 것임을 짐작하게 된다. '박하사탕처럼 화한 백철쭉'처럼 최고의 맑고 환하고 아름답고 가벼운 상태가 그것이다.

이와 같이 환기되는 '절대'의 상태는 시인의 경우 무엇으로부터 가능한 것일까? 종교적 체험일까, 혹은 대지(大地)를 중심으로 하는 원형적 상상 세계로부터 비롯되는 것일까? 분명한 것은 시인이 '절대'의 순간을 대단히 적극적으로 자기화(自己化)한다는 점에 있다. 그는 아마도 세상 끝까지 걸어가더라도 그 길을 따를 듯하다. 이는 앞서 언급했던 '원죄'와 관련되는 것으로, 인간의 죄로 침윤되어 있는 내면의 우울한 흔적들은 '절대'에 의해, 절대의 힘으로써만 구원될 수 있다는 점을 상기시킨다. '박하사탕 삼킨 먹빛 내장'이라 한 것도 결국은 이러한 정황을 반영하고 있는 것이다. 시인은 절대를 자기의 세계 속에 끌어안음으로써 인간이 짊어져야 하는 힘들고 고된 길을 희망의 빛에 기대어 걸어가고자 한다. 그의 시 가운데 특히 「팽이」는 인간의 영구한 고통과 수난의 삶 속에 어떻게 절대의 순간이 현상할 수 있는지를 암시적으로 드러내고 있거니와, 우리는 이 시를 통해 시인이 절대를 자기의 것으로 하기 위해 얼마나 적극적인가 하는 점을 확인할 수 있다.

> 세상이 꽁꽁 얼어붙었습니다. 하나님,
> 팽이 치러 나오세요.
> 무명타래 엮은 줄로
> 나를 챙챙 감았다가
> 얼음판 위에 휙 내던지고, 괜찮아요.

심장을 팍팍 갈기세요

죽었다가도 일어설게요

뺨을 맞고 하예진 얼굴로.

아무 기둥도 없이 서있는

이게,

주홍빛 죄 버린다는 고백입니다. 하나님,

　　　　　　　　　－ 「팽이」 전문

　위의 시는 시인이 갈구하는 '절대'의 순간을 종교적 세계와 연관시켜 형상
화한 작품이다. 위의 시에 나타난 '주홍빛 죄'와 '하나님'은 시인이 지니고
있는 종교적 상상력을 잘 담아내고 있다. '주홍빛 죄'는 인간이 육신을 갖고
태어남과 동시에 생득적으로 지니게 된 '원죄'를 상징하는 것이며 이러한
원죄를 둘러싼 담론은 기독교 내에서 가장 활발하게 이루어지기 때문이다.
즉 시인은 절대자인 '하나님' 앞에 '주홍빛 죄 버린다는 고백'을 함으로써
인간의 근원적 한계와 조건을 넘어서고자 하는 것이다.

　그런데 문제는 '주홍빛 죄 버린다는 고백', 다시 말해 원죄를 씻을 수
있는 일은 쉽게 얻어질 수 있는 것이 아니라는 점에 있다. 그것이 시간의
근원적 지점까지 거슬러 올라가 구할 수 있다든가 감각적으로 경험되는
것이라는 점을 알고 있다 하더라도 그러한 순간을 실재의 삶 속에 현상시키
는 일은 간단하지 않은 것이다. 현재는 그만큼 불순하고 무겁고 두터울 따름
이다. 이를 두고 시인은 '세상이 꽁꽁 얼어붙었습니다'라고 절규한다. 세상
은 쉽게 그 부정적 요소들을 뚫고 절대의 지경에 도달할 수 있게끔 되어
있지 않다. 세상은 생각보다 더 경직되어 있고 더 차가운 곳이다.

　현재의 세상이 그러할지라도 절대를 향한 시인의 의지를 가로막을 수는
없는데 위의 시에 그려지고 있는 시인의 의지는 우리의 상식보다 훨씬 윗자

리에서 표명되고 있다. '무명타래 엮은 줄로 나를 챙챙 감았다가 얼음판 위에 휙 내던지고', '심장을 퍽퍽 갈기'는 행위, '죽었다가도 일어서'고 '뺨을 맞고 하얘진 얼굴로'도 '서있는' 양상이 시인의 의지를 드러내는 것이라 할 수 있는데, 우리는 여기에서 가히 메저키즘적이라 할 수 있는 태도를 만나게 되는 것이다. 상대방에게 가해를 당하면서도 그것을 거부하지 않는 태도를 '마조히즘'적이라 하는 것처럼 시적 자아는 '하나님'을 상대로 자신이 죽을 정도로 채찍질하라고 부추긴다. 시에는 '나'를 던지고 갈기고 때리라는 주문이 매우 당연하고도 아무렇지도 않게 제시되고 있는 것이다. 그러고서도 시적 자아는 '괜찮다'고, '죽었다가도 일어설' 것이라고 말한다.

상식의 시선으로 보면 시인의 이러한 마조히즘적 태도는 납득이 가지 않는 과장된 것이라 할 만하다. 더욱이 매우 감각적으로 표현되고 있는 '심장을 퍽퍽 갈기세요'라는 부분에 이르면 살벌하고 섬뜩하기조차 하다. 그러나 이러한 극단적인 표현들은 '하나님'이라는 절대자를 상정한 의미 구도 하에서 이해할 때 어쩌면 일상적인 것이자 지극히 자연스러운 것일 수도 있다. 인간의 삶이 사실은 신 앞에서 '내던져'지고 '뺨을 맞고 하얘지'며 '죽음'과 다를 바가 없는 것이기 때문이다. 즉 인간은 원죄의 굴레로부터 단 한치도 벗어날 수가 없다는 것이다. 이는 신이 조장하였건 그리 하지 아니 하였건 인간의 조건에 해당되는 것이 아닐까. 단 인간은 이를 극복할 수 있는 길을 찾을 수가 있는데, 그것은 '팽이'처럼 사는 삶이라고 하는 것이 시인의 전언이다. 시적 자아가 온갖 고통과 수난 속에서도 '괜찮'다고, '일어서겠다'고 하는 것도 이에서 비롯한다. 오히려 시인은 보다 적극적으로 신을 향해 '갈겨' 달라고 한다. 심한 채찍질이 차라리 '팽이'를 꼿꼿하게 서 있게 하는 힘이 되며, 실제로 거듭된 수난과 그것을 이기고자 하는 의지의 힘이 팽팽한 긴장을 이룰 때 '서있는' 것이 가능해지기 때문이다. 시인에게 팽이가 그러하듯 '아무 기둥도 없이 서있는' 것은 현실에 안주하거나 기대지 않는 순수한 행위가 된다. 다시 말해 절대를 지향하고 있으며 동시에 그것을 끌어들여 현상시키고 있는 절대의 순간이 되는 것이다. 시인은 이것이 곧 원죄에 발이 묶인 인간의 조건을 넘어서는 것이자 절대자에 가까워지는 일이라고 생각한다. 그가 계속적인 고통을 요구하는 것도 바로 이 때문이다. 이는 고통이 결국 구원에 이르는 길이라는 역설의 논리에 닿아있다. 우리는 절대를 끌어안기 위한 시인의 적극적인 의지가 이러한 반논리를 통해 드러나고 있음을 알 수 있다.

3. '말'에 의한 상대적이고도 절대적인 진실

최문자의 시들은 근원과 절대를 향한 구도의 자세가 시인의 삶 가운데 얼마나 큰 자리를 차지하고 있는지를 잘 보여준다. 근원과 절대에의 의지는 시인의 삶의 중심에 해당되며 극복하기 힘든 삶의 이러저러한 굴곡들을 휘돌아 감싸안는 힘이 된다. 근원에의 지향과 절대에의 희망이 있기 때문에 시인은 고통인 현재의 삶을 살아갈 수 있다. 그것이 인간의 원죄를 넘어서서 절대자에게 다가갈 수 있는 길이라고 시인은 믿는 것이다.

시인의 시세계에서 근원과 절대에의 지향성이 삶의 중심부를 차지한다고 한다면 그것의 주변에는 어떠한 장면들이 존재할까? 시인이 '헛구역질'을 하게 한다고 한 것, 절대를 현상시키는 동력이 되어주는 현재 삶의 고통들, '먹빛 내장'을 만든 혼란과 방황과 어둠의 삶, 이처럼 절대적인 것의 반대편에서 삶의 상대적인 면모들을 보여주고 있는 그것들은 인간의 삶에서 어떻게 표현되고 있는가. 여기에서 시인은 '말'에 주목한다. 시인은 사람들이 주고받는 '말'이 단순히 언어 행위에서 그치는 것이 아니라 삶과 일치하는 살아있는 것으로 본다. '말'은 말하자면 체온을 담고 있는 것으로 그것을 하는 사람에 따라 같은 성질을 띠는 것으로 인식된다. 가령 마음이 따뜻한 자의 말은 따뜻할 것이요, 마음이 차갑고 건조한 자의 말은 역시 그와 같은 차가움과 건조함을 담을 것이라는 점이다. 더 나아가 시인은 '말'을 음식과 같은 먹는 것으로도 간주하는데 '말'과 관련된 시인의 이러한 관점들은 '말'이 곧 인간 삶의 표현이며 절대적인 것과 대비되는 삶의 상대적인 영역을 그려주는 지표에 해당한다고 보는 것이다.

위암 말기라고 했다.
새까맣게 탄 말을
잘도 삼키더니
묻는 말에
대답 한 마디 못하고
혓바닥에서 푹 꺼진다.
손목을 잡아주었다.
가물가물한 체온이
이미 진흙을 덧바르고 있다.
찌르르 말이 흐른다
불붙다 쓰러진 말
연기에 그슬린 문장
억지로 말문을 닫을 때마다
시계를 보며 시각을 읽었으리라
아무것도 모르는 숫자를 읽으며

삼켜버린 말들
그때,
누군가가 가슴을 내밀고
받아적었어야 했다
손목에 차고 있던 그 말을

- 「유언」 전문

위의 시에서 시인이 '말'을 다루고 있는 관점을 보면 매우 흥미롭다. 이는
'위암 말기'의 환자를 앞에 두고 있는 시적 화자가 그 병은 '새카맣게 탄
말을 삼켰'기 때문이라고 진단하는 데서 알 수 있다. 다른 것도 아닌 '말'을
'삼켰'기 때문에 암에 걸렸다고 하는 생각은 일견 얼토당토않은 것처럼 들린
다. 그러나 한번 더 생각해보면 그럴 것도 같다는 생각이 든다. '말'이 사람과
사람을 이어주는 매개이자 그 말을 하는 사람 자신을 반영하는 것이라면,
따라서 서로 공감대를 지니고 온정을 나누는 '말'이 '찌르르' 전율을 일으킬
수 있는 것이라면, '새카맣게 탄 말'은 매우 좋지 않은 상태를 드러내는
것에 다름 아니기 때문이다. 자신을 세우고 따뜻하게 해주지도 못할뿐더러
사람과 사람 사이를 행복하게 이어주지도 못한 말이 아마도 '새카맣게 탄
말'일 터인데, 이와 같은 바르지 못한 '말' 틈새에 있었다는 것은 곧 바르지
못한 삶 속에 내던져져 있었음을 의미하는 것이 되므로 이 속에서 인간이
병들 확률은 매우 높아진다고 볼 수 있다. 그렇다면 위의 시에 등장하는
'위암 말기'의 환자도 먹어서 영양분을 취할 수 없는 말, 사람을 살게 할
수 없는 말에 둘러싸여 살아왔던 사람일 것이라는 점이다. 결국 그는 시인의
언급처럼 '새카맣게 탄 말을 잘도 삼켰'기에 병이 걸린 것으로 볼 수 있다.
'불붙다 쓰러진 말'이라든가 '연기에 그슬린 문장'이라는 표현 역시 '말'

에 대한 시인의 관점을 잘 드러내준다. 그것들 또한 '말'의 살아있음을 표현하는 것이자 삶의 특정한 성질을 반영하고 있는 말의 특정한 양태를 암시하고 있다. 특히 시인은 '아무 것도 모르는 숫자를 읽으며 삼켜버린 말들'이 치명적이라고 보는데, 이는 그가 '그때 누군가가 가슴을 내밀고 받아적었어야 했다'고 안타까워 하는 데서 알 수 있다.

'말'을 살아있는 것, 삶의 반영태로 보는 시인의 관점은 상당히 독특한 것으로, 더욱이 '말'이 사람을 병들게 하였다는 생각은 삶의 진실에 근접한 것이라 하지 않을 수 없다. 이러한 관점에 서면 시인이 회한 섞인 어조로 '그때 누군가가 가슴을 내밀고 받아적었어야 했다'고 말하는 까닭을 이해할 수 있게 된다. 시인은 만일 그때의 그 말, '손목에 차고있던 그 말'을 '받아적었더라면' 환자는 병에 걸리지 않았을 것이라고 말하는데, 이는 '손목에 차고 있던' 말이 인간의 따뜻한 마음을 담고 있지 않은 차가운 기계의 것임을 암시하는 것이며 이러한 기계 중심의 세계야말로 인간이 병들 수 있는 환경을 조장하는 것이라는 인식을 전달하고 있다. 또한 기계 문명의 세계 속에서도 기계의 말을 종이에 '적는다'면 인간을 병들게 하는 기계의 말은 그 차가운 마력을 상실할 것이라고도 한다. '말'에 접근하는 시인의 이러한 태도는 매우 깊은 의미를 함축하고 있는 것이다. 아마도 시인의 '말'에 관한 관점은 다른 지면을 통해 깊이 있게 연구되어야 할 부분을 안고 있는 듯하다. 우리는 여기에서 다만 시인에게 '말'이 삶의 상대적인 면면들을 드러내는 지표이자 장치라는 점만을 확인하고자 한다. 「정전기」 역시 '말'에 관한 이러한 관점의 연장선에서 사람과 사람을 이어주는 '말'이 어떠해야 하는지를 잘 보여주고 있는 시이다.

건기인가 봐요. 우리,

새들도 입 안이 마른다는…

바짝 마른 말로 통화하고 있잖아요. 지금,

마른 대궁만 남은 당신 말에

나는 미련 지지직거리며

타는 시늉 다 해보지만

갑자기 들러붙어요.

말과 말 사이.

부슬부슬 떨어지는 말의 먼지들 뿌연데

들리죠.

우리 언어가 물 마르는 소리

따가워요.

메마른 통화

갈라진 언어의 살 사이로

피 내비쳐요.

건기인가봐요. 우리,

　　　　　　　　　　　　　　　　　－「정전기」전문

　위의 시는 '말'이 사람과 사람 사이에서 촉촉하게 흐르며 생기를 보여주어
야 함에도 불구하고 그러하지 못함으로써 일어나는 부조화의 양상을 적절하
게 형상화하고 있다. '바짝 마른 말', '마른 대궁만 남은 당신 말'은 사람을
'타서' '들러붙게' 한다. 습기가 없는 건조한 말은 사람의 마음을 메마르고
형편없이 만드는 것이다. 그것은 쓸모없는 말이고 사람을 다치게 하는 죄악
의 언어이다. 시인은 '당신'과의 그 '말'을 단순히 '건기'의 그것이라고 받아
넘기지만 실은 '그'가 건네는 '말'은 '나'를 따갑게 하고 '피'를 낸다. 그것은
상처를 내는 아픈 말인 것이다.

시인이 '말'에 주목하고 그것의 온전한 형태에 집착하는 까닭은 '말'이 삶의 상대적인 면면들을 드러내는 표지에 해당되기 때문일 것이다. 달리 이야기하면 '말'은 사람을 악의 상황에도 혹은 선의 상황에도 몰아갈 수 있는 매개가 된다는 것이다. 예컨대 부정적 양태의 '말'들이 또한 삶을 그러한 형국으로 만들어 버린다면, 그렇다면 근원과 절대에 가까운 '말'은 무엇일까? '말'이 그러한 속성을 지니기 때문에 시인은 보다 온전한 '말'을 하기를 원할 것이다. 온전한 말, 즉 사람을 아프게 하는 대신 살리는 '말'은 상대적인 삶들의 험한 면면들을 헤쳐나갈 수 있는 계기이자 힘을 줄 것이기 때문이다. 보다 온전한 '말'은 죄로 가득한 인간 삶의 조건을 완화시키고 근원과 절대가 숨겨져 있는 현재의 이곳을 보다 살 만한 곳으로 만들어 줄 것이다. '말'은 그러한 한에서 의미 있을 것이다. 시인의 이와 같은 '말'에 대한 고민은 상대적인 영역에서 또한 인간의 불행과 고난의 한계를 넘어설 수 있는 길을 보여주는 것이라 할 수 있다.

최문자의 시는 현재의 부정적 요소와 근원과 절대적 영역을 대립시켜 이 둘간의 갈등을 해소하고 진정한 가치를 회복하고자 하는 의지로 쓰여지고 있다. 시인은 근원과 절대적 영역을 끌어들임으로써 현재의 부정적 삶을 치유하고자 한다. 현재의 부정적 삶은 시인이 지니고 있는 원죄 의식과 밀접히 관련되어 있는 것이다. 그리고 이것은 사람과 사람 사이의 온전하지 못한 '말'에 의해 비롯되는 측면이 강하다. 시인은 인간성을 회복한 살아있는 '말'을 통해 그리고 절대의 순간을 환기함으로써 인간의 한계이자 조건인 원죄를 넘어서고자 한다.

(『애지』, 2006년 봄)

세상을 담아내는 따뜻한 언어의 '집'
— 김희정론

　현대를 살아가는 보통의 사람들에게 시는 과연 어떤 의미가 있을까? 시는 인터넷처럼 많은 정보를 주지도 않고 휴대폰처럼 편리하지도 않으며 영화처럼 다채롭지도 않고 또 돈을 벌어주지도 않는다. 게다가 무슨 게임처럼 재미나지도 연인처럼 달콤하지도 술처럼 유쾌하지도 않다. 어찌 보면 시는 무색무취이고 빛바랜 옷처럼 무미하고 세상의 소란한 소리에 잠겨들어가기도 한다. 더욱이 시는 따뜻하고 포근하기도 한 반면 때로는 시리거나 아프며 어떨 땐 무겁고 힘겹기조차 하다. 이러한 속성 때문에 시는 단순하고 가벼운 정서를 지닌 현대인들과 어울리지 못하고 종종 분주한 삶의 뒤안길로 내몰리곤 하는 것도 사실이다.

　그러나 시의 이러한 속성들은 역설적으로 시가 현대 사회에 더욱 필요한 이유로 작용하기도 한다. 현대가 점점 더 빠르고 거대해져 갈수록, 또 복잡하고 소란스러울수록 이러한 것들과 구별되는 무엇이 요구되며 그것을 제공해주는 것이 바로 시이기 때문이다. 시는 번잡스런 현대에 한 뼘의 여백과 같은 것으로서 자아로 하여금 휴식을 통해 비로소 개체가 될 수 있게 하는 공간이라 할 수 있다. 인공의 향기와 색채로 현란하게 꾸미지 않은 미미(微微)하고 소소(小小)한 시가 더욱 아름다울 수 있는 이유도 여기에 있다고 하겠다.

1. 사물이 들려주는 이야기

지금 첫시집을 상재하는 김희정 시인은 요즘의 젊은 시인답지 않은 담백함을 지니고 있다. 그는 애써 기교를 부리려 하지 않은 채 자발적으로 선택한 뒤안길에서 나긋나긋한 시의 음성을 길어올리고 있다. 마치 요란한 기계음과 구별되는 그만의 음색을 확인하기라도 하듯 잔잔하고 질박한 음률을 만들어내고 있는 것이다. 이렇게 하여 만들어진 시는 오늘날 대부분의 시와 마찬가지로 현대의 드센 파장들에 묻혀버리는 고요하고 여린 파장을 지니지만 번잡한 삶을 물리친 자리에서 독자의 가슴에 밀려드는 확고함 또한 지니고 있다. 그의 시를 읽으면서 우리는 현대의 소란한 음들과 화려한 색깔들을 모두 지워내고 이루어진 시가 이토록 분명한 울림과 향기를 지닐 수 있음을 체험하게 된다. 그러한 울림과 향기들은 오래도록 시인의 가슴에서 묵은 고즈넉한 것으로서, 보이지 않는 것과 과거 그리고 미래를 넘나드는 예지 넘치는 상상력에서 비롯되는 것이다.

> 골동품 가게를 들어서자
> 먼저 눈에 들어오는 것이 있다
> 구릿빛 아름다움 속에
> 퍼런 녹이 사그라들지 못한 징

한(恨)으로 자리 잡았다
주위에는 함께 어울렸던 것으로 보이는
연장도 여전히 건강했다
한쪽으로 쏠리는 내 눈에
주인이 호기심을 드러낸다
백 년 전, 아니 그보다 오래된 물건이라 떠들지만
징의 환청에 붕어처럼 벙긋거리는 그의 입이
목이 타 물을 찾는 듯하다
가까이 다가가 한 번쯤 건드려보고 싶지만
발길 떨어지지 않는다
혹시 곤히 잠들어 있지는 않을까
염려가 나를 움켜쥔다
너는 고부나 어느 들녘에 남사당패로 있었거나
한 시대를 추스리며 살아온 것은 분명하다
어쩌면 이제 조용히 쉬게 두는 것이
너와 함께 슬픔을 달랬던 사람들에게
기쁨을 주는 일인지 모르겠다
머뭇거리는 내 모습 앞에서
주인은 채를 들고 서 있다가
말릴 틈도 없이
군데군데 상처투성이 몸을 두들긴다
슬픔이 한꺼번에 몰려 나와
주위 물건들도 일어난다

　　　　　　　　－ 「백년이 지나도 소리는 여전하다」 전문

　삶의 뒤안길을 거니는 시인의 상상력은 단지 보이는 것 혹은 현재에 머물러 있지 않다. 그에게 현재는 과거 및 미래가 응결된 하나의 덩어리로 인식되며 눈에 보이는 것 역시 이면의 보이지 않는 것과 맞물린 것으로 여겨진다.

위의 시에서 지금의 시간대를 벗어난 것과 보이는 것 이면의 이야기가 단순히 상상적으로 처리되지 않고 실재하는 모습으로 현상하게 되는 것도 이 때문이다. 과거나 보이지 않는 것은 지나간 것, 없는 것이 아니라 여전히 남아있는 것, 존재하는 것이 된다.

이와 같은 상상의 구조 하에서 시적 대상은 더 이상 사물이 아니고 생명을 지닌 유기체가 된다. 시간의 흐름을 담고 있다는 것, 보이지 않는 부분을 내포하고 있다는 것은 이미 그 대상이 역사성을 지니고 있음을 의미하기 때문이다. 또한 이것은 외부의 것들과 구별되는 대상의 고유함이 온전하게 있음을 뜻한다. 위 시의 시적 대상인 '징'에는 사물을 대하는 시인 특유의 상상력이 그대로 녹아 있다. '징'은 그저 '골동품 가게'에 놓인 상품이 아니라 과거와 현재를 관통하는 연속된 삶과 역시 보이지 않는 드라마를 지니고 있는 것이다. 시인은 과거와 보이지 않는 부분에까지 직관의 촉수를 드리우고 '징'의 '퍼런 녹'이 지닌 많은 이야기를 끌어낸다.

그 이야기는 대체로 '징'이 '고부나 어느 들녘에 남사당패로 있었거나한 시대를 추스르며 살아온 것'이라는 점, 그때의 '사람들과 더불어' '슬픔을 달랬'을 것이라는 점, 따라서 '구릿빛의 아름다움'과 함께 '한(恨)'이 있다는 것 등으로 추려질 수 있다. '징'으로부터 끌어낸 이 이야기들은 일견 평범한 추정일 듯도 싶다. 하지만 '징'을 본 순간 시인이 갖게 되었던 감각, 가령 '먼저 눈에 들어오는 것이 있다'는 것이나 그것으로부터 '구릿빛 아름다움'을 느꼈던 것, 그리고 '퍼런 녹이 사그라들지 못한' 데에서 '한(恨)'을 읽었던 일련의 과정은 '징'에 관련한 이야기들이 관념적인 차원의 것들이 아니라 실제적 직관에서 비롯된 것임을 말해준다. 즉 시인의 감각은 사물을 고유한 것으로 드러내는 예지와 닿아 있는 것으로서 시인을 통해 '징'은 쓰임이

다하고 백 년이라는 시간이 지난 후에도 여전히 살아있는 생명체로 되살아난다.

'징'에서 '환청'을 듣는 것도 바로 이 지점에서이다. 직관에 의해 시인은 '징'을 지금도 살아 숨쉬는 생명체로 느끼는데, 이것은 '주인'을 '벙긋거리는 붕어' 정도로 보는 일과 비교되는 것이다. 가게의 '주인'은 사람이면서도 백년 동안을 살아온 '징'에 비해 오히려 생명력의 강도 면에서 떨어지는 형국이라 할 수 있다. 시인이 '골동품 가게'에서 대화를 나누는 상대가 '주인'이 아니라 '징'이 되는 것도 이 때문이다. 더 정확하게 말해서 '주인'은 '나'와 '징' 사이의 은밀하고 따뜻한 대화에 끼어들어 이를 방해하는 속없는 자에 해당한다. '징'을 본 시적 화자가 호기심에 '한 번쯤 건드려보고 싶지만' 그냥 내버려두는 반면 '주인은 채를 들고 서 있다가 말릴 틈도 없이 군데군데 상처투성이 몸을 두들기'는 것도 이러한 사정을 설명해준다. 이로써 우리는 시인이 '징'의 내면을 이해하고 있으며 그러한 시인의 눈을 통해 '징'이 비로소 자신을 고스란히 드러낸다는 사실을 알 수 있다.

시적 대상을 단순한 물건이 아니라 생명체로 현상시키는 시인의 시선은 매우 남다른 것이다. 실은 이러한 직관은 새로운 것이 아니고 하이데거 등의 현상학자들 때문에 익숙해질 수 있었던 개념이다. 그러나 시인의 그것은 기존 이론가들의 논리나 관념에 의해 학습된 것이 아니라 생득(生得)된 것이라는 점에서 주목을 요한다. 시인은 그저 사물을 볼 뿐이고 시인의 시선에 힘입어 사물은 단지 자신을 드러낼 따름이다. 이러한 사실을 우리는 다른 논거가 아니라 시집의 첫 페이지를 장식하는 위의 시를 통해 추론할 수 있는 것이다.

2. 시인의 사랑 가득한 품

사물이 하는 말을 섬세하게 읽고 그것의 울림과 향기를 온전히 드러내는 시인의 직관이 생래적(生來的)인 것이라면 그와 같은 능력은 무엇에서 비롯되는 것일까? 그러나 이 질문은 우문(愚問)에 속할 것이다. 사물을 생명체로 현상시킬 수 있는 것은 말 그대로 '직관'에 의한 것이며, 그 능력이 당연히 생득적인 것이라면 그것의 소이(所以)를 따지는 것 자체가 불가능하기 때문이다. 그러나 그럼에도 불구하고 대상을 직관할 수 있는 데에는 일정 정도의 요건이 요구된다. 그것은 대상을 대할 때의 애정 어린 태도이다. 자신을 낮추고 자신의 감정이나 선입견을 괄호치면서 대상을 최대한 존중한다면 대상은 스스로 외양뿐 아닌 내면을 드러내게 된다. 자신의 주관을 내세우기 이전에 대상을 지극히 옹호하는 태도로부터 대상은 깊이 숨겨져 있던 진실을 드러낼 것이며 이 때 자아와 대상 사이의 진정한 대화가 이루어지는 것이다.

대상에 대한 이러한 태도를 다름 아닌 '사랑'이라 명명할 수 있을 터인데, 김희정 시인의 경우 시선으로 그리고 마음으로 나타나는 '사랑'은 신산(辛酸)스런 삶을 살아가는 모든 이들을 향해 던져진다. 어머니와 아내, 한 가정의 가장이나 우연히 만난 사람들에게까지, 그리고 잠깐 스친 곤충이나 돌멩이, 풀, 바다 등의 비생명의 것들에 이르기까지 시인이 애정으로 대하지 않는 것은 없다. 시인의 시선에 들어오는 대상들은 모두 나름의 운명을 짊어지고 살아가는 존재자들에 속하는 것으로 시인은 이들 존재자들을 보며 자신과 맺어진 인연의 끈들을 발견한다. 그 인연은 하루아침에 혹은 이생에 한해서만 비롯된 것이 아니어서 시인은 시간을 더듬어 한올한올 조용히 실타래들을 풀어내곤 한다.

아내의 두툼한 허리에 매달려
사막을 건너는 나
층층이 쌓여 혹처럼 굳어 가는 아내의 생生
막막한 어둠을 뚫기 위해
나는 낙타를 키우고 있었던 것일까
며칠 물 한 모금 입에 대지 않고
묵묵히 모래 바람을 견디는 낙타처럼
세상을 향해 한 발 한 발 내려딛는 그녀
끈질기게 발목을 잡는 모래알은
무너진 아내의 꿈처럼 푸석거린다
세상 열기가 그녀 머리에 닿아도
빽빽한 속눈썹은 숲을 만든다
그 곳에 숨겨진 눈망울에 그늘이 진다
무거운 짐을 인 낙타처럼
사막 위에서 길을 찾다, 한낮
물빛을 그리워했고
밤 추위가 온 몸을 휘감으면
따뜻한 사랑에 허덕인 그녀
봉우리처럼 솟아난 혹은, 모래바람에 깍여
무거운 침묵으로 서걱거린다
                － 「전생에 아내는 낙타가 아니었을까」 전문

　평생을 얼굴 맞대고 사는 부부만큼 서로에 대해 공정성을 상실하는 경우
가 또 있을까. 아내는 혹은 남편은 그 상대에게 참으로 무덤덤한 존재이면서
동시에 객관적인 판별을 불가능하게 하는 존재들이다. 어떨 땐 한없이 너그

러워지다가 또 어떨 땐 이유도 없이 각박해지곤 하는 것이 부부 사이에 일어나는 감정이다. 부부는 고마움과 서운함, 사랑과 미움, 존경과 무관심 등 마음의 수다한 색깔과 모양들이 한데 모여 물결치는 그 속에서 서로를 향해 있다. 그만큼 부부 사이엔 상대를 객관화시켜 바라볼 수 있는 심적 거리(距離)가 결여되기 마련이다.

이에 비하면 위의 시에 드러난 시적 자아의 시선은 어떠한가. 위의 시에서는 아내에 대해 흔히 일기 쉬운 감정의 부침(浮沈)은 말할 것도 없고 그녀에 대한 피상적이거나 감상적인 판단도 모두 괄호쳐지고 있다. 아내는 결코 미안함과 안쓰러움, 혹은 동정이나 연민의 시선으로 읽히지 않는다. 이들 감정은 모두 대상을 전유하고자 하는 자아의 주관이 일방적으로 개입될 때 나타나는 것으로 대상이 지니고 있는 내적 진실과 일치하는 것이 아니다. 이들 시선에 의해 대상을 인식할 경우 대상은 그의 본질을 숨긴 채 왜곡된 대로 자신을 드러낼 것이다.

반면 시인은 자신의 관점이나 정서를 배제한 후 대상에게 조용히 다가가 그가 스스로 보여주는 모습을 그려내고 그것에 이름을 부여한다. 이에 따라 '아내'는 단순히 일시적이고 표면적인 모습만을 내보이는 것이 아니라 그녀를 둘러싼 겹겹의 진실을 펼쳐낸다. 그것은 '나'와는 다른 '그녀'만의 자리에서 몇 날 며칠 지속된 생활의 흔적들을 고스란히 묻혀낸 것이다. '그녀'가 쌓아가는 삶의 진실들을 시적 자아는 가감(加減)도 어떤 개입도 없이 그대로 그려낸다. 이를 통해 '그녀'의 지금 모습은 과거, 미래와 겹쳐져 형상화된다.

이 시에서 알 수 있듯 '그녀'를 그려내는 시인의 태도에는 대상에 대해 시선을 놓지 않으면서도 그것을 작위적으로 주관화하지는 않는 공정함이 있다. '아내'는 온전히 '그녀'로서 존재할 뿐 시적 자아에 의해 왜곡되거나 간섭되지 않는다. 이러한 태도는 대상에 대해 애정이 전제된 최대의 성실함에서 비롯되는 것으로 그것은 곧 사랑이라 할 수 있을 것이다. 사랑은 대상의 과거와 미래, 꿈과 아픔, 긍정과 부정 등 모든 것을 수용하는 것인 바, 대상을 대하는 시인의 사랑의 품 안에서 대상은 내면 깊은 모습을 있는 그대로 드러내게 된다. 그리고 이와 같은 시인의 사랑은 그와 조우하는 많은 대상들로 향하게 된다.

> 돌에도 생명이 살아있는가
> 천천히 들여다 보면
> 인연의 흔적, 물길 만난다
> 수많은 지류가 본류를 찾아 흐르고 있다
> 석수장이가 조각배 한 척 띄워
> 해탈의 강을 건너듯
> 수 만년 잠을 자는 돌을 깨우자
> 물결 따라 숨결이 꿈틀거린다
> 정수리를 치자 천지개벽처럼 혈이 뚫린다
> 석수장이 손에 다시 태어나는 생명
> 정을 맞으면서
> 자신을 찾기 위해
> 살점이 찢겨나가도 참고 견딘걸까
> 무심無心한 얼굴은
> 그렇게 또
> 세상을 향해 면벽을 시작한다
> ― 「조각상」 전문

대상을 사랑으로 대하는 시인의 태도는 위 시에서 '돌'을 조각하는 '석수장이'의 태도와 흡사하다. '석수장이'는 '돌'을 단순한 사물로 여기지 않는다. 그에게 돌은 '수많은 물길이 흘'러간 '인연의 흔적'을 지닌 생명체이다. '돌'은 오랜 세월 동안 물과 부대껴가며 온전한 개체를 형성한 존재자에 해당한다. '석수장이'는 그러한 '돌'에 대고 자기의 의지와 욕구에 따라 일방적으로 '정'을 쪼아대지 않는다. 그는 '돌'이 지닌 세월의 흔적을 '천천히 들여다 보'고 그 흔적 위에 '조각배 한 척을 띄운'다. 이는 자신의 임의에 의해서가 아니라 '돌'이 내포하고 있는 물결에 따라 '돌'과 만난다는 것을 의미한다.

'나'를 내세우지 않는 석수장이의 이와 같은 태도는 곧 '해탈'에 이르는 자세와 다르지 않는 바, 이러한 석수장이의 태도를 통해 '돌'은 '수 만년'의 '잠'에서 깨어나 '다시 태어나'게 된다. 석수장이는 '돌'의 '혈'을 찾아내어 '숨결'을 불어넣는다. 대상을 대하는 석수장이의 정성스럽고 지극한 사랑의 손길이 있어 '돌'은 비로소 그에게 자신을 내맡긴다. '돌'이 '정을 맞으면서 살점이 찢겨나가도 참고 견딜' 수 있는 것도 이 때문이다. '돌'은 다른 것이 아닌 석수장이의 '정'에 의해 '자신을 찾'을 수 있다고 믿는 것이다.

위의 시에 형상화되어 있는 '석수장이'는 대상을 한껏 존중하고 사랑하는 시인을 암시하고 있거니와 돌에 생명을 불어넣는 석수장이의 행위는 대상을 사랑 가득한 품으로 감싸 안는 시인의 태도와 일치하는 것이라 할 수 있다.

3. 천년 동안 이어지는 '집'

사랑으로 감싸는 시인의 품엔 많은 존재들이 깃들면서 새로운 생명으로

부활한다. 사물은 오랜 침묵에서 깨어나고 사람은 그가 지닌 아픔과 슬픔, 추(醜)와 한(恨)을 무심(無心)한 그 무엇으로 변화시킨다. 이 모든 것들은 시인의 시선에 의해 망망(茫茫)한 대해(大海)에 던져져 새로운 모습으로 다시 태어난다. 모든 존재자들은 비단 보이는 대로만 살아있는 것이 아니며 또한 현재의 시간대에만 머물러 있지도 않다. 그들은 보이는 것과 보이지 않는 것, 과거와 미래로 이어지는 무한한 공간과 시간의 용해된 와중에 존재하는 것으로서 거대하게 뒤엉킨 이 속에서의 빚어짐에 따라 그 형상과 마음을 부여받는다. 대상이 던져진 막막함을 이해할 때 그것은 누군가에 의해 감싸지고 존중되어야 하는 것으로 인식된다. 시인이 사랑을 다하여 모든 존재들을 대하는 이유도 이 때문이다. 이것이 세상을 살아가는 시인의 기본 방법이 되고 이로부터 그 역시 빚어지게 되는 것이다. 이러한 정황은 시인의 시세계에서 '집'으로 형상화된다.

집 한 채 짓기 위해
얼마나 많은 생生의 그물을 던졌을까
저린 비릿함에 취해
그 집에 한참 머물렀다
투명한 자재들이 꿈틀거린다
어떤 것 하나
아픔 없이 만들어진 언어는 없다
토담집 담처럼 단어가
세상 바람을 소리 없이 받아내고
문패 하나하나 사연이 숨을 쉰다
이런 집에 사는 사람은 누구일까
주인 발자취를 따라가 본다
자재를 구하기 위해, 거리를

온몸으로 헤치며 가지 않았을까
때로는 자신을 연민하며
눈물 삼켰는지 모른다
불꺼진 전봇대에서
겨울 밤 몇 알 귤 봉지를 들고
흐느끼는 가장의 목소리도 들었을 것이다
자신을 파는 인연因緣에
생의 뼈마디가 부서지도록 안아 주지 않았을까
천년 비바람에 무너지지 않을 이 집에
나는 세 들고 싶다

- 「시집2」 전문

위 시에서 '집'은 삶의 외연과 내포를 포함하는 것으로서의 의미를 띤다. 한 존재의 삶은 '집'으로 형태화되고 그 '집'에는 삶을 이루기 위한 숱한 계기들이 속하게 된다. 따라서 '집'을 갖기 위해서는 삶을 이루는 요소요소들과 속속들이 대면해야 하고 이 속에서 '나'를 오롯이 세워낼 수 있어야 한다. 그런데 이 과정은 결코 쉬운 일이 아니다. 많은 시간과 인내와 대결과 성숙 등속의 제반 절차와 덕목들이 요구되기 때문이다. 이들 일련의 절차와 덕목들을 갖춘 자만이 한 '집'의 주인이 될 수 있는 바, 시에서 '주인'을 형상화하면서 '자재를 구하기 위해 거리를 온몸으로 헤치며 가지 않았을까' 하고 질문한 것도 이와 관련된다.

더군다나 시인이 상정하는 '집'은 현재라고 하는 보이는 시간대에 제한적으로 존재하는 것이 아니다. 시인이 상상하는 '집'은 '많은 생의 그물을 던짐'으로써 만들어지는 것이다. 이는 앞서 살펴보았듯 시인의 사유가 시간과 공간에 있어 한계나 경계를 보이지 않음을 반영하는 것으로서 '집'이 무한대

의 시간과 공간을 살아가면서 빚어지는 일정한 형태와 마음을 상징하는
것과 관련된다. 따라서 '한 채의 집'에는 '저린 비릿함'이 배어 있고 '어떤
것 하나 아픔 없이 만들어진 것 하나 없'다. 또한 '세상 바람을 소리 없이
받아내'야 하며 '문패 하나하나 사연이 숨을 쉬'는 것이다. 시인이 가던 길을
멈추고 한 개 집 앞에 머뭇거리는 까닭도 여기에 있다. 시인은 '집'을 보며
'집'이 세워지기까지 거쳐야 했던 오랜 시간과 그 시간만큼의 아픔을 생각하
며 '이런 집에 사는 사람이 누구일까' 상상해본다. 사실 그 시간은 '많은
생生'에 걸쳐서 흘러왔던 것이므로 보통의 사람이 보통의 힘으로 견뎌낼
수 있는 것이 아니다. 바로 이 때문에 '집'의 의미는 더욱 크다 할 수 있는
바, 시인은 이를 두고 '천년 비바람에 무너지지 않을' 것이라 하고 있다.

　'집'의 의미가 이러하다면 시인이 꿈꿔 온 '집'의 모습은 어떤 것일까.
시인의 '집'은 아마도 세상의 수많은 대상을 오랜 삶의 흔적과 더불어 끌어
안을 수 있는 시선과 이를 담아내는 질긴 언어로 빚어진, 시인의 따뜻한
마음을 구체화시키는 형태일 것이다. 그 '집'은 생이 다한다고 사라지지
않을 것이며 어쩌면 죽음 이후에까지도 계속 이어질 것이다. 시인이 '집을
짓는 것'을 '필생 사업'(「유택幽宅」)이라고 말한 것도 바로 이 때문이다.
　(김희정 시집, 『백년이 지나도 소리는 영원하다』해설, 한국문연 2005. 8.)

제 4 부 새천년 시집 읽기

이승과 저승의 경계가 빚어내는 시의 힘
— 김선우, 『도화 아래 잠들다』

김선우의 시에는 선과 후로 이어지는 직선적 논리가 없고 시와 시 사이의 연속성이 없으며 상상력의 범위와 정도에 있어서의 한계가 없다. 각각의 시들은 그 때·그 자리에서 극도의 독립성과 최대의 에너지를 뿜어내며 형성된다. 시인의 시에서 반복되는 이미지라든가 일정한 의도를 찾아내는 것은 지극히 어려운 일이다.

그나마 일관된 것을 꼽으라면 각 시가 빚어질 때의 '힘'이라 할 수 있을 것이다. 그녀의 시를 듣고 있으면 마치 폭포수가 콸콸 소리를 내며 쏟아지는 듯한 소란스러움을 느낀다. 이는 그녀가 목청을 돋우어 외치기 때문도 요설스럽게 수다를 늘어놓기 때문도 아니다. 반면에 그녀의 시는 극히 내면적이고 정밀하다. 그럼에도 읽는 이의 마음속에 그려지는 분주함과 들썩거림은 무엇 때문일까. 그것은 아마도 그녀의 시 위를 종횡무진 교직하며 떠도는 상상의 힘 때문일 것이다. 그 힘은 시간의 선후 관계를 뒤엎고 공간의 한정된 범위를 무시하며, 따라서 범사(凡事)의 논리성과 관념의 고정성을 파괴한다.

김선우의 상상력은 일반인이 일상적으로 감각하고 경험하는 사유의 경계를 무시로 넘나들고 있다. 시인의 시를 가득 채우는 역설과 비약 또한 여기에서 비롯된다. 이들 수사는 그러나 단순히 말재주로 기지를 발휘하는 차원에 있지 않고 사유 자체가 근원과 우주로 통해 있기 때문에 가능한 것이다.

김선우는 우리 일상인들이 사는 '여기'에 있지 않다. 그는 어디론가 가고 있으며 동시에 여기에 머물고 있다. 이곳에 있는 가운데 끊임없이 다른 곳에 있다는 것은 경계에 처해 있음을 뜻하는 바, 그 경계란 삶과 죽음, 이승과 저승, 과거와 현재, 혹은 현재와 미래 그리고 과거가 분간되지 않은 지점을 가리킨다. 이는 이것과 저것 둘 가운데 어느 하나를 선택하지 못한 채 어정쩡하게 걸쳐있는 기회주의자의 좌표와는 아무런 상관이 없다. 반면 그것들이 하나된 힘으로 동시에 밀려드는 생의 근본적인 이치와 관련된다. 이를 두고 앞과 뒤가 연속적으로 이어지는 '뫼비우스의 띠'로 설명하는 것에 큰 무리가 없을 듯한데 그녀는 경계에 있음으로써 '뫼비우스 띠'의 형상을 하고 있는 '우주적 참(眞)'의 한가운데에 놓이게 되는 것이다. 그의 시에서 고요함과 분주함, 무차별적이면서 동시에 공허한 울림을 듣는 것은 이 때문이다.

동쪽 바다 가는 길 도화 만발했길래 과수원에 들어 색(色)을 탐했네
온 마음 모아 색을 쓰는 도화 어여쁘니 요절을 꿈꾸던 내 청춘이 갔음을
아네
가담하지 않아도 무거워지는 죄가 있다는 것은 얼마나 온당한가
이 봄에도 이 별엔 분분한 포화, 바람에 실려 송화처럼 진창을 떠다니고
나는 바다로 가는 길을 물으며 길을 잃고 싶었으나
절정을 향한 꽃들의 노동, 이토록 무욕한 꽃의 투쟁이
안으로 닫아건 내 상처를 짓무르게 하였네 전생애를 걸고 끝끝내
아름다움을 욕망한 늙은 복숭아나무 기어이 피워낸 몇날 도화 아래
묘혈을 파고 눕네 사모하던 이의 말씀을 단 한번 대면하기 위해

일생토록 나무 없는 사막에 물 뿌린 이도 있었으니

내 온몸의 구덩이로 떨어지는 꽃잎 받으며

그대여 내 상처는 아무래도 덧나야겠네 덧나서 물큰하게 흐르는 향기,

아직 그리워할 것이 남아 있음을 증거해야겠네 가담하지 않아도 무거워지는

죄를 무릅써야겠네 아주 오래도록 그대와, 살고 싶은 뜻밖의 봄날

흡혈하듯 그대의 색을 탐해야겠네

　　　　　　　　　　　　　　　 ―「도화 아래 잠들다」전문

시집의 제목이기도 한 「도화 아래 잠들다」는 그녀 시에 흐르고 있는 상상력의 무늬를 단적으로 보여주는 작품이다. 이 시는 시간의 연속성과 논리의 일관성에 익숙해 있는 독자의 관념을 무색케 만들어버린다. '색(色)', '죄', '상처', '묘혈' 등 대개 무거운 서사를 지니게 마련인 이들 어휘들은 그러나 이야기의 돌기를 구성하고 있지는 않다. 분명 시인은 이들 어휘와 관련하여 일반인이 기대하는 어떠한 관념이나 답을 제시하지 않기 때문이다.

그렇다고 '도화', '봄날', '색'에서 느낄 수 있는 화려한 이미지 속으로 독자를 몰아가지도 않는다. 이 시는 단지 이미지의 가벼움과 관념의 무거움이 부딪혀 전류와 같은 힘을 방사할 뿐이다. 그것은 형상을 지니지만 단지 무일 따름인 구름과 같은 것이며 한 자리에 고정되지 않은 채 흘러가는 유동적인 것에 불과할 뿐이다.

독자는 시인의 관념을 붙잡을 수 없다. 또한 이미지의 환각에 몸을 맡길 수도 없다. 독자는 관념과 이미지 사이를 떠돌아다녀야 하며 의미와 허무, 강렬함과 무위, 상승과 하강, 영원과 찰나 사이에서 진동해야 한다. 그리고 그 속에서 길을 잃고 만다. 결국 시를 다 읽은 후에도 어떠한 통일된 이미지나 일정하게 논리화되는 관념을 얻을 수가 없는 것이다. 그나마 우리가 얻어낼 수 있는 정보가 있다면 이 모든 것들을 아우를 수 있는 어떠한 지점에

시인이 있다는 사실 정도일 것이다. '요절을 꿈꾸던 청춘이 가' 죽음이 더 이상 막연한 환상의 거리에 있지 않다는 것이라든가 '가담하지 않아도 무거워지는 죄가 있음'이 '온당하'게 느껴지는, 즉 생이 지니는 역설의 진실 가까이에 시인이 닿아 있다라든가, '한낱 절정에 이른 꽃의 아름다움에 생애가 뒤흔들려 그가 혼돈의 와중으로 떨어졌다'와 같은 구절들이 그것을 말해준다. 시인은 바로 이 지점에서 앞과 뒤가 갈래짓지 못하고 서로 뒤틀려 있는 우주적 참의 문 앞에 놓이게 된 것이 아닐까.

태양의 흑점이 커지던 날, 바람이 사라졌다
내가 도달한 다른 우주의 문은 찬바람이 걸어간 산길이었다 구불구불 끝없이 이어지는 산길을 걸어 나는 지구 몸 속의 다른 별에 들어섰다 내 몸 속에 내가 모르는 다른 우주가 자전과 공전을 거듭하는 것이 훤히 들여다보였고 화창하게 갠 날이 저녁 가까이로 찾아왔다 화창한 날 저녁엔 목숨들이 하루살이처럼 가볍게 날고, 수많은 물고기뼈들이 공중을 헤엄치며 아무데서나 사랑을 나누었다

내가 셈할 수 있는 인간의 시간 아득한 저편으로부터 별의 여자들은 내내 이곳에서 살아왔다 잇꽃빛 번지는 노을 속에 여자가 그늘을 묻는다 여자의 푸른 유방에서 죽은 별들이 흘러나왔다 여자가 텅 빈 우주를 자궁 속에서 꺼낸다 지구 표면으로 통하는 모든 문 위에 붉은 부적을 걸고 싶은 날, 내 몸에 묻어 온 독기에 찔려 여자의 손이 자꾸 허공을 짚는다 둥글고 푸른 별의 생장점이 꼬리를 끊고 흘러갔다 나는 속죄의 말을 찾지 못했다

구불구불한 꿈을 한없이 걸어 서늘한 산길이 걸어나온다
인간의 마을이 저물고 내 몸 깊숙한 곳의 뼈들이 오래 전 은하의 수로를 따라 흘러간다 화창하게 갠 날에 가벼워지는 목숨들, 화창한 저물녘에 별의 여자들이 자기 몸을 비우고 또 비운다 텅 빈 여자의 중심, 지구 몸 속의

또 다른 별에서 지구가 눈물 한방울로 뜨거워져간다
　　　　　　　　　　　　　－ 「별의 여자들」 전문

　　김선우의 시에서 '바람'은 '육탈한 혼처럼 천지사방을 나부끼는' 것이며
시인으로 하여금 '알몸의 유목을 꿈꾸게'(「민둥산」) 하는 것이다. '바람'은
가장 자유롭고 가장 근원적인 힘 가운데 하나로 그것은 죽은 자의 흔적을
지님으로써 저승과 이승을 이어주는 매개가 된다. 시인은 "향기도 빛깔도
거두고 땅 밑을 흐르는 바람을 홀로 매만져주고 있을 당신"을 부르며 "죽은
오빠"를 그리워하고 있다(「유령 난초」). '바람'은 극도의 고요함 속에서 소란
스러움을 일으키는 것이며 그에 따라 무한한 에너지를 발휘하는 것이다.

　　그러면 그러한 '바람'이 '사라졌'음은 무엇을 뜻하는 것일까? 위의 시
「별의 여자들」에서는 3차원의 세계에서는 감히 일어날 수 없는 일들이 버젓
이 행해지고 있다. '화창하게 갠 날이 저녁 가까이로 찾아온다'는 시간의
역류 속에서 '목숨들이 하루살이처럼 가볍게 나는' 현상이 나타나는 것이다.
이는 이승의 한 평생에 해당되는 시간이 저승에서는 단 하루로 계산되는
것과 유비되는 사실로서 이승과 저승 사이의 도착된 시간 감각을 보여주고
있다.

　　지금 '바람'은 이곳에 있지 않다. '태양의 흑점이 커지던 날', 그것은 '꾸불
꾸불한 산길을 걸어 다른 우주의 문'에 가 있다. 그곳은, 즉 '우주의 문'은
'지구 몸 속의 다른 별'에 이르는 통로이다. 그리고 그곳에서 '내 몸 속에
내가 모르는 다른 우주가 자전과 공전을 거듭하는 것이 훤히 들여다보이'는
것이다. 이는 시간의 궤도 이탈이 일어나는 우주 속 공간, 4차원의 세계를
형상화하고 있는 것이며 시에서는 이러한 세계가 이승과 저승 사이의 함수
관계를 지정하고 있음을 암시하고 있다. 따라서 이곳에서 '바람이 사라졌음'

은 '육탈한 혼'들이 이승에서 저승으로 건너가고 있음을 의미하는 것이다.

생명이 죽음으로 이어지는 이 '우주의 문'이 '여자의 몸 속'에 있는 까닭도 여기에 있다. 시인은 '지구 몸 속의 다른 별'에서 '내 몸 속에 내가 모르는 다른 우주를 보았다'고 하고 있거니와 '우주의 문'은 지구와 다른 별이 연접한 것일 뿐만 아니라 '내 몸'과 우주가 맞닿아 있는 곳이기도 하다. 여기에서 '내 몸' 곧 '여자의 몸'이 '자궁'을 가리킴은 의심할 여지가 없다. 여자의 자궁은 새로운 생명이 잉태되는 곳이므로 육탈해 있던 혼들이 이승으로 들어오는 길목이 되기 때문이다. 한 생명이 저승으로 가면서 '우주의 문'을 통과하는 것과 마찬가지로 죽음이 이승으로 올 때에는 '여자'를 거친다.

따라서 '여자의 몸'이 우주로 통한다고 하는 말들은 더 이상 상징이 아니며 '별의 여자들이 인간의 시간 아득한 저편으로부터 내내 이곳에서 살아왔던' 것이 설득력을 얻는다. 이승과 저승, 생명과 죽음, 우주와 여자는 거짓말처럼 서로 붙어있는 것이다. 그것들은 동전의 양면처럼 혹은 한 몸의 두 얼굴처럼, 그렇지 않다면 결코 분리시킬 수 없는 하나의 뒤틀린 띠처럼 이어져 있다.

「별의 여자들」은 시인이 처한 지점을 극명하게 보여 주는 시적 자료이다. 그녀는 대단히 과감하게 자신을 모종의 경계에 던지고 있다. '모종'이라 한 이유는 그것이 일반인의 상식과 감각으로 쉽게 접근할 수 있는 것이 아니기 때문이다. 그러나 시인은 그곳에 가 있고, 바로 그러하기 때문에 그녀의 시는 비논리 및 역설과 비약, 나아가 우주적 힘과 규모의 상상을 빚어낸다.

하루가 저물어간다, 참 잘 곰삭은 저 저녁 풍경이 실은 천연스레 뒤를 보이고
않아볼일 보는 크낙한 엉덩이라면 저물녘 저 태양이 문이라면

금빛 항문- - 어슴푸레 열리는 새벽으로부터 한낮 지나 저물녘에 이른
우리의 하루 가 뒤를 보이고 앉아 시름없이 일을 보는 크낙한 엉덩이
의 한 오분 시원한 용변과 같다면
수성이랄지 목성은 그녀의 젖가슴쯤 명왕성이랄지 천왕성은 쌔근거리는 정
수리 문쯤 이 될까
금빛 거웃 바람결에 흔들려 드문드문 하늘자리 젖는 저 풍경이 우리가 셈하지
못할어면 하루의 한 오분 마지막 순간이라면
저물어간다, 허방지방 거미줄 치고 있는 목마른 나의 하루는 긴가 너무 짧은
가 아 득한 물병자리 옆얼굴이 슬몃 보였는데 뭉게구름 느릿느릿 금빛 항문을
닦아주며 흐르는데
                    - 「어느날 석양이」 전문

  김선우는 자신의 관점과 범위 내에서만 살아가는 인간의 한계를 벗어나고
자 한다. 인간이 보는 사물과 인간이 겪는 시간들은, 그러나 더 큰 범주에서
보면 극히 불완전하고 상대적인 인식일 뿐이다. 노을지는 '저녁 풍경'을
'엉덩이'로 '태양'을 '항문'으로 보는 것, 저물녘의 시간을 '한 오분 용변
보는' 것쯤으로 보는 시각은 참신하게 느껴지는데 그것은 그녀의 상상력이
일상적으로 갖게 되는 사고의 틀을 넘어서 있기 때문이다. 그녀는 '나'의
자리를 반추하며 다른 차원에서 보았을 때 나의 자리가 무엇인가를 질문한
다. '허방지방 거미줄 치고 있는 목마른 나의 하루는 긴가 너무 짧은가'
하는 질문이 그것이다.
  시인이 품게 된 이 질문은 시원한 답을 마련할 수 없다. 그것은 특정
범주 안에서 절대적인 진리가 그 세계를 벗어나면서 대번에 거짓 혹은 상대
적인 참이 되기 때문이다. 시인은 이곳을 넘어서는 또 다른 세계, 즉 우주를
염두에 두고 있으며 그곳을 통해 '우리가 셈하지 못할 어떤 하루'라는 미지

의 영역을 상정한다. 미지의 영역은 설사 그것이 순전히 상상의 소산이라
할지라도 인간이 지닌 인식의 한계를 초월토록 한다. 뿐만 아니라 그것은
인간의 한정된 힘 또한 넘어설 수 있는 계기 역시 제공한다.

낮잠에 들었다 깬 맑은 가을 오후 저, 저, 저 나비 잡아라
꿈 속의 내가 평상을 박차며 허둥댄 것도 같은
내 낮잠 속으로 누군가 자러 들어와 한잠 곤히 들었다 방금 나간 것도 같은

깨어보니 나는 큰대자로 잠들었던 모양인데 나비를 쫓으러 픽이나 달렸는지
침대 발치에 머리를 누인 거꾸로 놓인 큰대자인지라

떡 벌어진 다리는 말고 조금은 섬섬하게 다리를 벌린
거꾸로 선 매촐한 큰대자 같은 자작나무 한그루 떠올린 것이다
말하나마나 몸빛은 재처럼 회디회어서 사바사나라는, 말도 함께 더오른 것
인데

거꾸로 선 회디흰 자작나무의 잠,
송장자세로 삶을 건너는 고즈넉한 휴식이 나는 대번에 그리워져
내 죽음의 형식을 벼락처럼 알아채고 만 것이다

화장한 나를 묻은 뒤 자작나무 묘목 한채 심어주면 좋겠구나
원한다면 언젠가 내 옆에 그대의 육신도 좋은 나무 한채로 이사와도 좋겠구나
그곳은 너무 울창하지 않은 이제 막 꿈꾸기 시작한 황무지여도 좋겠어서
하나둘 이사온 사람들이 한 백년쯤 뒤에는 숲 한채 넉넉하게 이루어도 좋겠
구나

하는 생각, 내가 사랑한 자작나무 한그루 노란 잎새 나비떼처럼 떨구고 있는
한적한 가을 오후 저, 저, 나비 잡아라 회디흰 송장에서 비끄러져 내려오는

수천수만의 저 나비떼, 나비떼 말이지
　　　　　- 「자작나무 봉분」 부분

　「자작나무 봉분」에서 시인은 꿈을 통해 다른 차원의 세계와 접하게 된다. '내 낮잠 속으로 누군가 자러 들어와 한잠 곤히 들었다 방금 나간 것 같은' 데에서 알 수 있듯이 시인에게 꿈은 현실의 상황처럼 생생한 감각으로 느껴진다. 꿈은 다른 세계를 끌어들이고 또한 나를 그 세계로 밀어 넣는다. 잠에서 깨어보니 '나'는 '거꾸로 선 희디흰 자작나무의 잠'을, 즉 '송장자세로 삶을 건너는 휴식'을 취하고 있었던 것이다. 현실에서의 잠이 곧 죽음이 되고 꿈이 현실과 다르지 않게 되는 이접(離接)의 상태에 시인은 놓여 있었다.

　그런데 시인은 이 속에서 그저 망연한 두려움으로 떨고 있지 않다. 그가 겪은 '죽음의 형식'은 낯선 세계에 대한 공포를 가져다주는 대신 죽음으로부터 또다시 생명으로 건너갈 수 있는 근원적인 힘을 제공하기 때문이다. 그리고 이같은 초월적 힘이 있기에 '화장한 나를 묻은 뒤 자작나무 묘목 한채를 심어'달라는 주문이 가능해지는 것이다.

　위의 시 외에서도 죽음과 생명의 이접적 양상들과 그로 인한 새로운 부활 의지를 찾아볼 수 있다. "월경 자국 선명한 개짐으로 깃발을 만들어/ 기우제를 올렸다는 옛이야기"는 "저의 몸에서 퍼올린 즙으로 비를 만든/ 어머니의 어머니의 어머니들의 이야기"(「물로 빚어진 사람」)가 그것과 다르지 않고, "생리혈 가장 붉은 월경 둘째날/ 허공을 디디고 선 내 몸의 벼랑으로/ 진달래나무가 건너온다"(「절벽을 건너는 붉은 꽃」)라든가 "떨어져 구르는 제 몸 어딘가에/ 울음주머니 하나씩 매달고/ 더러워진 봄꽃들이 맑은 하늘로 올라간다"(「맑은 울음주머니를 가진 밤」), "자기 알을 파먹으며 실을 뽑는 거미"

(「수타(手打)」)와 같은 구절들이 그러한 상상력을 구체화한 것들이다.

김선우의 시에서 우리는 생명과 접한 죽음, 이승과 접한 저승, 그리고 그러한 세계의 중심에 놓여있는 여자의 존재를 마주하게 된다. 그녀에게 차원을 달리하는 두 세계는 쉽게 혼효(混淆)된다. 두 세계는 각각의 분리되고 독립된 영역으로 차폐되지 않으며 서로를 끌어들이고 서로에게 스며 들어온다. 이미 그러한 체험에 익숙해진 시인은 두 세계를 모두 긍정함으로써 새로운 생명에로의 길을 튼다. 시인의 이러한 자세가 그의 시를 우울하지 않게 하며 그와 반대로 고요와 정밀 속에서도 소란스럽고 활기 넘치게 하는 힘이 되는 것이다. 김선우의 시들은 시인의 표현을 빌어 말하면 아마도 '짤' 듯하다. 시인은 「짜디짠 잠」에서 '독하다고 해야 할지 쓰다고 해야 할지/ 차맛 하나를 두고 오만가지 생각을 짚어보다가/ 짜군요 대답한' 바 있거니와 바로 이것이 그가 느끼는 삶의 맛이 아닐까.

(『현대시』, 2003. 12.)

자연의 몸에서 흐르는 향기

― 강현국,『고요의 남쪽』
― 박명용,『낯선 만년필로 글을 쓰다가』
― 김영석,『모든 돌은 한때 새였다』

보이는 것과 보이지 않는 것, 있는 것과 없는 것 사이의 간격은 우리가 생각하는 것보다 훨씬 가까울지 모른다. 눈으로 보고 귀로 듣고 만질 수 있는 물질적 감각들을 통해서만 우리는 우리의 의식과 사유를 형성해간다. 그리고 그 감각이 정하는 직접적인 성격에 따라 쾌(快)와 불쾌를 경험하게 된다. 그 외의 존재들, 즉 감각이 말해주지 않는 것, 비어있는 것들에 대해선 우리는 의식과 사유의 문을 닫아버리곤 한다. 그것은 단지 없기 때문일까, 알 수 없기 때문일까? 혹은 명료하지 못한데서 오는 혼란 때문일까? 우리는 그러한 부분들을 어쩌면 의식적으로 우리의 의식과 사유 밖으로 밀어내는 듯하다. 이러한 일반적인 사유법에 비하면 강현국의『고요의 남쪽』과 박명용의『낯선 만년필로 글을 쓰다가』, 김영석의『모든 돌은 한때 새였다』는 보이지 않는 것, 비어있는 것에 대해 차분하게 성찰함으로써 우리의 편협한 사유를 반성케 하고, 또 삶의 조건을 더욱 진실된 모습으로 드러내고 있다.

1. 비어있음(空虛)이 말하는 소리 그리기

　강현국의 『고요의 남쪽』에서 우리는 우리 이외의 다른 부분들이 그들의
존재를 인지시키는 모습을 보게 된다. 우리가 아닌 것들, 인간과 인간이
만들어낸 것이 아니므로 우리의 관심 밖으로 밀려나 있는 것들이 인간에
버금갈 정도의 강한 생명력으로 그들의 존재를 밝히고 있는 것이다. 여기에
서 새나 벌레들, 식물이나 동물들은 말할 것도 없고 그들 주변에서 그들의
배경이 되는 사물들이 시인의 시야에 포착된다. 시인의 시선에 의하면 가령
바람이나 허공, 하늘, 명암들은 모두 살아있는 것에 비해 결코 부족하지
않은 충만한 존재이다.

　　　　가장자리 바람은
　　　　가장자리 바람으로 가득하듯이

　　　　바람에 밀려난 가장자리는
　　　　바람에 밀려난 가장자리로 가득하듯이

　　　　머나먼 오두막집
　　　　불꺼진 심지처럼

　　　　얼어붙은 폭포는
　　　　얼어붙은 폭포로 가득하듯이

　　　　폭포 속 아버지는
　　　　폭포 속 아버지로 가득하듯이
　　　　　　　　　　－ 「보이는 소리」 전문

한 존재가 다른 존재를 주변으로 밀쳐내고 중심을 차지하고 있다면 중심에서 밀려난 주변적인 것들은 어떤 존재인가? 언제나 가장 집중적인 조명을 받는 부분이 중심이기 때문에 대체로 침묵과 정지로 일관하는 주변은 없는 것처럼 간주되곤 한다. 중심과 주변의 정해진 위계질서를 해체하는 것이 포스트모더니즘 시대의 기획이었고 이에 따라 사회의 다원주의가 추구된 것은 주지의 사실이다. 그러나 강현국 시인은 더욱 소외되고 더욱 근본적인 주제를 우리에게 던진다. 그것은 사물이 지니는 존재론이라 할 수 있다.

위의 시에서 시인이 포착하는 대상은 '바람'이다. 시인은 바람 가운데에서도 회오리치거나 폭풍우로 밀어닥치는 것이 아니라 세상의 주변에서 소요하는 '가장자리'의 바람에 관심을 던진다. 시인은 그러한 '가장자리 바람'이 자신이 살고있는 자리를 '가득 채우는' 존재라고 말한다. '바람'은 잡스러운 다른 어떤 것도 끼지 않은 순연한 것이면서 그렇다고 일정한 함량에 미달되지도 않은 그 자체로 자족적인 존재다. 이러한 '바람'에 밀려난 또 다른 존재가 있다는 사실은 '바람'의 존재를 증명하는 또 하나의 증거다. '바람에 밀려난 가장자리' 역시 그 자체로 완전한 자신의 존재를 주장하기 때문이다.

세상의 모든 것은 자신의 조건 안에서 결여되지 않은 충만한 생명력을 지니고 있다. 자연이 아름답게 다가오는 이유, 자연 속에서 묘한 신비로움에 감싸이는 이유도 자연이 지니는 부족함 없는 생기 때문이리라. 이를 두고 시인은 '가득하다'고 표현한다. '얼어붙은 폭포' 앞에서 그것이 '나'를 압도할 정도로 전경화되는 체험을 하게 되는 것도 이와 마찬가지의 경우다. 이들 존재들이 자신의 목소리를 크게 혹은 작게, 자신의 모습을 거대한 몸짓으로 혹은 미약하게 나타낼지라도 그러한 다양한 양태가 존재 자체를 부정하는데 기여하지는 못한다. 예컨대 '머나먼 오두막집/ 불꺼진 심지처럼' 흔적없이 사그라진 것으로 보일지라도 그것은 존재가 부재하기 때문이 아니라 존재를 드러내는 방식이 다르기 때문에 빚어진 현상이라는 점이다. 시인은 자연이 내비치는 어떠한 모습 속에서도 그곳에 내재하는 본질적인 부분들에 마주하는데, 여기에서 자연의 본질들이란 자연이 품고 있는 생명력에 다름 아니다. '폭포 속'에 '아버지'가 있다 하더라도 사정은 동일하다.

> 허공으로부터 범람하는 폭포로부터 솟구치는 연어떼로부터 태평양으로부터
> 힘 센 절벽 으로부터 푸른 식욕 붉은 성욕으로부터 아아 어느날 멀어진 아버
> 지로부터 살로부터 피 로부터 바람의 경전으로부터 하루가 이렇게 저무는구
> 나 늪으로부터 생선가시로부터 비 린 세월의 밥상으로부터 휘영청 달밤으로
> 부터 불면으로부터 모기 떼로부터 홍콩감기로 부터 아아 뭉개진 내 꿈의
> 耳, 目, 口, 鼻로부터 마침내 속 상한 고목나무 밑둥으로 부터 퍼질러 앉은
> 권태로부터 권태의 새끼로부터 병정개미 떼로부터 범람하는 갈가마 귀 폭포
> 로부터 허공으로부터
>
> － 「세월의 밥상」 전문

위의 시는 시간의 존재를 알려주는 것이 세상에 흩어져 있는 사물 전체임을 말하고 있다. 세상의 모든 것, '허공'이라든가 '폭포', '연어떼', '태평양', '절벽', '인간의 욕구', '아버지', '살', '피' '바람' 등 처음도 끝도 알 수 없이 존재하는 사물들의 동시적이고 우주적인 움직임이 있기 때문에 시간의 흐름이 비로소 지각되는 것이며 그러한 사물들의 총체적인 존재로 인해 보이지 않는 시간은 그 비어있음의 충만함을 보이게 된다는 것이다. 다시 말하면 시간은 無이면서 그 속에 빈 틈 없는 채워짐이 있는 존재에 다름 아니다. 시간의 존재성을 지시해주는 것이 곧 무한한 우주의 흐름이다. 이때 우주를 구성하는 요소들은 비단 사람이나 생명있는 것만이 아니라 물, 공기,

바위, 죽은 이, 살과 피 등의 물질 혹은 무생물들이기도 하다. 시인은 이 모든 것들이 동등하게 생기(生氣)를 지니며 생동(生動)하는 존재들임을 말하고 있으며 사물의 이러한 존재 방식이 끝도 없이 범위의 한계도 없이 이어지리라는 것을 알고 있다. '늪', '생선가시', '밥상', '달밤', '불면', '모기떼', '홍콩감기', '뭉개진 내 꿈의 이목구비' '속상한 고목나무', '권태', '개미', '폭포', '허공' 등 무차별적인 존재들의 제멋대로의 아우성들이 시간의 흐름을 증명해주는 것이며 이 모든 것을 품은 공허의 시간이 곧 우주의 실존인 셈이다. 무(無)의 시간이 그토록 걷잡을 수 없는 흘러감으로, 따라서 복잡한 감정의 뒤엉킴과 알 수 없는 허망함으로 느껴지는 것도 시간을 가득 채우는 이 모든 존재들 때문이다.

2. 끝도 없는 하염없음과 끝의 찰나

무한과 유한이 만나면 어떤 모습일까? 천년을 두고 지내온 들과 나무와 집이 어느 날 그 전의 모습과 다르게 변화되어 있을 때, 혹은 수십 년을 여일(如一)하게 보낸 사람에게 갑자기 죽음이 찾아왔을 때, 이러한 순간에 느껴지는 낯설음을 우리는 그것의 모습으로 말할 수 있지 않을까? 무한과 유한의 포개짐, 즉 무한히 계속될 것 같은 하염없는 지속이 끝을 내는 것은 찰나에 의해서라는 사실은 우리를 몹시 아프고 두렵고 외롭게 한다. 그런데 그것이 우리를 감고 도는 시간의 냉혹한 생리(生理)이다.

박명용의 『낯선만년필로 글을 쓰다가』에서 주요하게 형상화되고 있는 것 중의 하나는 이처럼 눈에 보이지 않는, 부득이 다른 사물들을 통해 자신의 존재를 보이고 있는 시간의 속성에 해당된다. 어떤 사물을 시간이 휘감을 때 사물은 그것이 무엇이든지 간에 시간의 법칙으로부터 비껴가지 못한다. 시간은 사물을 무한히 지속시킬 듯 따뜻하게 감싸지만 어느 한 순간에 모든 것을 '끝낸다'. 그 앞에서 번복(飜覆)이나 돌이킴은 허용되지 않는다. 시간은 철저하게 정면만을 바라보도록 명(命)하고 그러한 지시를 따랐을 때 어김없이 사물에게 그의 끝을 보여준다.

> 눈 위에 발자국이 찍힌다
> 깊게 또는 얕게 찍히는 발자국
> 내가 꿈꾸었던 형체는 아니지만
> 분명, 내 것이다
> 굵은 눈발이 펑펑 쏟아진다
> 발자국의 흔적이 조금씩 지워진다
> 누군가의 입이나 발길에 의해 지워진다면
> 얼마나 아픈 발자국이 될까
> 따스한 겨울 눈 속에
> 서서히 사라지는 흔적
> 볼수록 포근하다
> 눈 위에 찍히는 발자국
> 눈의 발자국에 의해 지워지는
> 눈 오는 날의 그리움
>
> — 「눈 오는 날」 전문

툭, 하며
떨어지는 사과
순간적이다

인간도 이런 것인가
삶이 원숙圓熟한 나이에
툭,하고 찍는 마침표
발자국 소리도
다정한 음성도 없다

목숨이란 이런 것이라고
툭,하며
몸으로 보여주는
또 하나의 사과

오, 집착이 무슨 소용이랴
— 「과수원집 상가에서」 전문

　「과수원집 상가에서」가 생이 끝나는 순간을 형상화하고 있는 것이라면
「눈 오는 날」은 끝없이 지속되는 시간의 반복을 보여주고 있다. 「눈 오는
날」을 통해 시인은 무한히 이어지는 시간의 흐름 속에서 느낄 수 있는 평온
함과 '포근함'을 상징적으로 표현하고 있다. 어떤 외부의 힘에 의해 끝이
나는 것에 비한다면 변함없는 지속은 얼마나 편안한가 하는 것이 이 시가
전하는 내용이다. 시인은 '나의 흔적'이 시간에 의해 시나브로 지워지기를
바란다. 알지 못하는 '누군가의 입이나 발길'에 의해 소멸되는 것은 폭력적
이고 충격적이다. 전자의 경우가 '포근하다'면 후자의 경우는 '아프다'.
　또한 후자의 경우는 「과수원집 상가에서」에서 보여주고 있는 죽음의 장면
과 겹치는 것이라 할 수 있다. 어떤 상황에서든 죽음은 폭력이고 충격이고
아픔이다. 그것은 '툭'하는 둔탁한 소리와 함께 떨어지고 마는 '사과'다.
이처럼 지상의 모든 사물이 중력에 복종하듯이 모든 인간은 유한의 순간을

동일하게 맞이한다. '발자국 소리도 다정한 음성도 없'는 그 순간이 계속되
는 무한의 시간들에 비해 냉혹하고 쓸쓸한 것은 당연하다 할 것이다.

「입춘立春」은 하염없는 시간의 리듬이 일시에 끊어지는 순간을 감각적으
로 형상화하고 있다.

얼음장 풀리는가
계곡 물소리 들린다
한 발 한 발 조심스럽게
하산하는 발자국 소리 앞에
물보다 앞질러가는 물소리
하얀 빛살까지 내보이며
주위를 일깨운다
티끌하나 걸치지 않고
스스로 바위에 부딪치고
돌바닥에 엎어지면서
제 철 만난 듯
아래로만 흐르는 맑은 물소리
나에게도 저런 세상의 소리 있었던가
가만히
소리 속에 귀를 넣는다
순간, 소리는 간 데 없고 귀만 멍멍하다
재빨리 귀를 빼고 돌아서
내 굳은 몸 속에
물소리 한 가닥
소중히 간직해보는
입춘立春 오후

─ 「입춘立春」 전문

사물의 움직임과 함께 흘러가는 시간은 그 자체로 생기로 가득하다. 특히 봄이 시작되는 모습은 그 어떤 것에 비견할 수 없는 생동감을 드러낸다. 말 그대로 봄은 만물이 소생하는 계절인 것이다. 위의 시는 봄의 형상을 마치 한편의 음악이 들리듯이 묘사하고 있다. 물이 흐르는 소리는 신나게 약동하는 리듬감과 더불어 우리에게 전해온다. 물은 그것을 둘러싸고 있는 사물들과 '부딪치고' '엎치락뒤치락' 해가며 즐겁고 경쾌하게 흐른다. 그것의 흐름에는 '티끌 하나 걸치지 않'은 순수함이 있다.

시인은 봄이 펼쳐내는 우주의 거대한 교향악 속에 자신의 감각 기관을 들이댄다. 그러나 그 순간 온 몸으로 느낄 수 있던 우주의 모습은 자취를 감춰버린다. '소리 속에 귀를 넣은 순간 소리는 간 데 없고 귀만 멍멍'한 것이 그것이다. 눈이나 귀나 코 등의 분화된 하나의 기관으로 감당할 수 없는 것이 우주의 몸임을 시인은 매우 직설적으로 말하고 있는 셈이다. 시인은 이 흐름의 단절, 하염없이 지속되는 우주의 흐름이 돌연 끝나버리는 순간을 '멍멍함'으로 표현한다. 모든 감각과 모든 의식, 모든 느낌의 마비 현상이 '멍멍함'이며 생동하는 우주와의 절대적인 격리감이 또한 그러하다.

우리가 살펴본 시들에서 볼 수 있었던 것처럼 어쩌면 시인은 우주의 은밀한 생리를 그려보이려 하지만 그것이 인간의 감각으로 단순하게 포착되기 힘든 것임을 미리 알고 안타까워하고 있었던 것이 아닐까? 그러나 박명용은 이 어려움을 자신의 언어로 훌륭하게 소화하여 범상한 우리에게 충분히 알기 쉽게 전달해준다. 박명용의 시는 그 지점에서 매우 돋보인다.

그러나 시인이 더욱 시인다운 점은 우주 및 생명과의 관계 속에서 인간이 체험하는 '끝'을 절대적인 허무로 여기고 있지 않다는 데 있다. 언제든 시인은 '끝'을 덜 낯설고 덜 단절적으로 느낄 수 있게 감싸 안고자 한다. 그것은 우주와 닮아가며 우주와 하나가 되는 길을 통해서 가능하다. 예를 들면 「눈오는 날」에서처럼 시간의 흐름 속에 '나'를 완전히 맡기는 일, 「과수원집 상가에서」에서 말하듯 '집착하지 않기', 그리고 「입춘」에서처럼 '굳은 몸 속에 물소리 한 가닥 간직해보는 일' 등이 범속한 '나'를 버리고 우주와 호흡을 맞추는 길이다. 이러할 때 시인은 외로움이나 허무함을 아름다움으로 여기고자 하는 '신'의 시선을 이해하게 된다. '섬뜩한 폐가 마당에 풀꽃이 핀' 것을 두고 "그것은 인기척도, 그림자도 하나 없는/ 세상 속 세상을/ 아름답게 보고 싶어하는/ 신의 몸짓이다"(「풀꽃」)라고 말할 수 있는 것도 이 때문이다.

3. 오랜 시간 속 신(神)이 된 자리에서 흔적 찾기

김영석의 『모든 돌은 한때 새였다』는 매우 독특하게 기획된 시집이다. 시인은 '세설암 전설'을 알고 있는 유일한 사람으로서 그 내막을 기록해야 한다는 어느 정도의 의무감을 지닌 채 이 시집을 엮게 되었다고 말하고 있다. '세설암 전설'은 지금의 법주사가 세워지기 훨씬 전 그 자리에 동관음 사라는 큰 절이 있었는데 이 절의 융성이 결국은 그보다 더 이전의 세설대사 라고 하는 전설적인 인물의 법력(法力)에 따른 것이었음을 골자로 한다. 지금 까지 유적으로 남아있으며 세월의 신비한 모습을 전해주는 그 절터에서 시인은 알 수 없는 이끌림을 느꼈지만 그곳이 동관음사 절터라는 것 이상의 어떤 것도 알아낼 수는 없었다. 그 후 십여 년의 세월이 지난 뒤 시인의 꿈에 세설대사가 나타나 시인의 이름을 부르는데 그러한 꿈을 거의 매일

꾸다시피 하였다고 한다. 이쯤 되자 시인은 세설대사와의 인연을 생각지 않을 수 없게 되고 그 힘에 의해 이 시집을 쓰게 된 것이다.

말하자면 이 시집은 실재 같기도 하고 허구 같기도 한 전설에 의거하여 시인 자신의 대단히 내밀하고 개인적인 이야기이면서 또 대단히 우주적이고 보편적인 이야기가 서로 구분없이 뒤엉켜 있는 지점에서 탄생한 매우 신비스런 말의 기록임을 알 수 있다. 그리고 그 영묘함을 증명이라도 하듯 시는 그 내용과 형태가 깊은 진리의 형상을 띠듯 빚어지고 있었다.

> 뜨락을 가꾸지 않은 지 여러 해
> 온갖 잡초와 들꽃들이
> 절로 깊어졌다
> 풀숲 여기저기 흩어진 돌들은
> 깊은 생각에 잠겼다
> 이제 내 마음대로
> 저 돌들을 치우고
> 잡초를 뽑을 수 없다는 것을
> 조용해 깨닫는다.
> — 「버려 둔 뜨락」 전문

> 사람인 내가 신을 생각하면
> 아주 크고 온전한 하나의 고요
> 그것 말고는 아무것도 생각할 수 없습니다
> 사람의 말이란 하면 할수록
> 자디잘게 깨어지는 거울 조각 같아서
> 무엇 하나 온전히 비출 수 없어
> 매양 서로 부딪치며 시끄럽기 때문입니다
> 그러나 또한 사람의 말은

어느 결 덧없이 녹고 마는 눈송이 같아
고요의 거울은 늘 씻은 듯 온전합니다
신이 어찌 말하겠습니까
고요가 더는 어찌할 수 없는 지경에서
싹으로 트고 꽃봉오리로 벙글고
더러는 바람으로 갈꽃을 그려 내지만
봄 여름 가을 겨울
천지가 어찌 말하겠습니까
바로 지금 조용히 바라보세요
고요의 거울 속
꽃가지 그림자에
작은 벌레 한 마리 기어갑니다.

- 「고요의 거울」 전문

　오랜 세월 동안 사람의 손이 닿지 않았던 곳에서 느낄 수 있는 처연함과 고요함은 누구의 몸부림이고 무엇의 흔적인가? '바람은 꽃잎을 나부껴/ 제 몸을 짓고/ 꽃잎은 제 몸이 서러워/ 바람이 되'(「낙화」)는 길고 긴 순환을 거쳐 지금 피어 있는 '들꽃'과 '잡초', 그리고 '돌'들은 사람과 무연(無緣)한 곳에서 저들의 역사를 만들어왔다. 그 흩어져 있는 모양새가 너무도 그윽하고 잔잔해서 시인은 마치 사람 아닌 누군가에 의해 가꾸어지고 길들여진 듯한 착각에 사로잡힌다. 그것이 아니라면 들꽃과 풀들과 돌들이 저마다의 힘으로 자기의 자리를 지켜오고 있었다는 부정할 수 없는 사실을 인정해야 한다. 그러한 힘들은 '나'와는 아무 상관이 없는 독자적인 영역에서 수없이 긴 세월을 살아온 것이므로 '나'는 나의 편의대로 그들을 함부로 침범할 수 없다. 그곳은 인간과 무구한 시간과 공간의 간격 속에 놓여있는 것이다.
　영겁의 시간 동안 사람의 손길이 닿지 않는 곳을 여전히 생명이 깃들어 있는 곳으로 지킬 수 있었던 힘은 어디에서 비롯된 것일까? 시인은 그 자리에 '신'을 가져다 놓는다. '신'은 '아주 크고 온전한 고요'로서 신이 '고요로 더 이상 어찌할 수 없는' 때에 '싹이 트고 꽃이 피고 바람으로 갈꽃을 그리고' 한다는 것이다. 다시 말해 지금 여기에 서 있는 '나'와 이곳의 자연 사이의 거리는 '사람'과 '신' 사이의 거리이기도 하며, 따라서 이곳 자연을 그 자체로 인정하고 존중하는 것은 신에 대한 경외감에 의한 것이라 할 수 있다.

사람은 알 수 없되 범접할 수 없는 신 앞에서 적어도 말을 아끼고 행동을 삼가야 어리석음을 면할 수 있을 터, '사람의 말이란 하면 할수록 자디잘게 깨어지는 거울 조각 같아서 무엇 하나 온전히 비출 수 없'기 때문이다. 대신 자연은 침묵 속에서 모든 일들을 행한다. '풀잎에 머물던 이슬이 이내 하늘로 돌아가 흰 구름이 이윽고 빗물 되어 돌아오'(「모든 돌은 한때 새였다」)는 것이나 봄 여름 가을 겨울에 걸친 깊고 찬란한 이야기를 만들어내는 것도 모두 자연의 고요가 빚어낸 거대한 역사(役事)가 아닐 수 없다.

어찌 보면 이 '나'도 나도 모르는 오랜 세월이 깃들어 만들어진 신의 작품이라고 말하지 못할 것인가?

> 어느 봄 물오르는 갈매나무 아래서
> 나는 문득 깨달았네
> 내 마음이 아주 오래된 물이란 것을
> 맨 처음 한 방울의 물에서 생명이 움트던
> 그 아득한 날부터
> 높고 낮은 온 세상을 돌고 돌아
> 내게 흘러와 고인 한 줌 물이란 것을
> 내 마음도 물 비늘을 반짝이며
> 갈매나무 푸른 잎사귀와 함께 찰랑거릴 때

나는 문득 깨달았네
아직 가보지 않은 미지의 산과 바다
그리고 먼 나라 낯선 땅이 그리운 것은
아주 오래된 내 마음의 뒤안
그 깊고 먼 곳이 알고 싶기 때문인 것을
홀로 걷는 숲길이
바로 내 안으로 가는 길인 것을
갈매나무 곁에서 나무가 되어
나는 문득 깨달았네
우리들 가슴이 메마르고 갈라진 뒤에
억새 바람만 사는 마른 강가에서
떠나간 철새를 기다리고 있다는 것을
오래된 물이여 마음이여
이 세상 곳곳에서 맑게 흘러라
목이 메어 부르는 내 노래 소리를
나는 문득 깨달았네
아직 잎 피고 잎 지는 갈매나무 아래서.

　　　　　　　　－「오래된 물이여 마음이여」 전문

　'나'는 비록 지금 이곳에서 이와 같은 형상을 하고 이 순간에 촉발된
의식과 사유를 하고 있지만 '내가 아직 가보지 않은 미지의 산과 바다 먼
나라 낯선 땅을 그리워' 하는 것을 볼 때 실은 이 '나의 마음'은 이 순간에
한정된 것이 아니라 오랜 세월에 의해 흐르고 흘러 '내게 흘러와 고인' 것이
아닐까 하는 예감이 든다. 내가 지금 여기에 전후 없이 존재하는 것이 아니라
기나긴 시간과 거대한 자연의 역사(役事) 속에서 이루어진 '한 줌 물'이라는
예감은 '갈매나무 푸른 잎사귀 찰랑거림과 함께 내 마음도 물 비늘을 반짝'
일 때, 나도 '갈매나무 곁에서 나무가 될 때' 확고해지는 것이었다. 아무런

연관도 없이 긴 세월 자기의 자리를 지녀왔던 이 곳의 자연에서 문득 일체감을 느끼게 되는 것은 시인으로선 매우 뜻밖이고 당혹스러운 일이라 할 것이다. 이곳에 대해 시인이 알고 있는 것이라거나 앞으로 알 수 있는 것은 지금 눈으로 보고 들은 것 이외에는 없기 때문이다. 그럼에도 불구하고 이곳을 계속해서 헤매고 떠돌고 싶은 까닭을 무엇으로 설명할 수 있을 것인가?

시인은 그것을 인연(因緣)이라고 설명한다. 시인 자신이 어쩌면 전설로 전해오는 '세설대사'의 분신이거나 환작(還作)이 아닐까하고도 생각해본다. 시인이 세설암의 절터를 소요하게 된 것이나 세설대사의 부름을 들었던 것, 그리고 그에 얽힌 시를 쓰게 된 것도 시인에 의하면 모두 깊고 깊은 인연에 따른 필연적인 것이었다는 점이다. 시인은 세설대사의 꿈을 꾸고 나서 못내 그리던 세설암 터가 결국 자신의 마음속에 있었음을 깨닫게 된다. 위의 시에서 '홀로 걷는 숲길이 바로 내 안으로 가는 길인 것'이라고 말한 이유도 여기에 있다.

지금까지 살펴본 시인들의 시들을 통해 우리는 일반인들이 쉽게 지나쳐버리되 깊은 진리를 담고 있는 형이상학적 질문들을 풀어나갈 수 있었다. 그들은 사물이나 자연, 세월, 죽음, 인연 등 인간이 질기고도 강력하게 묶여 있으면서도 쉽게 해명할 수 없는 문제들을 독특한 시적 방법들을 통해 형상화하고 있었다. 시인들의 사유는 어느 정도 공통적인 유대 속에 놓여 있으면서 그 형상화 지점은 각기 조금씩의 차이를 보였다. 그러나 이러한 지점들이 모두 긴요하며 우리들의 일상화된 사유의 폭을 확장시킨다는 점에서 깊이 반추해 보아야 하는 부분들이 아닐 수 없다.

(『시와정신』, 2004년 가을)

봄의 약동성에서 생명성으로
― 오세영, 『봄은 전쟁처럼』

　　오세영의 「봄은 전쟁처럼」은 제목의 암시와는 달리 자연의 서정화를 읊은 시가 아니다. 시인도 이점을 굳이 부인하지 않는다. 그가 이 시집의 서문에서 이번 시집의 특색을 도시 문명적인 소재로 엮었다고 밝히고 있기 때문이다. 그렇다면 이번 시집에서 펼쳐 보인 그의 시세계가 이전의 경향과 사뭇 다른 것일까. 아니면 그를 모더니스트로 불리게 한 초기의 시세계로 회귀한 것은 아닐까. 도시문명과 그 삶에 얽힌 시적 주체의 반향을 노래한 측면에서 보면 초기의 시와 지금의 시는 별반 다를 것이 없어 보인다. 그러나 자세히 관찰해 보면 이 두 시기간의 간극은 세월의 폭만큼이나 대단히 큰 차이를 보이고 있다. 보일 듯 말 듯한 대상에 의해 촉발된 초기시의 자아의 헤매임과 달리 「봄은 전쟁처럼」에서 형성되는 자아의 대립항은 너무도 분명한 모습으로 시적 자아 앞에 우뚝 서 있기 때문이다. 그것은 시집 곳곳에서 쉽게 볼 수 있는, 자본주의가 토해내는 거대한 문화 현상들이다.

　　오세영 시인이 판단하고 있는, 아니 이 시집에서 드러나는 자본주의의 힘이나 문화에 의한 부정적 결과들은 크게 두가지 양상으로 나타난다. 하나

는 기계에 종속되어 있는 수동화된 인간형과 다른 하나는 영원성의 상실과
그에 따른 단자화된 삶의 모습들이다.

> 외출할 때 꼭 소지해야 하는
> 휴대폰
> 어떤 이는 손에 쥐고,
> 어떤 이는 허리에 차고, 또 어떤 이는
> 목에도 건다.
> "자기야"하고 부르면 펄쩍 뛰어 달려가
> 시장을 봐 오고,
> "오 팀장"하고 부르면 얼른 쫓아가
> 덥석 돈 가방을 물어온다.
> 나는 누구일까.
> 가슴 설레는 마음으로 네가 걸어준
> 그 은목걸이는 어디 갔을까.
> 목덜미에 남겨놓은 그대 첫키스의 황홀은－－－
> 오늘도 외출을 하면서
> 개띠를 건다.
> 휘파람 대신 벨이 울리면
> 눈에 보이지 않는 줄에 매달려 냉큼 누군가를
> 물어오고 또 물어뜯기 위해.
> 　　　　　　　　－「휴대폰1」부분

> <영원>이라는 말은 이제
> 사라져 버리고 없는 것일까.
> 가령 시라든가 신화 혹은 로망스 같은 것,
> 결코 지워서는 안 될－－－

그때 너와 나의 운명을 엮어준 그 약속을
우리는 양피지 위에다 진한 핏방울로
꾹꾹 눌러썼다.
그러나 지금은 모두 어디 갔을까.
한 줄의 노래, 한 통의 연서, 한 권의
자서전은－－－

그리고 문득 나는 오늘 너에게
간단히 문자 메시지를 보낸다.
"사랑해"
그러나 또 다음의 메시지를 보내기 위하여
지울 수밖에 없는 그 "사랑해"

그래도 나는 시가 사라진 시대의 시인
양피지 대신
휴대폰의 모니터에
시를 쓴다. 지운다.
                                    － 「휴대폰 3－인스턴트詩」 부분

　　휴대폰은 현대를 살아가는 인간들의 필수품이다. 본인이 원하든 혹은 원
치 안았든 그것은 나의 일부분이 되어버린지 오래가 되었다. 어쩌면 그것은
내가 원했다라기 보다 타인이 필요했기 때문에 나의 일부가 된 것인지도
모른다. 「휴대폰1」을 보면 누군가의 요구에 의해 이 문명의 이기가 나에게
그냥 다가온 것처럼 보인다. 이 작품에서 시적 주체는 이 기계에 의해 움직이
는 수동적 존재이기 때문이다. "어떤 이는 손에 쥐고,/ 어떤 이는 허리에
차고,/ 또 어떤 이는 목에도 걸" 수 있듯이, 자아가 그것을 마음대로 조종할
수 있을 것처럼 생각되지만 실상은 전혀 그렇지가 않다. 그것들은 단지 나에

게 치장되어 있는 장식품일 뿐이며, 더 나아가서는 그것들의 끊임없는 조종과 간섭까지 받아야 한다. 어떤 보이지 않는 힘에 의해 시적 주체는 수동적으로 움직일 뿐 그 능동적 자동성은 완전히 잃어버리게 된다. 시인은 그러한 규율적 상황 속에서 "나는 누구일까"하고 실존적 의식을 통해 이 자본주의 문화가 주는 자동제어적 시스템에서 벗어나려 하지만 또다시 이 메커니즘 속에 함몰되어버린다.

『현대성의 경험』을 쓴 버만은 현대의 특성을 견고한 것들의 상실 속에서 찾고 있다. 즉 현대의 일시적, 즉효적인 속성들이 견고한 모든 것들을 대기 속으로 날아가버리게 한다는 것이다. 오세영 시인이 「휴대폰 3」에서 직시한 것도 바로 현대의 이러한 휘발적 속성들이다. 시인은 현대 문명의 특징을 영원의 상실로 규정하는데, 그것은 "<영원>이라는 말은 이제 사라져버리고 없는 것일까"라는 자기회의에서 확인된다. 그런데 그러한 것들은 인간적 삶을 영위하기 위해서는 결코 없어서도 안되고 지워져서도 안되는 항상적인 것들이다.

그러나 현대는 거식증에 걸린 환자처럼 이러한 영원성을 삼켜버린다. 그럴수록 시인은 그것을 다시 원상태로 되돌려 놓으려 한다. 그리하여 "사랑해"와 같은 인류의 영원한 테마를 글자로 찍어낸다. 그 형식적 영원성이나마 지키기 위하여. 그러나 시인의 이러한 소박한 꿈은 이루어지지 않는다. 자본화의 메커니즘은 그 영원의 형식적 흔적조차 남기는 것을 허용하지 않기 때문이다. 시인은 씌어진 글자와 그 내용, 곧 능기와 소기의 일대일 대응이 낳은 진실한 의미까지는 아니어도 '사랑해'와 같은 능기만이라도 지워지지 않기를 간절히 소망해보기도 하지만, 그의 기대는 무참히 깨어져 버리게 된다.

시인은 "블록을 설정해서 딜리트시킨/컴퓨터의 자판 글씨"가 "감쪽같이 사라지고 없어지는"(「사이버 사랑」) 휘발성의 시대에 비수동화된 생명성이나 영원을 찾기 위해 타잔처럼 홈페이지를 검색하는 '야행성 동물'(「타잔」)이 되거나 '밤에 호올로/컴퓨터 키를 두드리기도' 한다(「밤에호올로」).

> 마지막으로 패스워드를 입력하고
> 주소에 엔터키를 치면
> 모니터에 떠오르는 또 하나의 공간.
> 그 공간에도 비는 오는지
> 빗속의 너는 자꾸만 멀리 달아나는데
> 가냘픈 코드를 붙들고
> 덧없이 서핑을 반복한다.
> 세상은 거대한 월드 와이드 웹
> 나는너에게 너는 나에게
> 서로 보이지 않은 올가미를 씌우며
> 인연을 확인한다.
> 오늘의 검색 항목은 〈사랑〉
> 자꾸만자꾸만 달아나는 너를 쫓아
> 윈도우를 열어보지만
> 결코 들어갈 수 없는 너의 빈
> 사이버 공간.
>
>   ─ 「사이버 공간」 전문

그런가 하면 인용시에서 보는 것처럼, '거대한 월드 와이드 웹'의 세상 속에서 '나는 너에게 너는 나에게/서로 보이지 않은 올가미를 씌우며' 서로의 인연을 의식적으로 확인하려 한다. 곧 너와 나를 소통시키고 인간적 삶을 영위시킬 수 있는 '사랑'과 같은 근원을 찾아들어 가는 것이다. 그러나 자동 제어된 세상, 주체의 능동적 기능이 상실된 세상에서 그것을 찾기란 거의 불가능하다는 사실을 알아차리게 된다. 시인이 또다시 타잔이 되어 오늘의 검색항목인 사랑을 찾아 '윈도우를 열어보지만', 그곳은 '결코 들어갈 수 없는 너의 빈 사이버 공간이기 때문이다'.

그러나 시인은 화면에 쓰인, '사랑해'와 같은 기호가 곧 사라질 운명에 처한 현실, 그리고 자동성을 상실한 생명체가 범람하는 현실에 좌절하면서도 살아 숨쉬는 생명에의 건강성, 그 시원적 동일성에 대한 꿈은 결코 포기하지 않는다. '양과 음의 두 전류가 일순 결합해'야 비로소 찬란한 빛을 내는 손전 등(「야간산행」)처럼 생명의 근원인 음과 양의 조화에 대한 신념이라든가, 궤 도를 이탈한 기차로부터의 자유의지(「사고」), 곧 쇠붙이에도 생명이 있다는 애니미즘적 사유태도에까지 이르고 있기 때문이다. 자동화된 삶의 양태 속에 서 영원 혹은 생명에 대한 시인의 믿음은 만물이 소생하는 '봄'의 이미지 속에 집약되어 나타난다. 이번 시집의 제목이기도 한 「봄은 전쟁처럼」이 그러 하다.

산천(山川)은 지뢰밭인가
봄이 밟고 간 땅마다 온통
지뢰의 폭발로 수라장이다.
대지를 뚫고 솟아오른, 푸르고 붉은
꽃과 풀과 나무의 여린 새싹들.
전선엔 하얀 연기 피어오르고
아지랑이 손짓을 신호로
은폐 중인 다람쥐, 너구리, 고슴도치, 꽃뱀 ― ― ―
일제히 참호를 뛰쳐나온다.

한치의 땅, 한뼘의 하늘을 점령하기 위한

격돌,

그 무참한 생존을 위하여

봄은 잠깐의 휴전을 파기하고 다시

전쟁의 포문을 연다.

　　　　　　　　　　　　　　- 「봄은 전쟁처럼」 전문

　인용시를 꼼꼼히 읽어보면 시인이 왜 이 작품을 이번 시집의 제목으로
붙였는지 이해가 된다. 감칠맛나는 비유와 은유의 현란한 구사 때문에 그런
것도 아니고 이 시가 완벽한 유기적인 틀을 갖추고 있기 때문도 아니다.
「봄은 전쟁처럼」의 시적 가치는 다른데 있다. 그것은 바로 활력을 잃고 늘어
진 사물들에 생명을 불어넣어 주는 힘이다. 능동적 자동성을 상실한 규격화
된 생명성, 자동제어된 주체의 마비된 감각을 되살려내는 데에 봄의 약동적
힘만한 것이 어디 있겠는가.

　게다가 시인은 여기에 전쟁의 이미지를 덧씌웠다. 전쟁이란 무엇인가.
그것은 살아남기 위하여 남을 죽여야 하는, 그야말로 생존의 극한적 투쟁의
장이 아닌가. 그것은 야수적이고 야만적이다. 그러나 거기서 뿜어져 나오는
생존에의 강렬한 힘만은 그 어느 것보다도 강하지 않은가. 따라서 봄의 그러
한 약동성을 전쟁의 격렬한 투쟁으로 비유한 것은 매우 탁월한 시적 의장이
라 할 수 있다.

　이렇듯 이 시에서 거침없는 생존에의 몸부림들은 저 잠재되고 죽어있는
현대인의 영혼들을 일깨우는 시적 기제가 된다. 야만적인 힘이 가미된 "무참
한 생존"에의 투쟁, 이 역설적이고 역동적인 힘이야말로 현대의 기계성과
순간성을 넘어서는 활력성이고 영원성이며, 오세영 시인이 이번 시집에서

목표하는 궁극적인 생명성인 것이다.

(『시와상상』, 2005년 여름)

자연과 문명의 사이

─ 주근옥, 『산노을 등에 지고』

1. 새로운 서정의 탐색

주근옥은 늦깎이 시인이다. 40이 넘어 시인으로 데뷔했으니 늦어도 한참 늦었다. 요즈음 시인으로 데뷔하는 연령대가 점점 낮아지고 있는 추세에 비춰어 보면, 주근옥의 문단 생활은 더욱 늦어 보인다. 그럼에도 그의 문학적 열정만큼은 다른 어떤 시인들 못지않다. 데뷔이후 짧은 시기에 무려 다섯 권에 이르는 시집을 발간해 내었으니 말이다.

주근옥은 성실한 시인이다. 그는 문단의 편가름이나 문학적 시류에 쉽게 휘말리지 않고 그 자신만의 독특한 주관을 바탕으로 독자적인 시 세계를 성실하게 일구어내었기 때문이다. 그는 1980년대의 문단적 거대 담론이었던 민중·민주의 세계나 포스트모던의 해체적 흐름과는 무관한, 흔히 새로운 서정이라 불리는 전통적 서정의 세계를 올곧게 탐색해 왔다. 그것이 그의 첫시집인 『산노을 등에지고』에서 보이는 자연과의 교감이다.

실상 시에 있어서 자연에 대한 동화라든가 자연의 서정화 같은 영역은

80년대의 시대적 특수성을 고려하면 매우 소중한 것이라 할 수 있다. 이는 소련 동구의 해체로 상징되는 거대담론의 퇴조 현상과 그에 따른 대안 담론의 모색과 무관하지 않기 때문이다. 잘 알려진 것처럼 90년대 벽두부터 불기 시작한 문단의 중심화두는 새로운 서정에 대한 가열찬 모색이었다. 여기서 새로운 서정의 모색이란 어떤 신기루와 같은 정서나 대상의 탐색이 아니라 거대담론 속에 감춰진 미시화된 담론들을 어떻게 새로운 패러다임 속에 질서화시킬 것인가와 관련되는 문제였다.

그러한 문학적 흐름들을 짚어가다 보면, 80년대의 거대화된 권력 밑에 움츠리고 있던 자연의 서정화와 같은 작은 주제들은 매우 중요한 시사적 의미를 갖는다고 할 수 있다. 그것은 곧 90년대의 시사적 흐름과 무관하지 않기 때문이다. 주근옥 시인이 보여준『산노을 등에지고』의 시사적 의미는 바로 여기에 있다. 그의 시들은 어떤 거대화된 주제 속에서 유영하거나 헤매지 않는다. 그는 그러한 미로보다는 자신을 둘러싸고 있는 작은 부분들이나 환경들을 예의 주시하고 그 속에서 이를 의미화시켜 나간다. 그 가운데 주근옥 시인이 가장 전략적으로 구사하고 있는 이미지나 소재들이 바로 자연이다. 시집의 제목도 그러하지만 시집 속의 작품 목록들 또한 그러하다. 가령,「명덕딸기」,「수수꽃다리」,「백일홍」,「찔레꽃」,「따가새」,「쌀벌레」등에서 보듯 자연 그 자체나 자연의 일부를 시의 소재로 삼고 있는 것이다.

2. 자연의 세가지 의미 층위

『산노을 등에 지고』에서 주근옥 시인이 보여준 자연의 서정화는 세가지

층위로 의미화된다. 첫째는 반문명주의와 자연에의 친화, 다음은 그러한
자연의 속에서 길어 올려지는 자기 수양, 그리고 마지막으로는 자연과의
완전한 동화 혹은 합입화된 삶의 희구 등이 바로 그것이다.

우선 시인의 자연 예찬은 반문명주의나 반물질주의와 같은 현대의 제반
병리현상에 그 뿌리를 두고 있다. 그의 그러한 의식들은 생래적인 영역에
속하는 것으로 보인다.

> 서울에 와서
> 같이 살자 하지만
>
> 십년 동안 저축했더니
> 겨우 엽서 값이라네
>
> 흙과 물과 햇살과
> 바람하고만 살라네
>
> ― 「엽서」 전문

인용시는 짧은 시이긴 하지만 주근옥의 시세계에서 많은 사유를 담지하고
있는 작품이다. 이는 시의 내용적 측면 뿐 아니라 형식적 측면에서도 그러하
다. 주근옥 시인이 즐겨 사용하는 형식적 특징 가운데 하나는 잘 알져진
대로 단형체 양식이다. 이 양식은 순간의 정서를 감각화시키는 데에는 매우
효과적인 구실을 한다. 그러나 현대의 복합적인 감수성을 담아내기에는 어
느 정도 한계가 있는 것도 사실이다. 그럼에도 시인은 단형체의 그러한 양식
들을 고집스럽게 차용한다. 왜 그러할까. 이는 아마도 다양 다기한 근대성의
감각을 하나의 단일한 감수성으로 되돌리려는 시인의 치열한 시정신과 맞물

리는 것은 아닐까. 자아와 세계가 갈등하지 않는 인식 속에서 짧은 단형체의 형식들은 얼마든지 가능하다. 선비정신에 바탕을 두고 있는 시조의 양식화는 잘 알려진 대로 그 대표적 사례에 해당된다.

인용시 「엽서」는 반문명주의와 반물질주의적 사유를 압축적으로 제시하고 있는 작품이다. 우선 이 작품이 반도시적이라는 점에서 그러하고 또한 비욕망적이라는 점에서 그러하다. 이러한 사유들은 한국 근대화의 상징이라 할 수 있는 서울의 의미화에서 비롯한다. 그렇다면 서울이 한국 사회에서 갖는 의미는 무엇일까. 잘 알려진 대로 서울은 한국의 수도 그 이상의 어떤 함의를 갖고 있다. 즉 서울은 근대의 상징이면서 물질문명의 바로미터가 되는 것이다. 따라서 그곳에 편입되느냐 아니냐의 문제는 단순한 정주(定住)의 차원에 놓이지 않는다.

인용시에서 보듯 시인은 근대의 상징이라 할 수 있는 서울에 대해 상당한 거부감을 가지고 있다. 그리고 그 토양에서 자라난 근대의 입벌림 또한 거부한다. 시인은 근대의 권력이라든가 물질주의와 같은 욕망적 사유로부터 한 걸음 비켜서서 이를 관조한다. 그러하기에 주근옥의 시에서 욕망의 팽창을 읽어내는 것은 쉬운 일이 아니다. 뿐만 아니라 그는 그 스스로를 드러내는 것 또한 의도적으로 거부한다. 가령, "이름을 빌려 살면서 써보는 시를/한번도 자랑으로 여긴 적이 없다"(「밖을 보며」)거나 "내 무엇을 더 바라랴/시래기 한 타래와 무우말랭이"(「국 한 사발」)로 만족하는 삶의 태도가 바로 그러하다. 이렇듯 그의 사유의 저변에서 물질에 대한 어떤 자의식이나 욕망의 팽창과 같은 것들을 읽어내는 것은 거의 불가능하다. 시인의 이러한 삶의 자세를 두고 소시민 의식의 발로나 허무주의로 비판할 수도 있을 것이다. 사실 시인의 첫시집 『산노을 등에 지고』에서 이러한 사유의 끈들을 붙잡아내는 것은 어렵지 않은 일이다. 시집의 곳곳에서 소시민적인 삶의 편린들을 쉽게 목격할 수 있기 때문이다.

이슬 젖은 옥잠화여
얼굴에 책임을 져야 한다는 말이
자꾸 마음에 걸립니다

평소 제 얼굴을 보며
살 수 없는 노릇도 노릇이지만
게까지 마음 쓸 여유가 없으니
그저 안타까울 뿐입니다

가꾸며 사는 일 분수를 지키는 일
모두가 사치로만 여겨지는 때가 있습니다

억지를 부린다고 꽃샘바람처럼
떼를 쓴다고 되는 것도 아닐 바에야
만들어지는 대로 살 수밖엔 없습니다

그래도 거울 앞에 앉아서
새치를 뽑고 수염을 밀며
아내의 무릎을 베고 눕는
순간만은 빼앗지 말아주오

서로 심장의 고동소리 헤아리며
이슬 한 방울로 떨겠습니다
                    ─ 「거울 앞에 앉아서」 전문

인용시는 매우 솔직한 시이다. 여기서 솔직하다는 것은 의식의 과잉이나 욕망의 팽창과는 무관하다는 뜻을 담고 있다. 시인은 자연적인 삶, 아니 자연스런 삶 이외의 모든 것은 사치로 느낀다. "억지를 부린다고" 혹은 "떼를 쓴다고" 삶이 만들어지는 것도, 목표가 완성되는 것도 아니라고 보는 것이다. 다만 그러하더라도 "거울 앞에 앉아서/새치를 뽑고 수염을 밀며/아내의 무릎을 베고 눕는 순간만"은 빼앗지 말라는 지극히 평범한 일상인의 자의식을 드러낸다. 욕심도 욕망도 성취도 갈등도 없는 지독한 소시민 의식인 것이다.

그러나 이러한 의식은 흔히 통용되는 허무주의와는 매우 다르다고 할 수 있다. 일체의 모든 것을 무로 돌리는 것이 허무주의라고 한다면, 주근옥 시인이 보여준 허무 의식은 이와 매우 다른 곳에 자리하고 있기 때문이다. 시인은 모든 것을 부정하거나 무로 되돌리지 않는다. 그는 단지 욕망이 없을 뿐이고, 집착이 없을 뿐이다. 대신 시인은 우주의 이법이라든가 자연의 질서를 겸허히 받아들이려 한다. 그의 시세계를 적극적 허무주의로 해석하려고 것도 여기에 그 이유가 있다. 그는 모든 것을 부정하는 아나키즘적 자세를 취하지 않는다. 그의 사유의 끝은 자연에 순응하려는 비욕망적 태도에 닿아 있다. 시인의 이같은 자세는 "만들어지는 대로 살 수밖에 없습니다"라는 표현에 잘 나타나 있는바, 이러한 의식이야말로 우주의 질서와 이법에 순응하려는 가장 적극적인 자세이고 그것으로부터 걸러지는 염결한 자기수양일 것이다.

멍석 위에 앉아
모깃불 피워놓고

실타래에 감는 달빛
실에 꿰는 별빛

개구리랑 베짱이랑
나눠 먹는 보리개떡

        - 「보리개떡」 전문

  근대에 들어 자연을 서정화하고 의미화하는 작업은 이 이전의 방식과는 상당한 차이가 있다. 근대가 만들어낸 위대한 업적 가운데 하나는 자연에 대한 기술적 지배이지만, 여기에는 근본적인 모순 또한 존재하는 것이 사실이다. 곧 근대가 인간에게 준 가장 큰 불행은 인간을 자연으로부터 분리시켰다는 점이다. 근대에 들어 자연을 서정화하는 작업의 일차적 의미는 일단 여기서 찾아야 한다. 근대에 의해 분해된 자연과 인간의 분리를 어떻게 다시 결합시킬 것인가, 그리고 이들을 어떻게 조화시켜 과거와 같은 합일된 삶으로 이끌 것인가의 문제는, 자연을 잃어버린 근대적 인간의 숙명적 과제가 아닐 수가 없다.

  이러한 당면 과제는 아마도 경계에 대한 해체 혹은 영역에 대한 구분의 세계가 무화되거나 사라져야 가능하다는 것이 필자의 판단이다. 근대의 제반 양상들은 인간의 영역을, 자연의 영역과 분리시켜 외따로 만들어내는데 아주 탁월한 재주를 보여 왔다. 근대에서 배태된 여러 모순과 더불어 이제는 그러한 경계내지 구분의 세계는 사라져야 한다. 그러려면 인간적인 것과 자연적인 것이 따로 존재하거나 의미화되지 말아야 한다. 자연과 인간이 하나가 되어야 까닭이 바로 여기에 있다.

  주근옥 시인이 이번 시집에서 보여준 자연에 대한 세 번째 사유는 인간과 그것과의 완전한 동화 혹은 합입화된 삶의 회구이다. 「보리개떡」에서 드러나는 인간과 자연의 의미망이 바로 그러하다. 우선 이 시의 의미역을 따라가 보자. 시적 자아는 어느 여름날 멍석 위에 앉아 '보리개떡'을 먹는다. 그러나 그의 행위는 인간의 영역에만 국한되는 행동이 아니다. 개구리와 베짱이도 '보리개떡'을 함께 먹는 존재로 부각되기 때문이다. 말하자면 자연 역시 인간과 마찬가지로 똑같은 행위를 하는 것이다. 인간적인 영역이 따로 있고 자연의 영역이 따로 있는 것이 아니다. 모두 일체화된 세계, 조화로운 세계를 살아가는 것이다. 자연과 인간이 분리되지 않고 이렇듯 하나로 되는 세계야 말로 근대인들의 영원한 이상일 것이다.

3. 자연의 서정화의 시적 의미

주근옥은 시를 가볍게 쓰지 않는다. 이는 그의 선비적 기질에서 나오는 것이기도 하지만, 다른 한편으로는 문단이나 시류에 편승하여 시를 쓰지 않았다는 말과도 통한다. 그의 시에서 현대적 감수성을 비롯한 시대의 문맥이나 흐름들을 읽어내는 것이 쉽지 않다. 그럼에도 그의 시들은 정서의 폭을 넓게 그리고 깊이 울려준다.

자연이라는 보편의 감수성을 주근옥은 그 나름의 감각으로 훌륭하게 우려 내었다. 그것은 자연의 이법, 우주의 질서에 순응하려는, 소박하면서도 적극적인 자세에서 길어 올려진 것이다. 여기에다 그는 고향의 질감을 덧붙여 정서의 폭 또한 깊게 배가시켰다. 이러한 상상력은 우리 시사에서 매우 소중한 영역이다. 널리 알려진 것처럼 1980년대 한국 시사는 양극단으로 나뉘어져 있었다. 주체의 지나친 강조와 이에 따른 집단적 영역으로의 확대 현상이 그 극단의 한 끝이라면 다른 한끝은 주체의 파괴와 중심의 해체였다. 그러나 이 모두는 서정시 본래의 영역과는 무관한 것들이다. 90년대들어 신서정으로 표현되는, 서정시 본래의 영역에 대한 향수와 회복운동은 그 반작용에 대한 결과라 할 수 있다. 주근옥 시인이 『산노을 등에 지고』에서 보여준 자연이나 고향에 대한 서정화는 그러한 서정적 회복운동의 단초가 되고 있다는 점에서 그 의의가 있다고 하겠다.

(『주근옥의 문학세계』, 2006년 봄)

제 5 부　현대시 작품론

정지용의 「향수」에 나타난
고향의 새로운 의미

　　다음 작품은 잘 알려진 대로 정지용의 「향수」이다. 이 시는 기존에 알려진 것과는 많은 새로운 의미를 담고 있는 바, 이 글은 그것을 자세히 밝히고자 하는 의도에서 씌어진다. 먼저 작품을 보도록 하자.

> 넓은 벌 동쪽 끝으로
> 옛이야기 지줄대는 실개천이 휘돌아 나가고,
> 얼룩백이 황소가
> 해설피 금빛 게으른 울음을 우는 곳,
>
> --그 곳이 참하 꿈엔들 잊힐리야.
>
> 질화로에 재가 식어지면
> 뷔인 밭에 밤바람 소리 말을 달리고,
> 엷은 조름에 겨운 늙으신 아버지가
> 짚벼개를 돋아 고이시는 곳,
> --그 곳이 참하 꿈엔들 잊힐리야.

흙에서 자란 내 마음
파아란 하늘 빛이 그립어
함부로 쏜 활살을 찾으러
풀섶 이슬에 함추름 휘적시든 곳,

― ―그 곳이 참하 꿈엔들 잊힐리야.

전설바다에 춤추는 밤물결 같은
검은 귀밑머리 날리는 어린 누의와
아무러치도 않고 예쁠것도 없는
사철 발벗은 안해가
따가운 햇살을 등에지고 이삭 줏던 곳,

― ―그 곳이 참하 꿈엔들 잊힐리야.

하늘에는 석근 별
알수도 없는 모래성으로 발을 옮기고,
서리 까마귀 우지짖고 지나가는 초라한 지붕,
흐릿한 불빛에 돌아 앉어 도란 도란 거리는 곳,

― ―그 곳이 참하 꿈엔들 잊힐리야.

정지용의 「향수」는 1927년 『조선지광』 65호에 발표된 시인의 초기작에
해당되는 작품이다. 「향수」가 일반 독자에게 널리 알려진 것은 이 작품이
가요로 불려진 다음부터이다. 물론 시가 노래로 되었다고 해서 그 작품이
대중과 친숙하고 더 유명해진다고 말할 수는 없다. 이 작품 이외에도 많은
시들이 노래화된 바 있지만, 그러한 작품들이 모두 대중의 심중으로 깊이

파고들었던 것은 아니기 때문이다. 따라서 정지용의 「향수」에는 기존의 다른 어떤 작품들보다도 확실히 일반 대중에게 매우 호소력 있게 다가오는 그 무엇이 있다는 이야기가 가능하다.

「향수」는 고향에 대한 아련한 기억들을 아주 감각적으로 재생시킨 작품이다. 감각이란 인간의 원초적인 오감에 해당되는 것이어서 누구에게나 쉽게 다가온다. 「향수」가 독자들에게 많은 반향을 일으킨 이유도 여기서 찾을 수 있을 것이다. 고향 역시 모든 인간들이 지니고 있는 원초적 감성의 지대여서 모두가 함께 공유할 수 있는 공간에 해당된다. 「향수」는 인간의 그러한 근원적인 감성과 원초성을 일차적인 감각으로 풀어냄으로써 정서의 진폭을 크게 울리게 하는 작품이다. 예를 들어 2연의 "짚벼개를 돋아 고이시는 곳"을 보자. "짚벼개를 돋아 고인다"는 것은 단순히 시각에 불과하다. 그러나 짚벼개의 '풀석풀석'하는 소리와 성긴 느낌을 상기한다면, 이 표현은 단순한 시각적 감각만으로 설명하기는 어렵다. '부스럭거리는 소리'와 '거친 감각'이라는 청각과 촉각의 효과가 우리의 정서를 깊이 자극하고 있기 때문이다. 뿐만 아니라 "해설피 금빛 게으른 울음을 우는 곳"과 같은 시각의 청각화, "풀섶 이슬에 함추름 휘적시든 곳"과 같은 생동감있는 촉각적 이미지들이 우리의 내면 속에 강하게 파고 들어오는 것이다. 「향수」가 명시가 되고 우리의 가슴속에 깊이 각인되는 매력은 바로 여기에 있다. 모든 인간 속에 내재해 있는 고향에 대한 아련한 향수를 원초적인 감각으로 접근함으로써 인간의 심연, 우리의 심연 속으로 매우 호소력 있게 다가오기 때문이다.

「향수」는 총 5연으로 되어 있는 작품이지만 기승전결의 완결된 짜임으로 구성되는 유기적 통일성을 가지고 있는 작품은 아니다. 각 연들마다 고향의 모습이 단편 단편으로 고립 분산되어 표현되고 있기 때문이다. 「향수」를 하나의 유기적 작품으로 만들어 주는 요소는 각 연의 마지막에 반복적으로 나타나는 "그 곳이 참하 꿈엔들 잊힐리야"라는 반복구에 의해서이다. 이 구절이 그마나 이 작품으로 하여금 유기적 통일성을 가져다주게 하는 요소가 아닌가 한다. 「향수」의 이러한 비유기적 구조를 두고 혼히 모더니즘의 한 기법으로 설명하기도 한다. 고향의 여러 가지 모습이 장면 장면으로 교체되어 나타나는 영화적 요소 혹은 몽타주적인 기법이 구사되고 있기 때문이다. 실상 정지용이 근대문명의 불구화된 감각을 기반으로 하는 모더니스트 시인이라는 것은 잘 알려진 일이다. 정서의 파편화, 감성의 파편화라는 인식의 불완전성이 모더니스트들의 주요한 인식론적 기반이라는 사실을 감안하면, 「향수」에서 영화나 몽타주의 기법을 읽어내는 것은 그렇게 큰 무리가 있어 보이지 않는다.

그럼에도 불구하고 「향수」에서 유기적인 구성의 틀이 완전히 무시되고 있는 것은 아니다. 「향수」는 한편의 시 작품으로 손색이 없는 제 나름대로의 가락도 지니고 있고, 내용 구성상의 일관성 역시 유지하고 있다. 우선 이 작품을 하나의 잘 빚어진 시로 만들어주는 것은 연의 끝마다 나오는 반복구에 있다. 이 구절은 작품의 각 연마다 독립되어 있는 장면들을 하나로 집중시키는 기능을 한다. 이미 지적한 것처럼 각 연의 앞부분들은 고향에 대한 정서들을 감각적으로 일깨워주는 표현들로 구성된다. 그러한 감각과 표현들이 "그 곳이 참하 꿈엔들 잊힐리야"로 집약되면서 이 작품의 산만한 구조에 하나의 통일성을 부여하고 있는 것이다. 게다가 이 반복구는 「향수」를 읽는 독자들로 하여금 심리적 조화감을 심어주는 것은 물론이고, 고향에 대한 사무치는 정서를 새록새록 일깨워주는 강조의 역할도 한다.

그리고 「향수」가 하나의 작품으로써 유기적 완결성을 보여주는 것은 규칙적인 리듬과 그 기능 등 형식적인 측면에만 국한되지 않는다. 이 작품은 내용 구성상에 있어서도 탄탄한 구조 역시 가지고 있다는 것이 필자의 판단이다. 우선 이 작품의 1연의 공간적 배경은 땅이다. '넓은 벌'이라든가 '실개천', '황소' 등은 모두 지상적인 것을 토양으로 하고 있는 대상물인 까닭이다. 반면 5연은 시의 무대가 하늘에서 이루어진다. '별'과 '까마귀', '집웅' 등은 모두 비지상적인 것, 곧 천상적인 것들이다. 이에 따르면, 이 작품은 지상의 수평적인 것과 천상의 수직적인 것이 상호 교직되면서 구성되고 있음을 알 수 있다. 그리고 그 중심에는 서정적 자아인 내가 존재한다. 2, 3, 4연이 바로 그러하다. 이 연들에는 나를 중심으로 한 가족관계의 세계가 펼쳐진다. 이 연들 가운데 2연의 중심 소재는 '아버지'이다. 그리고 3연은 서정적 자아인 내가, 4연은 2연과 마찬가지로 나를 에워싸고 있는 또 다른 가족 구성원인 '아내'와 '누이'가 중심 소재가 된다. 이를 도표화하면 다음과 같은 모양이 된다.

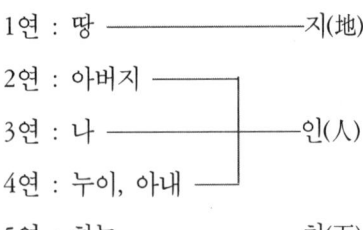

일반적으로 동양의 인식체계에서 가장 안정적인 철학적 사유 혹은 구조는 천(天), 지(地), 인(人)으로 구성되는 삼원체계이다. 모든 우주의 원리와 상생은 바로 여기서 시작되고 여기에서 끝이 난다. 이러한 체계는 좁게 보면 질서의식이고 넓게 보면 우주의 섭리 혹은 이법이다. 이 삼원 세계에서 중심이 되는 것은 언제나 인간이다. 「향수」는 이렇듯 안정된 철학적 사유들을 충실히 받아들이고 있는 것이다.

따라서 「향수」의 전체적인 측면을 고려해 보면, 이 시의 중심은 3연이라 할 수 있다. 이 연의 중심 주체는 서정적 자아인 '나'이다. 2연과 4연에서는 '아버지'와 '아내', '누이'가 중심 소재이다. 그들이 '나'를 둘러싸면서 2,3,4연은 가족관계 곧, 인간의 세계를 구성한다. 그리고 1연과 5연에서는 '땅'과 '하늘'이 그 중심 소재가 된다. 우주의 원리인 인간과 땅, 하늘이 모두 등장하는 셈이다. 이렇게 본다면 「향수」는 '나'를 중심으로 뻗어나가 가족, 땅과 하늘로 확산되는 방사구조의 형태를 취하고 있는 것이다. 이렇듯 「향수」는 우주의 근원 요소인 인간과 땅, 하늘을 배경으로 하는 탄탄한 시적 완결미를 갖추고 있다.

그리고 여기에 한가지 더 추가해야 할 것이 있다. 이 작품에서 일관되게 유지되고 있는 고향의 모습이다. 이는 시인 뿐 아니라 모든 인간들의 갖는 고향의 정서적 의미와 관련되는 문제이기도 하다. 실상, 시에서 고향은 크게 다음 두 가지 관점에서 고려된다. 일상의 경험과 무관한 추체험화된 고향과 시인의 기억 속에 실재하는 경험적 고향이다. 전자의 경우는 현실이 매개되지 않는다는 점에서 흔히 신비화, 이상화의 경향을 보인다. 반면 후자의 경우는 현실과 밀접히 결부된다는 점에서 막연한 신비화를 지향하지 않는다. 단지 시인의 경험적 현실에 의해서 긍정 혹은 부정의 대상으로 다가올 뿐이다. 「향수」는 후자, 그 가운데에서도 부정적 대상으로서의 고향의 냄새가 짙게 울려오는 경우라 볼 수 있다. 먼저 이 시를 각 연별로 자세히 검토해 보기로 하자.

넓은 벌 동쪽 끝으로
옛이야기 지줄대는 실개천이 휘돌아 나가고,
얼룩백이 황소가
해설피 금빛 게으른 울음을 우는 곳,

――그 곳이 참하 꿈엔들 잊힐리야.

1연은 고향의 풍경이 원근법적으로 아름답게 제시된다. 실개천이 넓은
벌판을 끼고서 동쪽으로 한가롭게 뻗어나가고 있는 풍광이 묘사되고 있는
것이다. 그런데 문제는 고향이 이런 아름다운 모습으로만 끝나지 않는다는
데 있다. "얼룩백이 황소가/해설피 금빛 게으른 울음을 우는 곳"이라는 표현
을 보자. 농경 사회에서 황소는 생산의 중요한 주체이다. 따라서 황소의
부지런한 움직임은 생산의 풍요로움과 밀접한 연관을 갖는다고 하겠다. 그
런데 황소는 그러한 생산적 기능을 상실한 존재로 나타난다. 이 황소는 노동
력을 잃어버린 채 단지 '게으른' 울음이나 우는 수동적인 대상에 불과하기
때문이다.

질화로에 재가 식어지면
뷔인 밭에 밤바람 소리 말을 달리고,
엷은 조름에 겨운 늙으신 아버지가
짚벼개를 돋아 고이시는 곳,

――그 곳이 참하 꿈엔들 잊힐리야.

2연은 시의 무대가 밖이 아닌 방안이고, 시간적인 배경도 밤이다. '질화로'
라든가 '밤바람' 등이 이를 말해준다. 고향의 궁핍한 모습은 1연과 마찬가지

로 여기서도 그대로 이어진다. 밭이 비었을 뿐만 아니라 생산을 추동해야 할 아버지 역시 늙은 모습으로 나타난다. 그러면서 그는 무기력하게 졸고 있다. 건강하지 못한 아버지의 그러한 모습을 기존의 연구자들이 가부장제적인 권위의 상실이나 부권의 상실, 혹은 조국의 상실과 연결시키는 것도 무리는 아닌 듯 보인다.

> 흙에서 자란 내 마음
> 파아란 하늘 빛이 그립어
> 함부로 쏜 활살을 찾으러
> 풀섶 이슬에 함추름 휘적시든 곳,
>
> ――그 곳이 참하 꿈엔들 잊힐리야.

3연은 시의 중심 소재가 나이다. 5연 가운데 그나마 가장 긍정적인 고향의 모습이 추억되는 곳은 이 3연이다. "흙에서 자란 내 마음"과 같은 강한 뿌리 의식, "파아란 하늘 위에 쏘아 올린 화살"과 같은 청운의 꿈 등이 추억되는 것이다. 유년의 훼손되지 않은 이러한 삶이야말로 가장 건강하고 이상화된 고향의 모습이기 때문이다.

> 전설바다에 춤추는 밤물결 같은
> 검은 귀밑머리 날리는 어린 누의와
> 아무러치도 않고 예쁠것도 없는
> 사철 발벗은 안해가
> 따가운 햇살을 등에지고 이삭 줏던 곳,
>
> ――그 곳이 참하 꿈엔들 잊힐리야.

4연에서는 시적 화자에게 중요한 두 명의 여성이 등장한다. 하나는 어린 누이이고 다른 하나는 아내이다. 그러나 이 두 여성 역시 인식의 완결성을 보증해주는 모성적인 이미지들과는 거리가 멀다. 누이는 '검은 귀밑머리'가 '전설바다에 춤추는 밤물결'로 치환되면서 다소 신비화되어 있긴 하지만 아내의 경우는 그렇지가 못하다. 아내는 사철 발을 벗고 노동을 해야 하는 존재이고, "따가운 햇살을 등에 지고" 이삭을 줏어야만 생계를 꾸려나갈 수 있을 정도로 빈궁한 처지에 놓여 있다.

> 하늘에는 석근 별
> 알수도 없는 모래성으로 발을 옮기고,
> 서리 까마귀 우지짖고 지나가는 초라한 지붕,
> 흐릿한 불빛에 돌아 앉어 도란 도란 거리는 곳,
>
> ――그 곳이 참하 꿈엔들 잊힐리야.

5연은 고향의 차가움과 따스함이 동시에 제시된다. 고향의 궁핍한 모습은 전통적으로 불길한 것의 상징인 '까마귀'의 울음소리에 의해 극대화된다. 게다가 까마귀의 스산한 울음소리가 '초라한 지붕'이라는 다소 직설적인 표현과 결부되면서 피폐한 고향의 정서를 더욱 환기시키고 있는 것이다. 그리고 이 5연에서는 앞의 연들과 달리 고향의 특이한 측면이 발견된다. 고향의 궁핍한 현실 뿐 아니라 긍정적인 현실 또한 읽어내고 있기 때문이다. 즉 고향을 "도란도란 거리는 곳"으로 표현하면서 훈훈한 온기가 느껴지는 안온한 공간으로 회고하는 것이다. 이 작품에서 고향에 대한 부정적 인식들 가운데 고향의 긍정적 단면을 읽어낼 수 있는 것도 이 구절에 의해서이다. 흐릿한 불빛 속에 모두가 모여 있는 가족 간의 화목한 사랑과 공동체 의식,

그리고 그러한 의식들을 "도란도란"이 지니는 밝은 음성 상징이 배음으로 처리함으로써 고향의 따뜻한 모습들이 아름다운 추억으로 되살아나고 있는 것이다.

「향수」는 인식의 불완전성을 표현한 모더니즘적 기법을 구사한 시로 알려져 왔다. 그러나 이미지들의 산만한 파편성에도 불구하고 다른 한편으로는 내용적 완결성을 탄탄히 갖추고 있는 시이다. '나'를 중심으로 전개되는 완전한 우주론적 짜임새와 뿌리 뽑힌 자들의 가난한 고향이 시종일관되게 전개되고 있기 때문이다. 따라서 이 작품을 두고 미학적 완성도가 미달되는 작품이라는 평가는 옳지 않다고 할 수 있다.

이제 결론을 내릴 때가 되었다. 그렇다면 정지용은 이 작품에서 고향을 왜 궁핍하고 피폐한 현실로 그려놓았을까. 그의 고향에 대한 이러한 인식들이 독자들의 가슴속 깊은 심연에 남아있는 고향에 대한 감각을 새록새록 우러나도록 해주는 감동과 상반되는 것은 아닐까.

일반적으로 식민지 시대의 시인들에게 고향은 어느 한 요소로 설명할 수 없는, 여러 가지가 요소들이 복합된 다중적인 의미를 갖는다. 즉 1930년대의 고향은 식민지 시대의 피폐한 공간, 타향살이 특히 일본 유학 시인들의 회고적 공간, 국권상실의 상징적 공간, 그리고 경우에 따라서는 근대화된 자아들의 불안을 달래주는 공간 등으로 구현되는 것이다. 고향의 이러한 의미들을 곰곰이 짚어나가다 보면, 정지용이 「향수」에서 고향을 왜 궁핍한 공간으로 그린 이유를 알게 된다. 그는 식민지 시대 시인이었고, 경도 유학생이었으며, 모더니스트였다. 이러한 그의 처지가 고향을 피폐한 공간으로 환기시킨 것이다. 그리고 유학생 신분이자 모더니스트였던 그의 편린들 역시 「향수」에서 어렵지 않게 읽어낼 수가 있다. "그곳이 참하 꿈엔들 잊힐리

야"에서 보는 것처럼 끊임없이 반복되는 고향에 대한 회고적 정서와 근대의
현실에 노출된 불안한 자아가 "도란도란 이야기" 할 수 있는 고향의 따스한
온기 속에서 이를 극복하려는 의지를 엿볼 수 있기 때문이다. 이렇게 보면,
정지용에게 고향은 한편으로는 긍정의 대상이면서 다른 한편으로는 부정의
대상이 되는, 양가적 가치를 지녔던 곳이었다고 할 수 있다.

(『시와정신』, 2003년 봄)

서정주의 「귀촉도」에 나타난 '조국'의 의미

눈물 아롱아롱
피리 불고 가신 님의 밟으신 길은
진달래 꽃비 오는 서역(西域) 삼만리(三萬里)
흰 옷깃 여며 여며 가옵신 님의
다시 오진 못하는 파촉(巴蜀) 삼만리(三萬里)

신이나 삼아줄 걸 슬픈 사연의
올올이 아로새긴 육날 메투리
은장도 푸른 날로 이냥 베혀서
부질없는 이 머리털 엮어 드릴걸

초롱에 불빛, 지친 밤하늘
굽이굽이 은하물 목이 젖은 새,
차마 아니 솟는 가락 눈이 감겨서
제 피에 취한 새가 귀촉도 운다.
그대 하늘 끝 호올로 가신 님아

서정주의 「귀촉도」는 1943년 춘추 32호에 발표된 시인의 대표작 가운데 하나이다. 이 시는 서구적 감수성에서 동양적 감수성으로 넘어오는 시인의 과도기적 작품, 혹은 우리 민족의 한이나 비극성을 망자와 산 자의 끈끈한 정을 매개로 매우 훌륭하게 형상화한 작품으로 알려져 왔다. 그 평가가 어떠하든 간에 죽은 자에 대한 산 자의 살뜰한 그리움의 정서나 그 님과의 영원한 사랑을 이만큼 효과적으로 읊어낸 시도 드물 것이다.

그럼에도 서정주의 「귀촉도」를 이렇게만 해석하고 이해하는 데에는 어딘가 모르게 허전한 느낌이 든다. 이런 미흡함은 어디에서 오는 것일까. 지금껏 이 작품을 이해하는 데 두가지 편향성이 있었다고 필자는 판단한다. 하나는 산 자가 지닌 그리움이나 회고의 정에 지나치게 초점을 맞춘 것이고, 다른 하나는 시인의 전기적 사실과 결부시켜 이 시가 함의하는 본뜻을 제대로 읽어내지 못한 점일 것이다. 특히 후자의 경우는 평자의 세계관이나 문학관에 따라 「귀촉도」를 비롯한 서정주의 시 전반에 대해 낙차 큰 시각을 보여온 것이 사실이다. 대단히 초보적이고 문학원론적인 사안임에도 불구하고 그 잣대를 어디에 두는가에 따라 그의 시는 높이 평가되는가 하면 그렇지 못한 사례가 발생하고 있는 것이다.

그러나 시인이란 무엇보다도 작품을 통해 평가받아야 한다는 점이 강조되어야 할 것이다. 그 어떠한 삶의 모습도 작품 속에 기계적으로 투영되어서는 안된다는 뜻이다. 따라서 서정주에 대한 그간의 오해와 편견도 비록 한편의 시이긴 하지만 「귀촉도」의 세밀한 읽기를 통해서 어느 정도 해명될 수 있지 않을까 한다. 「귀촉도」에는 시인의 시대에 대한 고민의 흔적과 그에 대한 정서가 드러나 있음을 어렵지 않게 알 수 있기 때문이다.

눈물 아롱아롱
피리 불고 가신 님의 밟으신 길은

진달래 꽃비 오는 서역(西域) 삼만리(三萬里)
흰 옷깃 여며 여며 가옵신 님의
다시 오진 못하는 파촉(巴蜀) 삼만리(三萬里)

  우선 1연은 님이 다시는 올 수 없는 길을 떠난 것, 곧 님이 죽은 것을
제시한다. 님은 이승과 작별하면서 눈물을 아롱아롱 흘리고 피리를 불며
떠난다. 이 길은 '서역' 혹은 '파촉'으로 표현되는 낯선 길이자 다시는 올
수 없는 영원한 길이기도 하다. 그런 회귀할 수 없는 길을 이 시는 '삼만리'라
는, 인간의 인식을 초월하는 계량 불가능한 거리로 형상화해 놓고 있다.

신이나 삼아줄 걸 슬픈 사연의
올올이 아로새긴 육날 메투리
은장도 푸른 날로 이냥 베혀서
부질없는 이 머리털 엮어 드릴걸

  2연은 죽은 님에 대한 화자의 애틋한 그리움의 정서가 매우 절실하게
제시된 연이다. "신이나 삼아 줄걸"이나 "이 머리털 엮어 드릴 것"에서 보듯,
생전에 다 보여주지 못한 님에 대한 사랑이나 다하지 못한 정성에 대한
회한이 맺혀 있는 것이다. 이와 더불어 '은장도'나 '머리털'과 같은, 여성에
게는 생명과 같은 소중한 것들도 이내 바칠 수 있다고 하는 님에 대한 최고의
헌사를 드러내고 있기까지 하다. 그런데 그러한 소중함도 실상 죽음 앞에서
는 쓸데없는 것이라는, 화자의 허무의식 또한 어렵지 않게 읽어낼 수 있다.

초롱에 불빛, 지친 밤하늘
굽이굽이 은하물 목이 젖은 새,

차마 아니 솟는 가락 눈이 감겨서
제 피에 취한 새가 귀촉도 운다.
그대 하늘 끝 호올로 가신 님아

3연은 님을 잃은 화자의 비통한 심정이 감정이입된 귀촉도의 울음소리를 통해 그 비극성이 심화되고 있다. 화자인 귀촉도는 님을 상실한 슬픔에 토해 낸 눈물이 '은핫물'을 이룰 정도로 넘쳐나고, 결국엔 목까지 젖어버린다. 그리고 그것도 모자라 자신의 마지막 수분, 마지막 생명수인 피까지 토해내는 피울음 속에 취해버린 새가 되는 것이다. "그대 하늘 끝 호올로 가신 님"에 대한 남겨진 자의 주체할 수 없는 애절함 때문이리라.

이렇듯 「귀촉도」는 죽은 자에 대한 남겨진 자의 회한과 탄식을 읊고 있는 시이다. 여기에 덧붙여 "은장도 푸른 날로 이냥 베혀서/부질없는 이 머리털 엮어 드릴걸"에서 알 수 있는 것처럼 생사를 초월해서 죽은 님에 대한 사랑이 영원할 것임을 일러주기도 한다. 그런데 「귀촉도」를 이렇게만 해석하면, 이 시의 한 축을 형성하고 있는 1연의 의미가 잘 드러나지 않는다는 문제점이 있다. 1연을 읽어 보면 쉽게 알 수 있는 것처럼, 이 연의 주체는 죽은 자이다. 기존의 연구들은 이러한 사실을 간과한 채, "피리 불고 가신 님"이나 "진달래 꽃비 오는 서역"을 비극적인 상황을 미화하는 정도, 혹은 탐미화하는 정도로만 해석해 왔다. 살아남은 사람의 상황이나 인식에 초점을 두고 있을 뿐 죽은 자의 관점은 완전히 무시되고 있는 것이다. 물론 이러한 이미지들이 죽음이라는 비극적 상황을 순화시키는 기능을 하고 있다는 점은 부인하기 어려울 것이다. 그럼에도 이런 시각은 산 자의 관점에서 그러한 것일 뿐, 이 시의 1연이 의도하고 있는 함의는 전혀 고려되지 않는 것이라 할 수 있다.

1연의 주체는 앞서 지적한 대로 죽은 자이다. 그렇기 때문에 이 시의 기본 출발은 죽은 자의 관점에서 시작된다고 하겠다. "눈물 아롱아롱"이 바로 그것인 바, 죽은 자는 가족, 사회와 같은 속세와의 이별이 전제되는 까닭에 당연히 슬픔에 젖을 수밖에 없다. 그런데 그 슬픔은 너무 큰 것이어서 눈물이 아롱아롱 맺힐 정도로 우수 짙은 것이다. 그러나 2행에 이르면 이러한 감각은 순식간에 뒤바뀐다. 죽은 자는 "피리를 불"면서 갈 정도로 여유와 평온이 찾아오기 때문이다. 죽은 자의 슬픔이 왜 이렇게 갑자기 여유롭게 바뀌게 되는가. 여기에는 몇가지 관점의 필요한데, 하나는 정신분석학적인 것이고, 다른 하나는 종교적인 것이다.

정신분석학적 관점에 의하면, 인간의 죽음이란 곧 유토피아에 해당된다. 그것은 인간의 영원한 고향이자 어머니의 품과도 같은 것이다. 프로이트는 모든 인간에게 조직적으로 형성된 오이디푸스 콤플렉스, 곧 무의식 속에 내재되어 있는 억압은 사랑충동과 죽음충동에 의해 해소된다고 한다. 즉 영원한 고향인 어머니의 품에 회귀하는 길은 이 두 가지 충동에 의해 가능하다는 것이다. 이런 의미에서 인간에게 죽음이란 낙원으로 돌아가는 것, 자신의 본래적 고향인 영원한 안식처로 되돌아가는 것이라고 할 수 있다. 죽음의 의미가 이러하기에 1연의 주체는 죽음을 통해서 "피리를 불" 수 있는 자유를 얻을 수 있었던 것이다. 이렇게 되면 3행의 "진달래 꽃비 오는 서역"이라는 표현도 매우 자연스러워진다. 죽음이 곧 유토피아이므로 그 여정 역시 꽃비 내리는 아름다운 길이 될 수밖에 없기 때문이다.

종교적인 관점에서도 죽음은 열반이나 극락, 혹은 천국의 세계와 직결된다. 죽음이야말로 이승의 온갖 번뇌와 욕망으로부터 자유로워지는 해탈의 세계이기 때문이다.

이렇듯 1연은 낙원으로 향하는 죽은 자의 평화와 행복이 담담하게 그려져 있다. 그리고 이 연은 죽은 자의 그러한 입장 이외에도 산 자의 '가신 님'에 대한 아쉬움과 죽음에 대한 공포감을 잘 드러낸 연이기도 하다. 4—5행에서 보이는 생과 사에 대한 팽팽한 긴장관계가 이를 잘 증명해준다. "흰 옷깃 여며 여며 가옵신 님"이라는 표현은 염(殮)을 끝낸 뒤 이승의 흔적을 털고 가는 죽은 자의 모습이라면, "다시 오진 못하는"이라는 표현은 죽음의 세계를 두려워하는 산 자의 관점이라 하겠다. 여기서 생과 사의 갈림길이 확연히 드러난다. 먼저 "흰 옷깃 여며 여며 가옵신 님", 곧 사자는 이승의 모든 욕망과 억압을 털어버린 그야말로 해탈의 모습에 해당된다. 본디 흰색이란 깨끗함이면서 무의 상징이 아닌가. 반면 "다시 오진 못하는"이라는 구절은 이승에 대한 집착을 강렬히 갖고 있는, 살아있는 자만이 가질 수 있는 욕망의 표현이다. 게다가 이 말속에는 죽음이라는 미지의 공간과 그에 따른 공포감이 짙게 묻어나온다. 따라서 알 수 없는 미지의 영역으로 떠난 님에 대해 살아 있는 자는 당연히 비극적 인식에 빠져들 수밖에 없는 것이라 하겠다.

1연의 생과 사 사이에 일어나는 이러한 긴장관계가 「귀촉도」를 이끌어가는 힘이며, 그러하기에 2연과 3연에서와 같은 죽은 자에 대한 남아 있는 자의 최대한의 존경과 아쉬움, 그리고 비극적 인식이 가능하도록 만든다. 요컨대 죽은 자만이 가질 수 있는 유토피아 의식이 그 배음에 깔리면서 산 자의 비통함이 더욱 효과적으로 부각되고 있는 것이 「귀촉도」의 시적 짜임이라 할 것이다.

두 번 째는 「귀촉도」의 시대적 문맥이다. 흔히 서정주는 자신이 걸어온 여러 불미스런 개인사로 인하여 그 시적 우수성에도 불구하고 많은 편견과 오해를 받아 왔다. 이러한 선입견들은 그의 삶을 모두 시에 덮어 씌워서 시의 자율성과 그 해석의 다양성을 차단시켜버리는 결과를 가져왔다. 가령 「귀촉도」의 경우만 보더라도 이러한 편견과 오해들이 얼마나 심각한 것인가를 쉽게 알 수 있다.

'귀촉도'는 흔히 소쩍새 혹은 접동새라고 불리는 새의 일종이다. 「귀촉도」에서는 귀촉도가 하나의 소재이면서 촉나라 황제 두우(杜宇)가 나라를 잃고 방랑하다가 죽어 그 혼이 이 새로 되었다는 전설을 담고 있다. 따라서, '귀촉도'는 '촉나라로 돌아가는 길'이면서 '멀고 험난한 길'(蜀道之難)이라는 이중적 의미를 갖는다. 이런 맥락에서 '귀촉도'는 나라를 잃고 방랑하다 죽은 한 많은 새라고 할 수 있다. 결국 「귀촉도」의 주제를 님의 죽음으로 인한 이별의 정서라고 할 경우, 님의 의미를 새롭게 볼 필요가 있게 된다.

일제 강점기에 '님의 부재'가 의미하는 것은 무엇일까. 우리 시사에서 이 시기에 님의 부재를 읊은 시인들은 상당히 많다. 잘 알려진 것처럼, 소월을 비롯하여 만해 한용운, 이상화, 김억, 김동환 등 여러 시인들이 님의 상실을 시의 주된 소재로 삼아 왔다. 그리고 이들이 찾아 나선 '님'은 대개의 경우 이성적인 것이나 종교적인 것, 혹은 국가 등등의 상징이었다.

「귀촉도」의 경우도 여기서 예외가 되어서는 안된다는 점이다. 이 작품을 단순히 이성적인 님을 잃은 여인의 한 정도로만 해석하기에는 너무나 많은 아쉬움이 남기 때문이다. '귀촉도'를 '촉나라로 돌아가는 길'로 읽힌다면, 이는 '우리 나라로 돌아가는 길'이라는 은유적 표현으로 읽을 수는 없는 것일까. 시인에게 시대에 대한 고민이 없었을 경우, 그가 굳이 나라 잃은 황제의 한을 전설로 담고 있는 귀촉도를 시의 소재로 끌어오지는 않았을 것이다. 다만 한가지 흠이 있다면, 그러한 도정이 지나치게 어려운 것이라는 단절감 내지 좌절감일 것이다. "서역 삼만리"나 "파촉 삼만리"에서 보듯 그것은 너무나 멀고도 먼 원거리로 설정되어 있기 때문이다.

그럼에도 불구하고 식민지 시대 말기에 국가 상실을 이렇게 은유적으로나마 표현 것은 놀라운 일이 아닐 수 없다. 이미 식민지 강압 정책에 알게 모르게 동화되어 가고 있던 시점에서 '잃어버린 님'에 대해 '은핫물'을 이룰 수 있을 정도로 쏟아내는 눈물이 있다는 것, 피울음 속에 취해버릴 정도의 새가 되는 것만으로도 그러한 동질화로부터 멀리 떨어져 있는 것이기 때문이다.

(『시와정신』, 2003년 여름)

좌절과 부단히 이어지는 욕망에의 의지
― 김요일의 「묶인 배」

어디로든 가고 싶었을 게다
천 번 만 번은 출렁거렸을 것이다

埠頭의 갈매기들도 멀리 날지 못하고
하염없이
썩은 내 나는
포구만 맴도는

봄날

(가여워라)

묶인 배,

붉게 녹슨 눈을 껌벅이며
끼익── 익──
목 쉰 노래만 부른다

어디로든 가고 싶어
천 번 만 번은 출렁거렸을
묶인 배의 빈 그물처럼

(사랑은, 꿈은 혁명은, 세상은)

비린 흔적만 가득하다

만선滿船이다

(『현대시』, 2005년 5월)

　날이 따스한 봄이 되어 이 산 저 산 물이 오르고 형형색색 꽃들이 피어오르
면 그곳이 어디가 되었든 떠나고 싶지 않은 이가 누가 있을까. 털털한 신
꿰어 신고 달랑 바랑 하나 메고 걸음을 옮기면 그곳이 곧 길이요 목적지가
된다. 길가에 핀 작고 이름 모를 들꽃이나 아무렇게나 자란 무성한 풀들이
혼연히, 그리고 사심 없이 아우성대는 소리에 넋을 빼앗기기 쉬운 계절도
봄이다. 이처럼 봄은 우리 마음의 아득한 저편에서부터 훈기를 지피며 그
아지랑이같은 기운만으로도 우리를 흔들어대기에 충분한 계절이다.

　김요일의 「묶인 배」는 이러한 '봄날'을 배경으로 '묶인 배'의 내면을
그리고 있는 시이다. 시적 화자는 부두에 정박해 있는 '배'의 형상을 통해
자신의 내적 정서를 이입하고 있거니와 '묶인 배'는 누구든지 생동감으로
설레는 아름다운 계절임에도 불구하고 자신의 욕망과 의지를 실현하지 못하
는 좌절한 자의 상징처럼 묘사되고 있다. 속박당한 채 폐허의 이미지를 드러
내고 있는 '묶인 배'는 시인에 의해 다분히 어둡고 쓸쓸한 어조로 형상화된
다. 시적 화자의 그와 같은 어조는 논평과도 같이 중간 중간 개입되는 화자의

언술을 통해 더욱 확고한 정황을 부여받는다. 시인은 '묶인 배'에 대해 '가엽다'고 하며 그것의 황폐한 모습에서 지난 날 폐기된 자신의 '사랑과 꿈과 혁명과 세상'에 대한 열정을 겹쳐 상기하는 것이다.

우리가 '배'에 관해 시에서 얻을 수 있는 정보는 몇 가지 정도로 추려볼 수 있다. '배'는 고기잡이를 용도로 하고 있으며 상당히 오래된 것이라는 점, 낡은 그물을 어지럽게 두르고 있다는 것, 생선의 썩은 내 및 바다의 비린내가 어울린 자신의 냄새를 만들고 있다는 것 등이 그것이다. 이들 정보는 '배'가 한때 지니고 있었을 생동감과 상상적으로 대비되면서 한층 강하게 조락과 좌절의 정서를 환기시킨다. 시인의 개입이 이루어지는 부분도 여기인바 시인은 이제는 먼 과거이자 돌이킬 수 없는 꿈이 되어 버린 열정들을 하나씩 하나씩 토해낸다. '사랑과 꿈과 혁명과 세상'을 향해 불탔던 시인의 과거의 꿈들은 지금 눈앞의 시들고 봉쇄당한 '배'처럼 무너진 것으로 제시되고 있는 것이다. 지금 시인의 내면 속에서 이들 꿈들은 정리되지 못한 채 '그물'과 같은 난맥상을 이루고 있다.

시에서 드러난 쓸쓸한 어조와 이어 묘사된 부두의 황량한 풍경은 우리에게 매우 무거운 느낌을 준다. '갈매기들도 멀리 날지 못하고 하염없이 썩은 내 나는 포구만 맴'돈다는 것이나 '붉게 녹슨 눈을 껌벅이며 목 쉰 노래만 부른다'는 부분은 부두의 조락이 얼마나 큰 슬픔이며 생기를 억누르는 압도적 힘인지 잘 드러내고 있다. 날개가 있어도 날지 못하고 노래를 부르고 싶어도 그리되지 않는다는 정황 묘사는 '묶인 배'가 지닌 운명이 얼마나 암담한지, 나아가 그로 인한 절망이 얼마나 뿌리 깊은 것인지를 시사해 준다. 그리고 이러한 암울함과 절망은 시적 화자인 '나'의 그것과도 겹치는 것이다. 즉 여기에서 '배'와 시적 화자인 '나'는 서로 분리되어서는 의미가 구해지지 않는 두 대상을 이룬다. 절망한 '나'에게 부두는 황폐하여 을씨년스럽기까지 하고 마찬가지로 '배'는 결코 어떠한 항해의 기회를 얻지 못할 듯하다.

사정이 이러한데도 이 시는 아름답다. 첫인상에서도 아름답고 거듭 읽어도 그러하다. 시적 정서는 우리를 우울하게도 하지만 결국 아름다움으로 빚어진 시는 우리의 상상력을 어딘가 알 수 없는 묘한 지대로 이동시키기도 한다. 그 지대에서 우리는 우울히 그저 부정적인 감정도 아니며 좌절이 그렇게 참지 못할 것도 아니라는 것을 막연하게 느낄 수 있다. 이러한 불명확한 전환이 이루어지는 곳, 즉 우리의 상상력이 가 닿는 곳은 어디이고 그리될 수 있는 힘은 시의 어느 부분에서 비롯된 것일까?

이 문제를 탐색하기 위해 우리는 먼저 '봄날'과 욕망의 좌절 사이의 대립 구도에 주의를 기울일 것이나 앞에서도 살펴보았듯이 이는 우리에게 그리 신통한 답을 주지 못한다. 그러한 대비에서 화려하고 생동하는 '봄'은 억압과 좌절을 더욱 선명하게 부각시켜주는 배경이 될지언정 희망에 대한 암시로 이어지지는 않기 때문이다. 그러나 그럼에도 불구하고 '봄날'은 시 전편을 지탱하는 버팀목 구실을 하고 있음 또한 부정할 수 없는데, 그렇다면 우리는 그것을 '봄날', 곧 '봄'의 이미지가 시에 나타나 있는 욕망 및 욕망을 향한 끊임없는 행동과 연관된다는 점에서 해명할 수 있을 것이다. '봄'은 단지 외양의 화려함만 지닌 것이 아니라 내부에 생명을 소생시키는 힘을 지닌 것으로서 그 힘은 존재하는 모든 대상에 미칠 수 있는 것이다. 또한 계절의 순환 속에서 언제든지 하강과 끝을 만나게 되지만 또다시 새로운 탄생으로 거듭난다.

어디로든 가고 싶었을 게다
천 번 만 번은 출렁거렸을 것이다

어디로든 가고 싶어
천 번 만 번은 출렁거렸을
묶인 배의 빈 그물처럼

우리는 이러한 '봄'의 생리를 시에서의 '배'의 '출렁거림' 속에서 연상할
수 있게 된다. 물론 그 '출렁거림'이 먼 바다를 향한 힘찬 도약으로 나아가는
것은 아니다. 그것은 힘만 소진시킬 뿐 좌절을 예비할 뿐이다. 그러나 그러한
결론을 알고 있는데도 불구하고 멈추지 않는 '묶인 배'의 행동에서 우리는
더 큰 힘의 이미지를 발견하게 된다. '묶인 배'는 어떠한 희망이 없는 상황에
서도 욕망에의 추구를 멈추지 않는다. '천 번 만 번'이라는 횟수는 '묶인
배'가 지닌 무한정한 인내와 의지를 말해주는 것이다. 결국 좌절 밖에 없는데
도 시도하고 부딪히는 배의 모습에서 우리는 다시 굴러 떨어질 것을 알면서
도 바위 굴리기를 멈추지 않던 시지프스를 떠올리게 된다.
　시지프스는 불행한 운명을 상징하는 신화 속의 인물이었지만 그 운명을
포기하지 않았던 위대한 인물을 암시하기도 하지 않는가. 좌절이 내포된
욕망을 추구하는 일은 결코 쉬운 일이 아니다. '붉게 녹슨 눈을 껌벅이며/
목 쉰 노래만 부르'는 '묶인 배'의 모습은 그러한 일을 행하는 자의 고통을
말해주는 것이며 동시에 우리는 이 모습에서 아무런 결실도 맺지 못한 채
고통을 인내하는 자에 대한 안타까움과 애정을 갖게 된다.

부두埠頭의 갈매기들도 멀리 날지 못하고
하염없이
썩은 내 나는
포구만 맴도는

이러한 시각에 서게 되면 우리는 황폐한 부두 근처를 배회하는 '갈매기들'조차 따뜻하게 볼 수 있다. 이들 '갈매기들'은 비상하지 못하는 슬픈 존재를 표상하기보다는 비록 그러할지라도 모종의 운명을 힘겹게 감당한다는 점에서 오히려 신뢰를 주는 자로서 다가오기 때문이다. 어쩌면 '갈매기'는 '묶인 배'와 더불어 기꺼이 구속을 함께하는 운명공동체에 해당하는 것이 아닐까?

이러한 점에서 시인이 자신의 목소리를 괄호친 까닭도 해명될 수 있을 듯하다. 그것은 '묶인 배'의 형상과 자신의 내면이 행여 동일하게 규정되는 것에 대한 경계의 태도를 보여준 것이 아니었을까. '묶인 배'는 비록 좌절과 누추함의 외면을 드러내고 있지만 그의 내면은 그러한 외양과는 상관없는 열정과 위대함을 지니고 있었다고 할 수 있다. 때문에 '묶인 배'에 대해 만일 동정의 시선이나 멸시하고 폄하하는 태도를 보인다면 그것은 그의 본질을 외면하는 것이라 할 수 있다. '(가여워라)'와 같은 화자의 감정은, 나아가 좌절을 암시하는 '(사랑은, 꿈은, 혁명은, 세상은)'에 대한 회한의 표현은 '묶인 배'와 섞이지 않는 차원에서 달리 처리되어야 했던 것이다. 괄호 속에 담긴 부분이 절망한 화자의 어두운 내면을 드러내는 것이 분명하다면 이는 시인의 또 다른 의도를 짐작케 한다. 그것은 이 부분을 따로 구분함으로써, 설령 '묶인 배'가 지니는 무게는 고스란히 전달될지라도 그것이 좌절이나 절망으로 다가가지는 않게 하려는 시적 장치라 여겨진다는 점이다.

비린 흔적만 가득하다

만선滿船이다

이러한 해석을 통해 우리는 시의 마지막 구절인 '비린 흔적만 가득하다'와

'만선滿船이다' 사이의 비약과 전환의 계기를 이해할 수 있을 것이다. 좌절의 비애에서 오는 '비린 흔적'을 두고 '만선'이라 할 수 있는 것은 역설이 아니고 말 그대로의 진실에 해당된다. 그야말로 '비린 흔적'이 많으면 많을수록 배는 '만선滿船'이 된다. 이는 배를 채우는 것이 생선이 아니라 오히려 슬픔이자 아픔이자 고통 같은 것, 혹은 좌절을 전제한 끝없는 시도가 내포하는 안타까운 열정 및 힘과 같이 정신적이고 내면적인 것임을 알 수 있다.

결국 이 시는 두 가지 팽팽한 정서를 환기한다고 보인다. 하나는 우울함이고 하나는 아름다움이다. 이 두 가지 정서는 물론 다른 지점에서 발생하는 것이 아니고 동전의 양면처럼 두 면을 형성하는 하나의 대상에서 비롯되는 것이다. 제각각 근거와 환기의 경로를 지니고 있는 두 가지 정서 중 어느 것을 더 강하게 느끼는가 하는 것은 독자의 몫일 것이나 시인은 그 무엇보다도 아름다움을 위한 시적 장치를 더욱 세심하게 마련한 듯싶다.

(『현대시학』, 2005. 6.)

객관화된 시선 속에 투영된
주관화된 삶의 양태들
── 이수익의 「풍경을 읽다」

골목시장 노점상 할머니 앞
우묵한 다라이 안은
꾸불텅꾸불텅 미꾸라지들 온몸으로 쓰는 肉筆이
선연하다.

물 맑은 어느 水路에서 미끄러지듯 길을 만들며
물향기를 들이키던 족속이
지금은 그늘진 고무 다라이 안 얕은 수심에 갇혀
아수라로 한판 뒤엉켜
죽기 아니면 살기! 서로 먼저 대가리를 밀어 넣으려고
한사코 안으로 안으로 파고든다. 부글거리는 거품을 말아 올리며.

이미 할머니는 남아 있는 미꾸라지를 떨이로 팔아
오늘 하루치 장사를 접으려는 참인데
죽음의 예약이 임박한 줄을 모르는 저 硬骨魚類들은
해 그림자 떨어지는 시간의 경계 밖으로

펄떡펄떡 달아나려 한다.

할머니, 당신도 누군가의 손에서
지금 일몰의 떨이로 나와 있지는 않은가요?

(『현대시학』, 2005년 6월)

　이번 월간지에 실린 시들을 이것저것 들추다가 눈에 들어온 시가 이수익의 「풍경을 읽다」이다. 어째서 그러한가는 순전히 필자 개인의 문학관에 따른 문제일 뿐 별다른 이유는 없다. 다만 오랜 세월 동안 문학은 이런 것 혹은 이런 방향으로 나아가야 하지 않겠나 하는 나름대로의 일관된 원칙 때문에 그런 것으로 보인다. 문학을, 시를 공부한다고 뛰어든 지가 어느덧 20여년의 세월이 지났지만, 시의 맛을 느끼게 하는 작품들은 삶의 진실들을 진솔하게 읊은 것들이 아닌가 싶다. 무슨 이념을 표나게 내포시킨 시도 그렇고, 형식을 지나치게 작위적으로 흔들어댄 작품들도 마찬가지다. 이런 작품들은 금방 읽었을 때에는 어떤 정신적 충격으로 내적 긴장감이 있어 보이지만 돌아서면 아무런 흔적도 남기지 않음을 숱하게 보아왔다. 따라서 시란 이것이다라고 한마디로 정의할 수 있는 문제는 아니지만, 우리의 정서의 폭과 자장을 깊게 그리고 넓게 울려주는 것이 아닐까 하는 생각을 하게 되는 것이다.
　이번에 발표된 이수익의 「풍경을 읽다」는 인생의 한 단면을 생에의 욕구라는 본능을 통해 읽어내고 있다는 점에서 참신한 맛을 주는 작품이기도 하지만, 가장 이수익적인 시라는 측면에서 필자의 시선을 끌기도 한 작품이다. 어떻게 해서 이 작품이 그의 시적 특성을 잘 드러낸 것인가 하는 문제는 그의 시를 비평하는 관점 혹은 태도에 따라 달라질 수 있는 것이어서 쉽게 단정하긴 어려운 일이다. 그럼에도 시에 구사된 기법과 주제를 표출하는 방식을 보면, 이 작품이 이수익의 것이라는 사실을 금방 알 수 있게 해 준다. 그만큼 「풍경을 읽다」는 이수익의 시적 특색을 잘 드러내주고 있다고 하겠다.

이수익의 시에서 드러나는 주제 표출의 방식은 매우 독특하다. 그는 두 사물의 대비를 통하여 인생의 한 단면을 읽어내는 데 매우 탁월한 시적 재능을 보여 왔다. 말하자면 한 사물의 특성이나 본질을 통하여 다른 사물들의 특성이나 본질에 육박해 들어가는 방식이다. 이러한 유추의 방법들은 단절감 혹은 국면 전환에 따른 유기적 통일성이 희석되는 단점이 있긴 하지만, 시의 주제를 선명히 부각시키는 데는 더없이 좋은 시의 의장이라 할 수 있다. 「풍경을 읽다」에서도 그러한 시적 기제들은 유감없이 발휘된다. 이 작품은 의미 전개상 크게 두 부분으로 나누어지는바, 미꾸라지의 생존에 대한 역동적 힘들이 펼쳐지고 있는 1−3연, 그리고 그러한 삶과 대비되는 할머니의 모습이 장식된 4연이 바로 그러하다. 사물을 그리고 있는 연의 비중에 차이가 있긴 하지만, 이 작품은 이 두 대상의 본질을 통해서 시의 의미를 농밀하게 우려내고 있다.

이수익의 시의 또다른 특징은 그의 시에서 구사되는 독특한 기법에서 찾을 수 있다. 잘 알려진 대로 시인은 60년대를 풍미한 현대시 동인의 일원이었다. 이들 동인의 시적 지향은 현대의 감수성을 어떻게 내면화시킬 것인가, 혹은 팽창된 내면의 과잉을 어떻게 표현으로 승화시킬 것인가에 대한 탐색에 있었다. 그리하여 80년대 유행하던 자기 해체주의적 성향을 보이기도 했고 과잉된 내면을 절제된 감정으로 표현, 승화시키기는 경향을 보이기도 했다. 이들이 행한 시의 모험들은 20−30년대 모더니즘의 계통의 시를 계승하면서 다른 한편으로는 80년대에 진행된 모더니즘 시운동을 매개하는 중간자 역할에 그 사적 의의가 있었다. 이수익은 이들 동인들 가운데 주로 후자 쪽의 몫을 담당했다. 그의 시들은 현대의 감수성을 표현해내는데 있어 진부한 표현으로 떨어지지 않았고, 그들 동인 대부분이 암묵적으로 승인했던 낭만적 표현의 열정, 곧 의미 해체의 미로 속에서 허우적거리지도 않았다. 그의 시의 특성은 30년대의 이미지즘에 가까운 것이었던 바, 정지용 이후의 이미지즘적 세계를 확대 계승하고 이를 80년대에까지 전승시킨 매개고리 역할에 그 시사적 의의가 있다고 하겠다. 그의 시는 내면 속으로 육박해 들어오는 현대의 감수성들을 절제된 감정 속에서 의미화시킨 예외적 존재였던 것이다.

「풍경을 읽다」가 보여주는 특징도 그의 시세계의 한 단면이라 할 수 있는, 사물에 대한 객관화된 거리에서 찾을 수 있을 것이다. 이 작품에서 생명체들은 생존을 위한 치열성으로 아우성치지만, 시인은 그러한 열정과는 반대로 이를 차가운 시선으로 관찰만 할 뿐이다. 그러한 교묘한 대비 속에서 울려나오는 긴장감들이 이 시를 더욱 참신한 감동으로 이끌어준다.

그러나 그러한 정서와 달리 이 시의 창작 배경은 의외로 단순하다. 이 시에서 전개된 풍경은 재래식 시장 혹은 길거리 한켠에서 쉽게 볼 수 있는 모습이다. 그런데 그런 평범성을 예외적 특수성으로 만들어버린 것이 이 시의 매력이다. 어느날 시인은 우연히 미꾸라지를 팔려고 나온, 길거리 한쪽에 쭈구리고 앉아있는 할머니를 발견한다. 그런데 시인의 눈에 먼저 들어온 것은 꾸부정한 할머니의 초라한 모습보다는 미꾸라지들이다. 시인은 꿈틀거리는 이들을 통해서 용솟음쳐 오르는 생명에의 약동을 인식하게 된다. 즉 <죽기 아니면 살기>로 서로 <대가리를 밀어 넣으려고 한사코 안으로 파고드>는 미꾸라지들의 탈출에의 의지이자 자유에의 의지, 곧 생명에의 의지를 읽어내는 것이다.

이 시 속에서 생의 약동이나 강렬한 생명성의 추구라는 관점에서 특히 주목을 해야 할 대상이 할머니라는 존재이다. 자유와 생명에 대한 의지가 이 시의 주제 가운데 하나인 것은 미꾸라지의 역동성을 통해서 충분히 이해될 수 있는 대목이다. 그러나 할머니의 생에 대한 의지 역시 미꾸지라지의 모습 못지않게 이 시에서는 강하게 울려퍼져 나오고 있다. 실상 이 시에서 할머니의 모습은 대단히 초라한 존재로, 특히 4연에서 미꾸라지와 더불어 <떨이>의 존재로 그려져 있는 것이 사실이다. 할머니의 모습은 미꾸라지의 강력한 활동성에 비하면 대단히 나약한, 무기력한 존재로 비춰지고 있기 때문이다. 그러나 할머니의 존재를 이런 식으로 해석해버리면 이 시의 맛은 상당히 감소될 수밖에 없다. 이 시가 지향하는 궁극적인 목적이 할머니의 존재와 미꾸라지의 존재는 등가적인 수평적 대상들이기 때문이다. 그러한 까닭에 미꾸라지와 할머니는 분리되지 않는다. 이러한 사실을 이 시에서 확인하는 것은 그리 어려운 일이 아니다. 대부분의 물건을 다 팔고 <할머니는 남아 있는 미꾸라지를 떨이로 팔아 오늘 하루치 장사를 접으려>하기 때문이다. 할머니가 장사를 한다는 것, 그것은 곧 생존에의 욕구 혹은 본능이 아니겠는가. 따라서 할머니 역시 미꾸라지 못지않은 생에의 의지로 충만된 존재인 것이다.

앞에서 「풍경을 읽다」의 시적 특성 가운데 하나가 사물의 비교를 통한 상상력의 힘에 있다고 했다. 미꾸라지와 할머니의 사이의 비교, 야생의 미꾸라지와 갇힌 미꾸라지, 생에의 경계를 줄다리기하듯 살아가는 할머니와 미꾸라지 그리고 이를 바라보는 시인의 시선 사이에서 이 시의 역동성이 꿈틀거리고 있는 것이다. 생에의 욕구라는 측면에서 할머니와 미꾸라지는 등가의 대상이었음을 살펴보았거니와, 야생의 미꾸라지와 갇힌 상태의 그것, 일몰의 <떨이> 존재일 수 있는 할머니와 미꾸라지, 그리고 이를 직시하는 시인의 시선 사이의 의미적 파장 속에서 이 시는 직조되고 있다. 이를 비교의 상상력이라 할 수 있다면, 「풍경의 읽다」가 거둔 시적 성공은 아마도 여기에서 찾을 수 있지 않을까 한다.

> 물 맑은 어느 水路에서 미끄러지듯 길을 만들며
> 물향기를 들이키던 족속이
> 지금은 그늘진 고무 다라이 안 얕은 수심에 갇혀
> 아수라로 한판 뒤엉켜
> 죽기 아니면 살기! 서로 먼저 대가리를 밀어 넣으려고
> 한사코 안으로 안으로 파고든다. 부글거리는 거품을 말아 올리며.

<물 맑은 어느 水路에서 미끄러지듯 길을 만드는> 미꾸라지의 자유로운 행보가 <지금은 그늘진 고무 다라이 안 얕은 수심에 갇힌> 억압적 존재로 바뀌면서 미꾸라지의 생에의 의욕은 더욱 강렬해지게 된다. 그리하여 생과 사의 갈림길을 <거품을 말아 올리며> 헤쳐나가려 든다. 이러한 열림과 닫힘의 극적 상황과 대비는 미꾸라지의 생에의 욕구를 더욱 가열찬 것으로 만들어버린다.

> 이미 할머니는 남아 있는 미꾸라지를 떨이로 팔아
> 오늘 하루치 장사를 접으려는 참인데
> 죽음의 예약이 임박한 줄을 모르는 저 硬骨魚類들은
> 해 그림자 떨어지는 시간의 경계 밖으로
> 펄떡펄떡 달아나려 한다.

할머니, 당신도 누군가의 손에서
지금 일몰의 떨이로 나와 있지는 않은가요?

　생에의 욕구라는 측면에서 미꾸라지와 할머니는 동일한 존재이면서, 할머니에 의해 <떨이>로 전락한 미꾸라지와 누군가에 의해 <일몰의 떨이>일 수 있는 할머니의 존재 역시 동일한 상황에 놓여 있는 대상들이다. 그리고 이 두 대상을 공통으로 묶고 있는 괄호는 바로 <무지>라 할 수 있다. 그것도 이성의 감각을 떠난 주체의 <무지>이다. <죽음의 예약이 임박한 줄을 모르고> <해그림자 떨어지는 시간의 경계 밖으로 펄떡펄떡 달아나려>하는 미꾸라지나 <당신도 누군가의 손에서 일몰의 떨이>로 나왔을지도 모르는 할머니의 처지는 모두 <무지>라는 이름으로 묶여지는 것이다. 그리고 이들의 행위는 객관적 가치나 상황이 담보되지 않은 주관적 판단들에 의해 이루어진 것들이다. 이러한 주관화된 상황들과 <무지>를 의미화시키는 것이 시인의 냉철한 객관적 시선이다. 제3의 존재인 시인은 그러한 주관적 상황과 <무지>가 말하는 지시대상이 무엇인지를 잘 알고 있다. 그들이 곧 생의 끝으로 질주하고 있는 한시성을 가진 존재들이라는 사실을 말이다.
　이런 측면에서 보면 할머니나 미꾸라지는 지극히 알라존적인 성향을 지녔다고 할 수 있을 것이고, 시인은 이성적 판단을 담지한 분석자라 할 수 있을 것이다. 이 시의 의미는 이렇듯 저돌적인 생에의 약동인 <무지>라는 본능과 이성 속에서 피어오른다. 요컨대 <무지>와 냉철한 이성의 만남, 그리고 이 둘 사이에서 조정되는 상상력의 힘이 「풍경을 읽다」가 보여준 주제이자 힘이라 할 수 있다.

(『현대시학』, 2005. 7.)

육신의 고통을 초월한 존재의 자유
─ 서안나의 「죽음을 통과한 육체는 여유롭다」

중국 여행 때 호텔 로비에서 보았던
누런 두꺼비 술
머슴 손바닥처럼 넓적하게 생긴 놈들이
술병 뚜껑이 열리면 여차 하고 튀어나갈 자세로
시선을 뚜껑을 향한 채 뒷발에 힘을 주고 멈춰있다
술병 안엔 죽음의 수위를 뛰어넘으려던
놈들의 생생한 뒷발길 질이 가득 차 있다

손톱으로 술병을 툭툭 두르려본다
삶의 손길은 죽음의 두께를
쉽사리 통과하지 못한다
웬만한 소리는 이미 익숙해졌다는 듯
초연하게 한 곳만을 바라보고 있다
졸린 듯한 두꺼비 눈동자들
시선들이 제각각 다른 죽음의 각도들을 지니고 있다
죽음을 받아들여 불로장생을 터득한 놈들
죽음을 통과한 육체는 여유롭다

(『시와 정신』, 2005년 여름)

서안나의 「죽음을 통과한 육체는 여유롭다」의 시적 발상은 대단히 독특한 것에서 시작된다. 공간예술의 한 형태라 할 수 있는 조각(술병)에 그 시상의 뿌리를 두고 있기 때문이다. 잘 알려진 것처럼 공간예술이란 시간예술과는 그 성격상 정반대이다. 전자가 시간의 계기성과 무관하게 인생의 단면들을 총괄적으로 보여준다면, 후자는 시간의 순차적 질서에 의하여 그러한 단면들을 보여준다. 원래 문학의 공간성(spatial)이나 공간지향화는 현대 문학의 성격을 설명하기 위하여 조셉 프랭크가 도입한 개념이었다. 그는 신의 명령을 어긴 죄로 뱀에게 감겨 죽는 라오콘의 경우를 예로 들면서 예술의 공간성이 갖는 의미를 설명해내었다. 가령 조각의 경우는 그 고통을 한순간에 총괄적으로 보여줄 수 있는 반면, 그것을 말로 표현할 경우에는 그것의 총체적인 모습들은 일순간에 모두 드러낼 수 없다는 것이다. 곧 시간의 계기성 때문에 그러한 형상화가 불가능하다는 것이다. 따라서 인생의 여러 단면들을 다양한 각도에서 조명하려면 시간예술보다는 공간예술이 더 효과적이라고 한다. 그런데 공간예술의 이러한 특징들은 현대 예술에서도 그대로 유효하다는 것이 프랭크의 판단이다. 현대 사회는 대단히 복잡하기 때문에 그러한 복합성들을 모두 표현해내기 위해서는 예술이 공간화를 지향하지 않을 수 없다는 것이다. 현대 예술을 '말로 된 그림'이라 부르는 이유도 여기에 있다. 이러한 성격을 갖는 공간예술이 지향하는 시적 의장으로는 통사론적 연대성의 포기나 유기적인 이미지의 파탄, 모자이크 기법 등으로 나타난다.

　서안나의 「죽음을 통과한 육체는 여유롭다」는 시의 공간화 기법이 적용되고 있는, 모더니즘의 미학에 근거를 두고 있는 작품은 아니다. 시를 읽어보면 금방 알 수 있는 것처럼 통사론적 연대가 너무나도 잘 지켜지고 있는, 서정시의 한 특성인 시간예술의 전범을 보이는 작품이다. 그럼에도 그의 시를 언급하는 데 있어서 공간예술의 특징을 언급한 것은 그의 시가 이 예술에서 그 시적 발상을 얻고 있기 때문이다. 시인은 조각을 통해서 말을 일구어내고 있는 바, '말로 만들어진 그림'이 아니라 '그림으로 만들어진 말'이 이 작품의 특징인 것이다.

「죽음을 통과한 육체는 여유롭다」의 배경 그림인, 술병에 새겨진 두꺼비들은 라오콘의 조각처럼 하나의 단일한 뜻으로 귀결되지 않는다. 라오콘의 조각상에서 흔히 읽어낼 수 있는 의미가 '사라지는 육신의 고통'이나 '신의 죄를 어긴 대가'와 같은 육체의 고통이나 괴로움으로 귀결될 수 있다면, 술병의 두꺼비들이 주는 의미는 이와 매우 다르다고 할 수 있다. 그것은 전적으로 시인의 상상력의 몫일 것이다. 그렇다면 시인은 '그림' 속에서 어떤 '말'들을 풀어내고 있을까.

앞에서 언급한 것처럼, 「죽음을 통과한 육체는 여유롭다」를 낳게 한 배경은 시인이 중국 여행 중 우연히 보게 되었던, 두꺼비가 새겨진 술병이다. 그런데 여기서 한가지 주목해야 할 것은 여행 중에 이 술병을 보았고, 그것으로부터 시의 소재를 얻었다는 사실이다. 여행이란 무엇인가. 그것은 육체의 노동과 정신의 긴장으로부터 벗어나기 위한 일종의 해방 행위가 아니겠는가. 실상 정신과 육체의 해방이 이루어질 경우에만 어떤 사물이, 어떤 대상이 시인의 시선에 들어오고, 그것이 의미화될 것이다. 만약 그렇지 않은 경우라면 평범한 일상의 사물이 쉽게 의미화되는 것은 불가능할 것이다. 정신과 육체가 긴장되고 얽매이게 되면, 주위의 사물이 시인의 시선으로부터 멀어질 수밖에 없기 때문이다. 따라서 이 작품은 긴장의 끈이 풀어지는 여행 중에 사물을 인식했다는 것, 그리고 그러한 해방 속에 또 다른 해방의 단면을 보았다는 데 그 의의가 있다고 하겠다.

이 작품은 연이 구분되어 있는 대로 그 의미 단위가 크게 두 부분으로 이루어져 있다. 1연이 '누런 두꺼비 술'의 겉모양이 표현된 연이라면, 2연은 그 술병으로부터 스머나오는 시인의 자의식적인 상상력이 표현된 연이다.

중국 여행 때 호텔 로비에서 보았던
누런 두꺼비 술
머슴 손바닥처럼 넓적하게 생긴 놈들이
술병 뚜껑이 열리면 여차 하고 튀어나갈 자세로
시선을 뚜껑을 향한 채 뒷발에 힘을 주고 멈춰있다
술병 안엔 죽음의 수위를 뛰어넘으려던
놈들의 생생한 뒷발길 질이 가득 차 있다

시인은 여행 중 호텔 로비에 있는 두꺼비 술병을 본다. 물론 그 두꺼비들은 당연히 죽어있다. 그러나 죽어 있는 그 두꺼비들은 시인의 상상력에 의해 다시 생생히 살아나온다. 두꺼비들은 "머슴 손바닥처럼 넓적한" 모습을 하고 있으면서, "술병 뚜껑이 열리면 여차 하고 튀어나갈 자세로/시선을 뚜껑을 향한 채 뒷발에 힘을 주고" 있기도 하다. 현실 속에서는 죽어있지만 상상력의 영역 속에서는 이렇듯 생생히 살아있는 것이다. 어찌 보면 대단한 역설이라 할 수 있을 것이다. 게다가 두꺼비 스스로도 그러한 삶과 죽음의 경계를 똑바로 인식하고 이를 벗어나려고 끊임없는 자맥질을 계속 해온 터이다. "술병 안엔 죽음의 수위를 뛰어넘으려던/놈들의 생생한 뒷발길 질이 가득 차 있"기 때문이다.

손톱으로 술병을 툭툭 두르려본다
삶의 손길은 죽음의 두께를

쉽사리 통과하지 못한다
웬만한 소리는 이미 익숙해졌다는 듯
초연하게 한 곳만을 바라보고 있다
졸린 듯한 두꺼비 눈동자들
시선들이 제각각 다른 죽음의 각도들을 지니고 있다
죽음을 받아들여 불로장생을 터득한 놈들
죽음을 통과한 육체는 여유롭다

　2연에 이르면 시인은 다시 상상력의 나래를 접고 현실의 영역으로 되돌아
온다. "손톱으로 술병을 툭툭 두드려 봄"으로써 삶과 죽음의 경계를 확인하
기 때문이다. 아니 어쩌면 그러한 경계가 이미 사라졌음을 인식하고 이를
알려고 한다는 표현이 더 옳을지도 모른다. 그것은 곧 죽음에의 인식이다.
1연의 상상력과 달리 2연에서 보이고 있는 시인의 사유 태도는 두꺼비의
죽음에 있다. 시인은 그러한 두꺼비의 죽음 속에서 삶의 의미를 읽어낸다.
그것은 "죽음을 받아들여 불로장생을 터득한" 자유주의자들이라는 것이고
육신을 버림으로써 영생을 얻는다는 뜻이다.
　「죽음을 통과한 육체는 여유롭다」는 죽음이라는 한계상황을 벗어 던진
영혼의 자유나 영원성을 노래한 작품이다. 인간의 숙명인 죽음의 문제로부
터 오는 실존적 고뇌 또한 짙게 묻어 나온다. 이 작품을 불교적 의미에서의
해탈로 읽어낼 수 있는 것도 이런 이유 때문이다. 또한 이 작품은 일시적
속성인 육체를 잃어버림으로써 영원으로 나아간다는 사유를 보이고 있기도
하지만 이면적으로는 그 이상의 사유를 담고 있는 시이기도 하다. 여기서
육체는 시간의 제약으로부터 자유롭지 못한 존재이면서 동시에 욕망에 사로
잡힌 존재이기도 하다. 인간의 근원적 억압이란 바로 욕망에서 비롯되는
것이기에 그러하다. 따라서 "죽음을 통과한 육체"는 어떻게 보면 욕망으로

부터 자유로운 존재라고 해도 무방할 것이다. 그러므로 "죽음을 통과한 육체"는 욕망의 유혹으로부터 자유롭다. 그를 욕망의 입 속으로 집어넣으려는 '웬만한 소리'에도 "초연히 한곳만을 바라볼" 수 있기 때문이다. 그리고 욕망에 사로잡힌 존재, 유한한 육체는 "죽음을 통과한 육체"의 세계에 육박해 들어가는 것이 불가능하다. "삶의 손길은 죽음의 두께를/쉽사리 통과하지 못"하는 까닭이다.

"죽음을 받아들여 불로장생을 터득한 놈들"이라든가 "죽음을 통과한 육체는 여유롭다"에서 보듯 '영원성'과 '욕망'으로부터의 자유라는 사유에 주목하게 되면, 1연의 "술병 안엔 죽음의 수위를 뛰어넘으려던/놈들의 생생한 뒷발길 질이 가득 차 있다"는 표현에 또다시 눈을 돌리게 된다. 육신을 잃어버리는 행위, 생명을 잃어버리는 행위야말로 생명체들이 가지고 있는 가장 고통스러운 실존적 몸부림일 것이다. 여기에서 "생생한 뒷발길 질"은 생과 사의 갈림길에서 육신의 상실을 초월하려는 고통에 찬 심적 고뇌의 표현으로 볼 수 있다. 따라서 이 부분은 보는 이로 하여금 숙연한 감정에 빠져들게 한다.

서안나의 「죽음을 통과한 육체는 여유롭다」는 매우 평범한 일상에서 역시 평범한 사물을 대상으로 사유의 폭과 깊이를 준 작품이다. 인간의 가지고 있는 숙명적 고뇌인 죽음의 문제라든가 욕망의 문제를, '그림'을 통해서 '말'로 풀어낸 것이다. 즉 조각화된 두꺼비의 그림 속에서 인간의 숙명적 한계인 죽음의 문제를 '말'로 직조해내고 있는 것이다.

(『현대시학』, 2005. 8.)

사회적 현실 속에서 길러진 윤리적 자기결단

─ 오세영의 「내 시의 사전에는 '증오'라는 말이 없다」

내 눈이 더 이상
전장의 살육을 보지 않게 하여라.
내 귀가 더 이상
산 자의 통곡을 듣지 않게 하여라.
내 코가 더 이상
대지의 피 냄새를 맡지 않게 하여라.
이 세상의 쇠붙이는 오직
옥토에 생명을 키우는 삽과 쟁기만을
만들지니
모든 총포와 창검과 그리고 철갑을 거두어
20세기의 비극 저 우리의 휴전선에
거대한 용광로를 하나 세우자.
미움과 원한과 저주와 분노를 녹여
아아, 한 가지 오직 화해만을 일구어낼
사랑의 용광로,
높은 장벽, 철조망, 쇠창살을 허문 바로 그 동산에
우리는 다만 꽃과 나무와 작물만을 심을 지니

이제 내 눈이 더 이상
전장의 살육을 보지 않게 하여라.
내 시의 사전에는
'증오'라는 말이 없다.

(『현대시학』, 2005년 8월)

인간에게 연륜이 쌓여간다는 것은 무엇을 의미하는 것일까. 시간의 깊이와 넓이가 인간의 행동반경을 좁힌다는 것은 그만큼 인간으로 하여금 어떤 희망이나 욕망으로부터 멀리 벗어나게 하는 물리적 혹은 심리적 거리와 밀접한 연관을 갖는 것은 아닐까. 인간이 욕망이라는 덫으로부터 멀리 떨어질 수 있다면, 어떤 대상에 대해서 갖는 집착 역시 그 밀도가 떨어질 것은 분명할 것이다. 집착이 없다면, 갈등이 없을 것이고 부수적으로 증오도 없을 것이다. 증오란 어떤 욕망이 제대로 뻗쳐나가지 못할 때 생기는 일종의 마음의 상처이다. 이 상처가 없게 된다면 거기에 뿌리를 두고 있는 증오 역시 그 존립의 근거를 잃게 될 것이다.

오세영의 「내 시의 사전에는 '증오'라는 말이 없다」는 상처를 바탕으로 씌어진 작품이다. 그 상처는 남북전쟁과 분단과 같은, 시인의 말을 빌면 20세기의 가장 크나큰 비극인 한반도의 현실을 그 배경으로 깔고 있다. 시인은 이러한 배경 속에서 자신에게는 "증오가 없다"는 결심을 하게 된다. 어쩌면 그것은 인생이라는 길고도 험한 항로를 헤쳐나가는 조타수 역할을 하는 격언 혹은 잠언 같기도 한데, 그 핵심은 시의 제목과 똑같이 '내 시의 사전에는 '증오'라는 말이 없다'로 요약된다. 그렇다면 시인이 말하는 '증오'란 무엇이고, 그것이 시인과 맺고 있는 관계는 무엇일까.

우선, 이 작품은 그 의미 전개상 크게 세 부분으로 나누어 볼 수 있다.

증오의 제반 현상들로부터 벗어나고자 하는 시인의 자기몸부림이 제시된
1−6행, 그러한 증오들이 사랑으로 승화되는 방법을 제시한 7−19행, 그리
고 증오의 종료를 선언하는 마지막 2행 등이 바로 그러하다. 첫 번째 부분을
검토해 보자.

> 내 눈이 더 이상
> 전장의 살육을 보지 않게 하여라.
> 내 귀가 더 이상
> 산 자의 통곡을 듣지 않게 하여라.
> 내 코가 더 이상
> 대지의 피 냄새를 맡지 않게 하여라.

인용된 이 부분에서 우리는 다음 두 가지 시적 구성에 주목하게 된다.
인간의 제반 갈등 양상들을 인간의 오감에 의해 풀어내고 있다는 점이 그
하나이고, 그러한 과정이 시인의 자기결단에 의해 이루어지고 있다는 점이
다른 하나이다. 잘 알려진 것처럼 인간의 이성이나 판단의 영역은 가장 원초
적인 일차적 감각 속에서 길러진다. 가령, 뜨거움의 감각 속에서 열정이,
차가움의 감각 속에서 냉철함의 속성이 만들어지는 것과 동일한 논리이다.
이런 관점에서 증오와 불신의 사유를 만들어내는 '전장의 살육'이라든가
'산자의 통곡', '대지의 피냄새' 등은 모두 일차적 감각과 맞닿아 있는 정서
들이다. 이 시에 나타나 있는 것처럼, '전장의 살육'을 보는 것은 눈이고,
'산자의 통곡'을 듣는 것은 귀이며, '대지의 피냄새'를 맡는 것은 코이기
때문이다. 모두 구체적인 감각의 뿌리에 인식의 사유가 닿아 있다. 따라서
증오의 정서를 불러일으키고 이를 환기시키는 시인의 시적 전략들은, 이런
류의 시들이 흔히 범할 수 있는 관념화로부터 어느 정도 비껴가고 있는

것처럼 보인다.

그리고 다른 하나는 그러한 정서에서 벗어나거나 이를 차단시키는 시인의 담론 구성에 관한 문제이다. 시인은 잠재적 힘의 실체 혹은 청중들을 끌어들여, 자신이 갖고자 하는 당위적 명제를 실천하려 든다. "――하여라"와 같은 명령적 청유형들이 그러한 기능과 긴밀한 대응관계에 있다. 만약 그러하다면, 이 시는 현저하게 계몽적 성향으로 기울거나 시의 긴장성 혹은 서정적인 맛을 떨어뜨릴 우려가 있다. 그러나 이 시는 그러한 위험성과 함정을 피해간다. "――하여라"가 겉으로 보기에는 잠정적 청중에게 직접 발언하는 것처럼 보이지만, 실상은 시인 스스로에게 발언하는 구조로 되어 있기 때문이다. 그것은 마지막 두 행을 보면 금방 이해가 된다. "내 시의 사전에는/증오라는 말이 없다"라고 하면서 시인 자신의 윤리성 문제로 국한시키고 있기 때문이다.

이 세상의 쇠붙이는 오직
옥토에 생명을 키우는 삽과 쟁기만을
만들지니
모든 총포와 창검과 그리고 철갑을 거두어
20세기의 비극 저 우리의 휴전선에
거대한 용광로를 하나 세우자.
미움과 원한과 저주와 분노를 녹여
아아, 한 가지 오직 화해만을 일구어낼
사랑의 용광로,
높은 장벽, 철조망, 쇠창살을 허문 바로 그 동산에
우리는 다만 꽃과 나무와 작물만을 심을 지니
이제 내 눈이 더 이상
전장의 살육을 보지 않게 하여라.

두 번째인 이 부분은 시인으로 하여금 증오를 불러일으키게 한 원인과 그것을 삭여내는 해법이 제시된 곳이다. 시인이 판단하는, 이 세상에 편재된 증오의 근본 원인은 쇠붙이에 있다. 그런데 이 쇠붙이는 어떤 것을 만들어내는 재료 이상의 의미를 갖는 것이 아니어서 무엇에 대한 은유라고 보기는 어려운 것이 사실이다. 쇠붙이의 그러한 의미론적 국면은 시인이 최근의 시집에서 펼쳐보인 세계와도 다른 것이고, 60년대 신동엽이 읊어냈던 세계와도 다른 것이다. 시인은 최근의 시집『봄은 전쟁처럼』에서 불활성화된 현대의 영혼들을 일깨우는 다양한 시적 의장을 제시한 바 있다. 그 중의 하나가 쇠붙이에도 영혼이 있다는 애니미즘적 사유이다. 이 사유는 현대의 온갖 물질문명에 의해 자동화되어 있는 현대인들의 무감각한 영혼들을 일깨우는 좋은 시적 기제였다. 반면 신동엽의 경우는 이와 매우 다르다. 그가 말한 쇠붙이는 도가에서 말하는 무위자연이나 정치적 중립 혹은 외세와 같은 것을 의미한다. 모두 직접적인 재료로서의 의미가 아니라 무엇에 대한 은유를 기능하고 있다.

그러나 「내 시의 사전에는 '증오'라는 말이 없다」에서의 쇠붙이는 단지 무엇을 만드는 재료일 뿐 무엇을 대신하거나 감춰진 어떤 소기를 담고 있는 것은 아니다. 시에 나타나 있는 것처럼 그것은 "옥토에 생명을 키우는 삽과 쟁기" 뿐만 아니라 "모든 총포와 창검 그리고 철갑" 등을 만드는 재료에 불과할 따름이다. 쇠붙이가 단지 무엇을 만들어내는 재료라면, 그것은 그 목적성 여부에 따라 증오의 산물의 되기도 할 것이다. 총포라든가 창검처럼 그것이 도구적으로 이용될 경우가 바로 그러한 때이다. 시인은 이 무기들을 거두어들여서 "20세기의 비극인 우리의 휴전선에/거대한 용광로"속에 넣어 그러한 비극들을 넘어서자고 한다. 우리는 여기서 구체성에 대한 시인의 안목을 엿볼 수 있다. 문학이 아무리 보편성을 지향한다고 해도 구체적 사실이 전제되지 않는다면 추상화의 오류를 피할 수가 없다. 보편만큼 인간을 허망하게 만드는 것도 없는 까닭이다. 그러나 시인은 증오라든가 비극의 문제를 경험의 영역으로부터 적절히 길어올림으로써 그러한 감각을 우회한다. 시인은 비극과 같은 지극히 추상적인 문제를 분단의 현장 속에서 읽어들임으로써 추상의 영역을 넘어서고 있는 것이다.

시인은 20세기 비극의 현장인 거대한 용광로를 하나 세워서 미움과 원한과 저주와 분노를 녹여 내자고 했다. 오직 화해만을 일궈내는 사랑의 용광로를 만들자는 것이다. 이렇게 보면 용광로는 무화의 끝이면서 새로운 것의 시작이 되는 원점이 된다고 할 수 있다. 용광로는 증오가 소멸되는 종점이면서 화해 혹은 사랑이 피어오르는 출발점이 되는 것이다. 그것은 증오를 녹이는 끓는 불이면서 새로운 목숨을 솟아나게 하는 생명의 물이기도 하다. "높은 장벽, 철조망, 쇠창살"이 녹아 허물어진 다음에 "꽃과 나무와 작물"등의 생명이 솟아오르기 때문이다. 우리는 여기서 이 시인이 요즈음 관심을 가지고 있는 생명사상을 다시 한번 환기하게 된다. 근래에 들어 오세영 시인이 현대 문명의 병리 현상을 생명성의 소멸에서 탐색하고 있는 것은 잘 알려진 일이다. 가령, 현대 문화의 특징을 문명의 이기에 의해 자동제어된 인간의 비활성화된 모습이라든가 일회적 속성들에 잠겨진 순간성에서 찾는 것이 바로 그 본보기들이다. 시인은 그러한 최근의 자신의 시적 경향을 사랑의 용광로 속에서 피어오르는 꽃과 나무를 통해서 다시 확인하고 있는 것이다.

마지막 세번 째 부분은 이 시의 주제이기도 하고 이 시인이 이번 시에서 추구하는 윤리의식이기도 하다. 전장의 살육과 같은 목불인견의 참상같은 구체적인 감각, 그리고 화해만을 일구어내는 사랑의 용광로를 거쳐 시인이

다다른 생명 사상은 이렇듯 "내 시의 사전에는/'증오'라는 말이 없다"와 같은 윤리적 자기선언에 이르게 되는 것이다. 그런데 여기서 한가지 주목을 끄는 것은 그가 다다른 사유의 끝이 개인적 경험과 판단의 결과에서 온 것이 아니라는 점이다. 잠언이나 경구들, 특히 개인의 실존에 바탕을 둔 잠언들이 자기 경험의 영역에서 이루어지는 것임을 감안할 때, 이는 매우 예외적인 것이라 할 수 있다. 시인의 자기 선언은 그러한 개인의 영역 밖에서 이루어진 것이기 때문이다. 앞에서 잠깐 언급한 것처럼 그것은 사회적 경험 에서 형성된 것이다. 그가 모든 비극과 갈등, 저주, 증오 등을 분단이라는 사회적 현실에서 읽어오고 있기 때문이다. 실상 이러한 경험과 그것으로부 터 내려지는 실존적 자기 결단은 물과 기름처럼 매우 이질적인 관계에 놓인 다고 할 수 있을 것이다. 그러나 이러한 이질적인 관계 속에서 맺어지는 긴장감이란 얼마나 참신한가. 쉬우면서도 긴 여운을 남기는 이 시의 매력은 바로 여기서 연유한다. 게다가 이 시는 오랜 연륜과 더불어 온갖 상처를 스스로 감싸안으며 '화해'를 외치는 시인의 넉넉한 모습이 아름다워 보이는 작품이기도 하다.

(『현대시학』, 2005. 9.)

동질성 혹은 이질성과의 줄타기

— 최서림의 「까시래기」

끄집어내려고 꿈틀거릴수록
점점 더 깊이 파고드는 까시래기
파고들수록 더욱 까끌거리는 진실,
광주는 영원한 보리 까시래기인가
살아갈수록 살갗이 두꺼워져야만 하는 나에게
아직도 까시래기답게 찔러오는가
속옷에 착 달라붙어
밤낮 잠도 못 들게 까끌거리던,
간, 염통, 혈관까지 파고들어 와서는
미치고 환장하게 들쑤시다가
나도 모르게 정말 나도 모르게
어느새 녹아 사라져버린 보리 까시래기, 지금
인조 대리석보다 더 매끄러워진 내 등짝에 달라붙어서도
여전히 보리 까시래기일까

(『시와사람』, 2005년 가을)

일찍이 공자는 인간의 나이 40을 불혹(不惑)이라고 했고 50을 지천명(知天命)이라고 했다. 불혹은 어떤 유혹에도 흔들리지 않는 것이고 지천명은 하늘의 뜻을 아는 것으로 풀이되는 것이니까 이 모두는 역동적인 인간의 어떤 삶들과는 저만치 비켜서 있는 사유라 하겠다. 인간이 나이와 더불어, 세월의 깊이와 더불어 그러한 힘찬 삶으로부터 멀어지는 것인데, 이는 자연의 이법에 의해서도 그럴 것이고 그러한 법칙에 순응해 가는 인간의 육체 또한 그럴 것이며, 육체에게 속박되어 가는 정신 또한 마찬가지일 것이다. 어떤 가변적인 상황보다는 정적인 상황이, 열정보다는 냉정이, 거침없는 욕망보다는 차분하고 순화된 정서가 인간의 정신 내부로 육박해 들어오는 것도 이 시기부터라 할 수 있을 것이다. 이것이 불혹이고 지천명의 상태이다. 그리고 이를 사회적 범주로 그 외연을 넓히게 되면 현실추수주의나 보수주의와 맞닿는 것은 아닐까. 무엇에 대한 보수는 어떤 동질감 없이는 성립되지 않는다. 가령 자아와 세계 사이에 극심한 분열감이 전제되어 있는 경우, 여기서는 어떤 보수적 감수성도 생성되지 않는다. 그런데 한가지 염두에 둘 것은 보수를 굳이 진보의 상대적 개념으로만 국한시킬 필요는 없다는 것이다. 특히 지금 말하고자 하는 보수는 무엇인가의 과정에, 혹은 무엇인가의 질서에 순응해가는 심적 기제의 일환으로 보고자 할 따름이기 때문이다.

최서림의 「까시래기」는 자아와 세계 사이의 동질감 혹은 이질감 사이에서, 곧 보수화되어 가고 있는 혹은 그렇게 되지 않으려는 내적 갈등의 도정에서 아슬아슬하게 줄타기를 하고 있는 시인의 내면을 읊어내고 있는 시이다. 시인은 불혹을 넘어 지천명의 나이에 이르렀다. 그 역시 자연의 섭리나 우주의 이법과 같은 질서의 세계 속에서 스스로 동질화되어 가는 자신을 보게 된다. 그러나 시인은 세계 속으로 그렇게 자연스럽게 빨려들어가지 못한다.

그러한 블랙홀 속에 빠져드는 것을 방해하는, 곧 시인에게 이질감을 심어주는 장벽이 그 앞을 가로막고 있기 때문이다. 그것은 다름 아닌 '까시래기'이다. 실상 비동질화의 매개로 제시된 보리 까시래기는 이 시가 성취해낸 최대의 시적 성과라 해도 과언이 아니다. 이는 전적으로 시인의 역량에 관한 문제이다. 까끌까끌한 보리 까시래기가 주는 감각적 느낌, 그리고 거기서 울려퍼지는 의사청각이야말로 독자로 하여금 이물감에 대한 최고의 정서적 환기를 가져오게 하는 매체 역할을 한다. 이것이, 동질화와 이질화 사이에서 시적 자아가 까시래기라는 비유적 심상을 통해서 드러내고 있는 줄타기인 것이다.

그러면, 현실에 순응해 가는, 혹은 보수화되어 가는 시인에게 이질적 역능으로 작용하고 있는 보리 까시래기의 은유적 실체란 무엇인가. 그것은 시의 표면에 나타난 것처럼 광주체험이다. 시인 역시 지금의 40−50대와 마찬가지로 80년대를 거쳐온 세대이다. 그렇기 때문에 80년의 벽두에 일어났던 그 어둡고 암울했던 경험으로부터 자유롭지 못하다. 그것은 이 시대를 살았던 모두에게 일종의 원체험과 같은 것이다. 따라서 이 세대들과 그 경험의 장을 공유하고 있는 시인의 비동일적 사유가 여기에 그 뿌리를 두고 있는 것은 자연스러워 보인다.

이 시는 그 의미 전개상 크게 네 부분으로 갈라보는 것이 가능하다. 처음 2행과 다음 4행, 그리고 7행부터 12행, 마지막 2행이 바로 그것이다. 먼저 이 시의 순서대로 그 의미를 읽어 들어가 보도록 보자.

> 끄집어내려고 꿈틀거릴수록
> 점점 더 깊이 파고드는 까시래기

여기서의 시인의 육체나 정신은 순수하다. 그것은 다음 두 가지에서 그러하다. 우선 시인 그 스스로가 순수하다는 점이다. 시인은 자신의 내부에서 무언가 이물감을 느끼기 때문에 그것을 "끄집어내려고 꿈틀거린다." 만약 시인의 육체가 순수하지 않다면 그는 이물감을 감각하지도 않았을 것이고, 또한 굳이 그것을 끄집어내려고 노력하지도 않았을 것이다. 시인이 순수하다는 것은 이런 뜻에서이다. 다음은 순수하지 않기 때문에 순수해지려는 그 순수한 마음을 들 수 있을 것이다. 만약 순수하지 않는 정신의 소유자라면 그러한 순수를 위하여 이물감을 제거하려 들지 않을 것이다. 어떻든 이 부분에서 시인의 육체는 순수하며 무엇인가 순수를 위협하는 어떤 위험인자가 끊임없이 자신에게 육박해 들어오는 데에 대한 불안감을 느끼고 있다.

> 파고들수록 더욱 까끌거리는 진실,
> 광주는 영원한 보리 까시래기인가
> 살아갈수록 살갗이 두꺼워져야만 하는 나에게
> 아직도 까시래기답게 찔러오는가

이 부분에 이르면 시인의 순수 혹은 동일성을 위협하는 구체적인 실체가 무엇인지 알게 된다. 그것은 앞서 언급대로 광주체험이다. 시인 역시 세월의 무게 속에 어느덧 지천명의 나이 앞에 서 있다. 그럼에도 젊은 시절 충격적으로 다가왔던 저 80년의 어두운 체험은 시적 자아의 뒤안길에서 언제나 배회하면서 그를 괴롭혀 온 터이다. 시인에게 광주란 무엇인가. 광주사건, 광주체험이란 말이 일러주듯 그것은 80년대를 거쳐온 세대들에겐 지울수 없는 역사적 사건이다. 이 시대를 살아온 자라면 어느 누구도 여기에서 자유로울 수 없는 것이 사실이다. 광주 사건을 80년대를 여는 통로이며 원체험이라고 부르는 것도 바로 이 때문이다. 시인 역시 80년대를 거쳐온 세대, 아니 그 중심에 서 있던 세대이다. 따라서 시인에게 이 체험은 자신의 노트 속에서 지워지지 않는 글씨이며 끊임없이 살아나오는 삶의 언어로 작용했을 것이다. 세월의 무게와 더불어 사라질 때가 되었는데도 회상하면 할수록 피할 수 없는 외나무다리가 되어 다가온 것이 바로 이 체험이며, "살아갈수록 살갗이 두꺼워져야만 하는 나에게/아직도 까시래기답게 찔러오는" 이질적인 체험이었던 것이다.

> 속옷에 착 달라붙어
> 밤낮 잠도 못 들게 까끌거리던,
> 간, 염통, 혈관까지 파고들어 와서는
> 미치고 환장하게 들쑤시다가
> 나도 모르게 정말 나도 모르게
> 어느새 녹아 사라져버린 보리 까시래기, 지금

여기에 이르면, 시인의 감수성은 극에서 극으로 바뀌게 된다. 이제 까시래기와 같던 그 체험들은 정말 내 몸에 착 달라붙어 나를 꼼짝달싹 못하게 하는 지경에까지 이르른다. "밤낮 잠도 못 들게 까끌거리게"하는가 하면 "간, 염통, 혈관까지 파고들어 와서는 미치고 환장하게 뜰쑤시기"까지 한다. 이러한 몸부림들은 잊고 싶은, 그리고 잊을 수밖에 없는 그 체험과의 팽팽한 내적 긴장의 상태이면서 점점 보수화되어 가는 시인의 심적 갈등의 표출이라 할 수 있다. 그러한 긴장의 끈은 그러나 어느 순간, 시인의 표현을 빌자면 "나도 모르게 정말 나도 모르게" 풀어지게 된다. 시적 자아에게 동일적 상상력을 불가능케 했던 '보리 까시래기'가 나의 일부로 동화되었기 때문이다.

인조 대리석보다 더 매끄러워진 내 등짝에 달라붙어서도
　　여전히 보리 까시래기일까

　처음과 달리 마지막 이 부분에서 시인의 육체와 정신은 순수하지 못한
상태가 된다. 시인은 무엇인가 이물감을 주는 까시래기로도 자극이 되지
못할만큼 감각이 무뎌져 있다. 그는 "지금 인조 대리석보다 더 매끄러울"
정도로 혼탁해져 있기 때문이다. 이제 시인은 보수화되어 있고, 세월에 길들
여져 있다. 이럴 경우에도 '보리 까시래기'는 시인에게 비동일적 사유를
불러일으키는 매개로 될 것인가. 시인을 괴롭혔던 보수와 진보, 동일화와
비동일화의 팽팽한 줄타기는 이제 비순수화된 시인의 육체와 더불어 막을
내린 것처럼 보인다. 더 이상 그것은 시인의 내면 속에서 타자적 기능을
발휘하지 못하기 때문이다.

　최서림의 「까시래기」는 시인의 사유의 한 축을 추동했던 광주 체험이
자신의 경험 속에서 어떻게 뿌리내리고 의미화되는가를 육체와 정신의 변화
속에서 읽어낸 작품이다. 또한 이 시는 시간의 흐름 속에서 그러한 경험이
주는 충격적 외상이 자연적인 치유가 아니라 시인의 내면에서 어떻게 동화
되고 기각되는가를 동질화의 관점에서 펼쳐보인 작품이기도 하다. 그런데
이 시를, 이질화에서 동질화로 이행되는 심리적 변이 상태를 질의 변화라는
관점으로 단순히 해석할 경우, 이 작품의 진정한 함의를 놓치기 쉽다. 이
작품의 진정한 가치는 그러한 수평적 변화가 아니라 여기서 효과적으로
구사되고 있는 비유적 심상과 감각적 심상에서 찾아야 할 것이다. 쉽게 동화
될 수 없는 매체로서의 까칠까칠한 보리 까시래기가 주는 의미와 거기서
뿜어져 나오는 성긴 감각인 의사청각이 바로 그러하다. 쉽게 동질화될 수
없는 체험이란 과연 어떠한 것인가를, 느껴지고 들려지는 듯한 이 의사감각

들에 의해서 정서의 폭을 환기시키는 데에 이 작품의 진정한 매력이 놓여
있는 것이다.

(『현대시학』, 2005. 10.)

역사에서 묻어나오는 비순수성
― 최동호의 「폭격맞은 철원공산당사」

세상을 움직이는 엔진이 다 얼어붙어
자동차 시동도 잘 걸리지 않는 겨울날, 그 후
갑자기 죽은 이성선 시인과 둘이서, 비무장지대
도피안사를 찾아가던 길에
철원 공산당사를 둘러 본 적이 있다
폭격 맞아 지붕이 날아가고 담이 무너져나가
폐허가 된 건물 모퉁이 회백색 골방에서
으스스한 비명소리가 환청처럼
귀때기를 울리던 그날
왜 그렇게 몸이 헐거워졌는지 모르겠다

그 때 찍은 사진 나중에 다시 들쳐보니,
햇빛은 늦은 오후까지 비늘처럼 빛나고 있었는데,
잘 나오지 않는 말소리도
고개를 움츠린 채 게걸음으로 어기적거리다가
저물녘 찬 바람이 검은 바위산처럼
밀려왔다 고철 자동차에 갑자기 시동을 거느라고

한참 동안 실랑이를 한 다음
어둠 속에 포탄처럼
헤드라이트 불빛을 뚫고 등 뒤에

달라붙어 떨어질 것 같지 않은
무쇠 덩어리 한파에 쫓기듯 남으로 질주하였다
지금도 가끔 뜻대로
일이 풀려나가지 않을 때, 그 후
갑자기 죽은 이성선 시인의 소년 같이
해맑은 얼굴이 떠오르고,
제대로 움직여지지 않아
헐거워진 몸이 딱딱하게 굳어가면
철원 공산당사를 둘러보던 그 날 저녁
검은 바윗덩이 같은 바람이
어디선가 휘몰아오는 것 같고
검붉게 피어오르던 노을이
지울 수 없이 흉한 그림처럼 전면에 떠오른다

(『현대시학』, 2005년 10월)

    최동호의 「폭격 맞은 철원공산당사」는 겉으로 보기에 을씨년스러운 느낌
을 주는 작품이다. 풍겨나오는 정서도 그렇고 이미지 역시 마찬가지다. 제목
은 또 어떤가. '폭격 맞은 철원공산당사'라니? 남북이 서로 왕래하고, 끊어진
동맥이 하나로 연결되어 가고 있는 시점에 '폭격'은 무엇이고 '공산당사'란
무엇이란 말인가. 이 시를 읽는 독자들은 이 작품의 표면에서 흘러나오는
이러한 감수성들로부터 자유롭지 못할 것이다. 그러나 이 작품은 이런 겉보
기에서 우러나오는 감각과는 어딘가 다른 구석이 있다. 어쩌면 그러한 정서

로부터 멀리 떨어져 있다고 보는 편이 옳을 지도 모르겠다.

최동호의 「폭격 맞은 철원공산당사」는 경험론적인 시이다. 서정시가 순간의 황홀에 의해 씌어지는 것이라는 문학원론적인 정의에 따른다면, 이 시는 여기서 한 걸음 비껴서 있는 것처럼 보인다. 사실과 경험에 의해서 재구성되고 있는 것이 이 작품의 기본 특징으로 되어있기 때문이다. 그럼에도 이 작품은 현란한 비유와 은유의 구사, 그리고 의식과 무의식의 자유로운 넘나듦을 통해 시의 내포적 깊이와 외연적 넓이를 보여주고 있는 시이다. 이 작품이 경험에 그 뿌리를 두고 있으면서도 산문적인 체험의 어떤 것으로 설명되지 않는 이유도 여기에 있다.

그러면, 이 시의 기반이 되고 있는 경험이란 무엇인가. 이 작품의 경험 내지 사건은 크게 두가지이다. 하나가 이성선 시인과 둘이서 비무장지대에 있는 도피안사를 찾아간 것이라면, 다른 하나는 그곳에 가면서 우연히 찾게 된 철원공산당사이다. 이 시의 자장은 이 두 가지의 경험 혹은 사건에 의해서 울려퍼진다. 이제 본질로 들어가 보자. 이 작품의 중심 소재인 이성선과 철원공산당사는 어떤 연관성이 있을까.

우선, 「폭격 맞은 철원공산당사」가 씌어진 근본 동기 가운데 하나는 이성선 시인에 대한그리움 때문이 아닌가 싶다. 작품의 문면에 나타난 있는 것처럼, 이성선은 시인에게 살뜰한 애정의 대상이었다. 시인에게 이성선이란 존재가 어떠했기에 그러한가. 이성선은 중앙에 진출한 적이 거의 없는, 속초의 시인이었고, 자연의 시인이었으며, 강원도의 시인이었다. 이성선을 만나면 누구도 좋아할만큼 그는 따뜻한 감성의 소유자였다. 그의 작품 역시 마찬가지의 경우이다. 자연과 더불어, 자연의 섭리에 따라, 곧 우주의 입법에 따라 살아가는 실천적 방법을 작품 속에서 보여주지 않았던가. 필자 역시

10년전 속초에서 그를 만난 적이 있었다. 이 때, 그는 손님을 대하는 데 부족함이 없었고, 그 열과 성이 너무 지나쳐 송구할 정도였다. 그런 그가 어느날 갑자기 이승의 끈을 놓았다니. 최동호의, 이성선에 대한 그리움은 그가 보여주었던 이런 따뜻한 감성에서 촉발된 것이 아닌가 싶다. 그는 이웃과 인간을 사랑할 줄 알았던 이 시대의 보기 드문 감성의 소유자였던 까닭이다. 그에 대한 시인의 애정은 그런 올곧은 인간을 갑자기 잃어버린 슬픔에서 비롯된 것이라 할 수 있다. 또한 이 두 시인은 90년대 초 이 땅의 문학적 화두였던, 시에 있어서의 '정신주의'를 공유했던 문학적 동지이기도 했다. 이러한 인연의 끈과 동지적 연대가 그에 대한 그리움을 낳게 한 원인으로 판단된다.

그리고 이 작품의 또 다른 소재는 '철원공산당사'이다. 시의 내용에 잘 나타나 있는 것처럼 철원공산당사의 방문은 예정에 없었던 일이다. "갑자기 죽은 이성선 시인과 둘이서, 비무장지대/도피안사를 찾아가던 길에" "철원공산당사를 둘러 본 적이 있"기 때문이다. 따라서 그곳의 방문은 어떤 의도된 계획에 의한 것이 아니라 우연한 기회로 이루어진 것이라 할 수 있다. 그러나 우연히 만들어진 기회치고 여기서 받은 시인의 충격은 상상 이상의 것이었다. 실상 시인에게 정신적 충격을 안겨다 준 철원공산당사란 남북분단의 상징적 장소이면서 냉전의 그늘이 짙게 드리워진 장소이다. 이 건물이 분단의 아픔이나 전쟁의 상흔과 같은 상징성으로 읽히는 것은 처참히 붕괴된 모습에서 그러한데, 가령 시의 표현처럼 "폭격 맞아 지붕이 날아가고 담이 무너져나가/폐허가 된 건물"로 그것은 이미지화되어 있는 것이다.

「폭격맞은 철원공산당사」는 이렇듯 이성선과 철원공산당사라는 두 소재를 중심으로 전개되는데, 연의 구분처럼 이 작품은 세 개의 의미단위로 나누어져 있다. 먼저 1연을 살펴보자.

　　　세상을 움직이는 엔진이 다 얼어붙어
　　　자동차 시동도 잘 걸리지 않는 겨울날, 그 후
　　　갑자기 죽은 이성선 시인과 둘이서, 비무장지대
　　　도피안사를 찾아가던 길에
　　　철원 공산당사를 둘러 본 적이 있다
　　　폭격 맞아 지붕이 날아가고 담이 무너져나가
　　　폐허가 된 건물 모퉁이 회백색 골방에서
　　　으스스한 비명소리가 환청처럼
　　　귀때기를 울리던 그날
　　　왜 그렇게 몸이 헐거워졌는지 모르겠다

　"세상을 움직이는 엔진이 다 얼어붙어/자동차 시동도 잘 걸리지 않는 겨울날"에서 보듯 이 작품의 배경은 추운 겨울이다. 시인은 이렇게 추운 겨울에 갑자기 죽은 이성선 시인과 비무장지대 안에 있는 도피안사를 찾아간다. 그러나 그곳에 이르기도 전에(혹시 간지도 모르지만 그것은 중요치 않다) 폭격맞은 철원공산당사를 먼저 둘러보게 된다. 그런데 여기서 시인은 깊은 충격에 빠지게 된다. 폐허가 된 회백색 골방에서 으스스한 비명소리가 환청 처럼 귀때기를 울렸기 때문이다. 앞에서 이 시를 매우 을씨년스럽다고 했다. 이런 정서는 여기서 음산하게 울려퍼지는 환청에 그 원인이 있는 것으로 보인다. 시인의 정서 또한 이와 비슷하게 되는 바, 여기서 시인의 그것과 독자의 감수성은 절묘한 통합이 이루어진다. 그런데 중요한 것은 시인에게 "으스스한 비명소리가 환청처럼 귀때기를 울리게"하는 실체가 무엇인가 하는 점에 있다고 할 수 있을 것이다. 어쩌면 이는 이 시의 핵심과 관련되는 문제일 것이다. 시인의 환청이란 과연 낡아빠진 냉전주의의 산물일까. 아니면 흑백논리에서 오는 우편향적인 것일까. 그도 아니면 뿌리 깊이 박힌 보수주의에 그 뿌리를 두고 있는 것은 아닐까.

이 작품에서 그 원인에 대한 해답을 찾는 것은 대단히 어려워 보인다. 그러나 한가지 가정이 허락된다면, 그것은 무엇에 대한 비순수성이라고 하고 싶다. 이러한 결론에 이르게 된 것은 이 작품을 이끌어가는 두 가지 축 가운데 하나인 이성선의 이미지 때문이다. 가령 3연을 보자.

> 달라붙어 떨어질 것 같지 않은
> 무쇠 덩어리 한파에 쫓기듯 남으로 질주하였다
> 지금도 가끔 뜻대로
> 일이 풀려나가지 않을 때, 그 후
> 갑자기 죽은 이성선 시인의 소년 같이
> 해맑은 얼굴이 떠오르고,
> 제대로 움직여지지 않아
> 헐거워진 몸이 딱딱하게 굳어가면
> 철원 공산당사를 둘러보던 그 날 저녁
> 검은 바윗덩이 같은 바람이
> 어디선가 휘몰아오는 것 같고
> 검붉게 피어오르던 노을이
> 지울 수 없이 흉한 그림처럼 전면에 떠오른다

여기서 시인은 "일이 풀려가지 않을 때" "갑자기 죽은 이성선 시인의 소년 같이/해맑은 얼굴이 떠오른"다고 했다. 해맑은 얼굴이란 순수하다는 뜻이다. 무엇에도 물들지 않고, 어떤 욕망의 노예에도 사로잡히지 않은 상태, 이런 상태의 즉자적 표현이 해맑은 얼굴로 표현되는 것이 아니겠는가. 이와 대비되는 철원공산당사의 이미지는 어떠한가. 그것은 남북분단이라든가, 냉전, 혹은 전쟁과 깊이 결합되어 있는 것이지만, 그 이면은 순수와는 무관한 사유가 자리잡고 있다. 순수란 욕망의 팽창과 역비례 관계에 놓인 것이다. 이렇게 본다면 폭격맞은 철원공산당사는 욕망의 산물이 빚어낸 비순수한 것이 된다.

그리고 이 작품의 또 다른 특징은 그러한 정서의 지속성이나 속도감이다. 앞에서 나는 이 작품의 특성 가운데 하나로 의식과 무의식의 자유로운 넘나듦이라고 했다. 어쩌면 연상작용이라고 해도 좋을 만큼 이 작품은 현실과 그러한 현실을 바탕으로 떠올려지는 과거의 경험들이 자유롭게 오가는 구조로 되어 있다. 가령 2연의 경우가 그러한데, 시인은 폭격맞은 철원공산당사에서 충격적 경험을 자신의 의식 속에서 계속 이미지화시킨다. "그 때 찍은 사진 나중에 다시 들쳐보는" 것이 현재의 행위라면, 그 때 거기서 얻은 충격적 경험으로 "잘 나오지 않는 말소리도/고개를 움츠린 채 게걸음으로 어기적거리는" 자신의 모습을 떠 올리는 것은 그때 당시의 과거적 모습이다. 시인은 이렇게 현재와 과거의 경험을 시간을 초월해서 넘나들고 있는 것이다. 이는 철원공산당사에서 얻은 경험이 그만큼 시인의 무의식 속에 깊이 아로새겨져 있음을 말해 주는 것이라 할 수 있다.

뿐만 아니라 시인은 그렇게 패인 정서의 깊이를 속도감 있게 그러나 단절감 없이 지속시키는 탁월한 시적 의장 또한 보여주고 있다. 그것이 2연과 3연 사이에서 펼쳐지고 있는 의미론적 지속감이다. 시인은 이 시의 중간이후 부분을 2연과 3연으로 구분해서 과거와 현재를 시각적으로 분리시켜놓고 있지만, 이미지와 의미 그 자체는 단절되지 않는다. "헤드라이트 불빛을 뚫고 등 뒤에"(2연) "달라붙어 떨어질 것 같지 않은/무쇠 덩어리 한파에 쫓기듯 남으로 질주하였다"(3연)에서 보듯 2연의 행위와 3연의 행위를 직접적으로 연결시키고 있기 때문이다. 이는 연구분이란 곧 의미론적 단절이라는 일반적 관념을 전복시키고 있는 것이다. 충격적 정서를 단속감없이 전달하는 이러한 시적 의장은 전적으로 시인의 역량에 달린 문제일 것이다.

최동호는 이성선이 그립다. 시인의 이성선에 대한 애틋한 정서는 그와 함께한 경험의 장에서 길러진 것이다. 이러한 그리움들은 그의 이미지와 대비되는, 철원공산당사의 상징성 속에서 더욱 배가된다. 그러면서 이 작품은 그러한 이미지와 상반되는 비순수의 충격적 경험이 어떠한 것인가를 일러주기도 한다. 시인의 일상을 가로막는, 역사에서 걸러진 "으스스한 환청"이 바로 그것이다. 그것은 비순수한 욕망이 산물이 가져다 준 결과이다. 이런 관점에서, 「폭격맞은 철원공산당사」는 순수와 비순수의 길항관계 속에서 고뇌하는 시적 자아의 갈등을, 역사의 현장과 시인의 사적 경험(이성선에 대한 그리움) 속에서 잘 풀어낸 작품이라고 할 수 있을 것이다.

(『현대시학』, 2005년 11월)

시의 형식과 의미의 유희

인쇄일 초판 1쇄   2007년 09월 10일
발행일 초판 1쇄   2007년 09월 17일
인쇄일 재판 2쇄   2015년 05월 20일
발행일 재판 2쇄   2015년 07월 25일
지은이 송 기 한
발행인 정 찬 용
발행처 **국학자료원**
등록일 1987.12.21, 제17-270호

서울시 강동구 암사동 463-25 2층
Tel : 442-4623~4 Fax : 442-4625
www. kookhak. co. kr
E- mail : kookhak2001@hanmail.net
ISBN 89-5628-232-3 *93810
가 격 16,000원

*저자와의 협의 하에 인지는 생략합니다.